JN171502

人喰観音

篠 たまき
Tamaki Shino

早川書房

人喰観音

装幀／AFTERGLOW
Photo/DigitalVision Vectors/GettyImages

人喰観音

目次

初秋の風が、村の大川を渡る。

木の橋桁の下方は黒緑の藻に覆われ、川面には白い襞に似たさざ波が輝いていた。

黄金色の陽光が細い反射になって散らける日、小振りな水天神社を大きな黒い帽子をかぶった女が訪ねて来た。彼女は古びた賽銭箱に真新しい百円札を入れて拝んだ後、傍らに祀られたふくよかな女神像を眺め続けているのだった。

「それではやはり、このあたりに水辺の観音様と呼ばれた女性の神様が住んでいたんですね」

女が神職を務めるという近所の老人に聞いた。

少しばかり背の高い女だった。帽子のつばで耳を隠し、首元には季節外れのスカーフを巻いている。左手にだけ黒い手袋をつけ、無造作に束ねられた真っ黒な髪の毛が波打って、うねうねと背中に流れ落ちていた。

「心根が良い美人だったから観音様とまで呼ばれていたようです」とに頭の薄くなった神職が言った。「ここいらの村で慕われて、供え物などもされて、それでも決していばったりしない神様だったと伝えられています。祭りの日には村の女達と一緒に唄ったり踊ったりして、いつもにここにこと笑ってる神様だったとか」

「ああ、言っておくけどねえ」側で聞いていた、両切り煙草をくわえた爺さんが口を挟んだ。「神様って言ってるけどねえ、このへんじゃあ口寄せ巫女も辻占（つじうら）さんも、みんな神様って呼ばれるから。そこんとこが、よその人にはややこしいだろうに」

「観音様は腹の中の子が男か女か言い当てて、悪さした人間はきっちり見抜く、たいした美女だったんだってよお」和服の裾を帯にたくし上げ、黒ズボンを穿いた男も言い添えた。

「秋に猪が降りて来る年はなあ、観音様が夏頃に言い当てたそうだぞ」駱駝（らくだ）色の股引（ももひき）に黒い鼻緒の草履を履いた老人も大声で輪に混じった。

　平日の昼前、藻の匂いの風が吹く水天神社には老人達が集まって、落ち葉を掃除したり、世間話に花を咲かせたりしている。

「水辺の観音様は役立つことを言い当てて、村の人達に心から慕われていたんですね」

　女は帽子の昏（くら）い陰の中で微笑み、目線と声音でさらに話を促した。鉛筆を握る右手は素手だけれど、手帳を押さえる左手には季節外れの黒い手袋。めざとい者は、親指以外の左手の指が、全く動いていないことに気づいていた。

「川の水が上がる時期や雪が降る前は誰でもわかりますが」神職がゆっくりと語る。「水辺の観音様はやはり病やら、毒茸や貝毒が出る年まで言い当てていたそうですよ」

「つまり水辺の観音様は」女は復唱する。「みんなの役に立って、大事にされて……、人に好かれながらずっと長くここに住んでいた、と……」

　吊り目がちの一重に薄い睫毛。手入れされている様子のない太い眉に意志の強さがうかがわれる。彼女は郷土史に興味をもつ素人研究家だと名乗り、近隣に伝わる観音様の伝説を聞き歩いているというのだった。

「川沿いには水天神の祠があちこちにありますね」黒手袋の左手で手帳を膝に押さえながら女は尋ねた。「水天女とか水様という女神様の名前も見受けられますが」

河川に沿って点々と祀られる水天神の宮。その脇には必ずと言っていいほど、艶麗な女神の像がある。ふくよかな肢体に丸い唇。目尻がこめかみに長く切れ上がり、垂らし髪が肩から背中、そして腰へと流れ落ちている。素朴な彫りでも、稚拙な写実でも、彫師が写し取ろうとした女人の姿が内奥に透けて見える像ばかりだった。

「ああ、それは水辺の観音様と一緒。スイさんとも呼ばれていたんだよ」

「天神様のお妃様だったのが川岸に上がって来たんだってよお」

子供時分に聞かされた話が、心の中に呼び起こされているのだろう。年寄り達の話がするすると流れ始め、女は飽きる様子も見せずににこやかにあいづちをしながら、延々とそれを書き留めていた。

「水辺の観音様は……、スイさんは、ここではそれはそれは幸福にくらしていたんですね」

帽子の薄暗い陰の中から女が聞いた。

幸福にくらしていたよ。村中から慕われていたよ。誰一人として悪く言う者なんていなかったって言うぞ。

全員が声を揃えて言い放った。

「川の向こうでは悪神に乗り移られた観音様が川を氾濫させた、という話が伝わっていましたが？」

年寄り達の喋りの合間に女が聞く。

とたんに全員が口を噤み、遠い記憶をまさぐるように目を泳がせた。

そうだったかなあ。そりゃあ別の神様じゃないかねえ。なにしろ古い話だからなあ。

「俺はひい婆さんから聞いてるよ」両切り煙草の爺さんがくたびれたカンカン帽を直しながら声を上げた。

決して嘘を言わない正直者の観音様は、川向こうの人々の悪巧みで人柱の穴に埋められたのだと。観音様を貶めるために、悪神に取り憑かれて夜叉になったという噂が流されたのだと。

一人が言い出すと、次々に記憶の糸をたぐり寄せた老爺達が昔話を語り出す。

この川に大きな橋を架けたいと隣村の長者が、国費で洋行した偉い技師を呼んだんだよ。

大きな橋を架ければ人の行き来も楽になり、ものの売り買いも盛んになるって、うん、まあ、そりゃあそうなんだろうが。

でも嘘をつけない観音様は橋を架けちゃあいけないって言っちまって、川向こうの長者様に睨まれて。

そうそう、大きな橋を架ければ川が濁って黄鮎ももみじ鱒もいなくなるって観音様が言ったとかって、俺の死んだ爺婆も喋ってたなあ。

「すみませんが」黙って聞くだけだった女が話に割り込んだ。「黄鮎ともみじ鱒？　それは川にいるお魚の名前で間違いないんですか？」

男達がからからと笑う。揶揄を含まない、純朴な興を得た笑いだった。

よその人は知らんだろうなあ。俺達だってろくに知らんだろう。とうの昔にいなくなった魚だから釣ったことも食ったこともないしなあ。

「絶滅種……？　と思っていいのでしょうか？」

さあ、絶滅したかどうか知らんね。橋の工事で水が濁ってから見なくなったんだとよぉ。まだどっかにはいるんじゃないかねえ？　他の土地じゃ別の名前で呼ばれてるかも知れんぞ。

「橋を架けたら水辺の観音様のお告げ通り、川に魚が来なくなったと？」

そうそう、工事で水が濁ってねえ。品物の売り買いは盛んになったけど魚は取れなくなって。

船頭は仕事をなくして、川向こうで風邪がはやればこっち岸でも倒れる者が出るようになって。

とりとめなく続く話の中に、女は密やかな真実を見て取ったようだった。水辺の観音様と呼ばれた正直者の女が、権力者に睨まれて、なにかしらの策で消し去られてしまったらしいことを。

女は川面に目線を投げる。青鷺（あおさぎ）が長い首をくねらせて嘴（くちばし）を水に差し入れ、小魚をくわえ上げて、ぐびり、と細い喉を上下させた。鴨の群れが尾の後ろに放射状の波をこしらえながら、中州に向かって泳いでいる。

「今、川にお魚が戻っていますよね？」

いるよ、そりゃあ真鯉がどっさり。捨てられた緋鯉もなあ。小魚もかなり泳いでるぞ。

「黄鮎やもみじ鱒がいなくなっても他のお魚が来たのですね」

川なんてそんなもんだろ？　何かが死に絶えたら、別のが棲みつくのさ。そうそう、観音様の頃と今とじゃあ、棲む魚も食われる魚も違うだろうよ。そうでなきゃ川も人も枯れるだろう。

「黄鮎ともみじ鱒はいなくなっても別の魚が釣れるということなんですね？」

「うちの嫁なんぞ魚は魚屋が新聞紙に包んで売るもんだと思ってるぞ」カンカン帽の老爺が大声を張り上げ、年寄り達がまた大笑した。

女も帽子の昏い陰の下で、人懐こい声を上げて笑った。

「それにしても」と女が笑いの合間に声を上げる。「橋の話さえなかったら水辺の観音様は、その先もずっと大切にされて、ここに長くくらしていられたでしょうにねえ」

実に酷いことだ。いやいや昔は良くあった話だ。人柱にされたのは観音様の人形で本当はどこかに逃がされたのさ。てんでに言い出す話を女は黙って聞いていた。

「そして水辺の観音様は死んでしまった？」

海に流されて海神様の妃になったんだろう？

俺は人魚に喰われたって聞いたぞ。観音様は大昔に人魚を食べて長く生きたから、仕返しに海で人魚に食べられると怖がっておったと。

いいや、観音様は川下に流されて、金持ちに拾われたってのが本当の話さ。今もその家で生き神様として大切にされているそうだよ。

川風が一層強く吹き、女のスカーフをまき上げた。首元から離れようとする薄青色の布を女は手で押さえたけれど、数人が、その首元に残る無惨な傷痕を見て取った。あれは獣に噛まれた痕だろう、いやあれは人の歯形だった、後々、それは噂話になって茶飲みの場を賑わしたとか。

中州の草むらに青鷺が立つ。昔の魚はいなくても、別の魚が移り棲み、川の豊穣は保たれているのだろう。

「ところで」と女は最後に聞いた。「潮乾湯（ちょうかんとう）、という名前に心当たりはありませんか？」と。

老人達が言葉を途切れさせた。何人かは顔をあわせてお互いの目の中の記憶を探り合う。それは何かを思い出そうとするしぐさ。どこかで覚えていたはずだけれど、長く長く忘れていたことがらを探るための沈黙。

「昔、そんな名前の茶を飲んでなかったっけか？」乾物屋の隠居が帽子を直しながら自信なさげに声に出した。

「うん、いや煎じ薬だったか漢方だったか……。そういった名前の生薬があったはずだなあ」薬局の親戚筋だと言う和服に黒ズボンの老爺が、自分の顎をひねりながら答えた。

「うん、あった、あった。どこで聞いたんだっけかなあ。どこぞの婆さんが飲んでなかったか？」荒物屋の老主人が股引をずり上げながら大声を張り上げた。

埋もれた記憶が、ゆっくりと引き出されてゆくのを女は黙って待ち続けていた。

「ああ、思い出したあ！」

とっくに八十歳を過ぎたように見える老爺が、皺だらけの赤ら顔をほころばせた。

女は頬骨の高い顔に、くっきりとした喜びの笑みを浮かべた。長く伸ばした前髪の陰で黒い瞳が獲物の臭いを嗅ぎ付けた猟犬の目のように輝いている。

「こちらの土地に潮乾湯という名前が伝わっているんですね？」

「そうだ、そうだ、俺も思い出したぞ」もう一人の男が声を上げた。「西杉の山の庚申講(こうしんこう)で煎じてたとかって」

「十九夜の集まりでも出てたなあ。でも、もう誰も知らないだろう」

「いや、いや、裏根の婆さんだけが頑固に飲んでるぞ」

黒い帽子の中の女の顔に、より明瞭な笑みが刻まれた。

「今でも、手に入るのですか？」

「手に入るも何も、九十歳過ぎた婆さん一人だけが飲んでるわあ。畑の雑草から作って長生きの薬だか魔除(よ)けだかでな」

「分けてもらうことはできますか？　もちろんお代はお支払いします」

「雑草を干したものだから無料(ただ)でいいだろう。大量に十貫ほど買っても百円札で釣りが来るぞ」

「何の味もない湯だぞ。婆さんが死んだら煎じ方もわからなくなるなあ」

女は白い歯を見せて、満足そうな笑いを浮かべながら聞いた。

「水辺の観音様も飲んでいたのでしょうか？」

年寄り達がまた顔を見合わせた。

そりゃあいかんと聞いたぞ。そうそう観音様が飲むと死んでしまうとか言ってたなあ。川向こうの衆も観音様をだまして飲ませて弱らせてから穴に放り込んだとか。

女は得心の表情で頷いた。そして言った。

「ずっと捜していたのです」と。「その裏根のお婆さんを訪ねて行っても大丈夫でしょうか。なんとかして飲み方も教えてもらいたいのです」

ああ、かまわんだろうよ。婆さん、もう年だからひ孫の相手もしないで暇だろう。客がくればそりゃあ喜ぶ。何なら俺のオート三輪に乗せてってやろうか？

年寄り達の他愛ない話が続き、そして話題は学校に臨時赴任して来た新米教師の噂話に移って行った。

川面を風が渡る。細長い沈水植物が水流に乗ってうねり、水天女像の指には細長い蜻蛉が止まった。

女がまた帽子の中でまた嗤った。

「私、捜していたんですよ。見つけられて嬉しいです」

その言葉の重い響きに、陽気な年寄り達が一瞬、黙り込んだ。

ねっとりとした藻の匂いを含む川風。さらり、さらり、と細やかな水音が川辺を満たして草のそよめきに入り交じる。この川の流れる先には青く、深い海があるという。水辺の観音様が怖がっていたという海が遠くに続いているという。

彼方の山頂がほんの少しだけ葉の色を黄色く変えていた。青鷺が高く鳴き、川の音がいつまでもさらさらと響き続けていたのだった。

一章　隠居屋敷

一

しらしらとした月光が差し込む離れで蒼一郎は、鴇色の萩茶碗から白湯を舐めていた。色白の細面に切れ長の一重。撫で肩と柳腰に振り袖など羽織らせたら、すらりと背の高い美女にしか見えないだろう。

「蒼さんも食べるといいの」

川で拾った女が、箱膳から二人分の焼き茄子を頬張って誘った。決して太ってはいないけれど胸や腰の肉付きの良さが青めいた小袖の上から見て取れる。箸を操る指のつけ根のえくぼも福々しい。

「僕の分も食べていいんだよ」

「食べていいの？」真っ黒な瞳が曖昧な焦点で見つめた。「そうね、あたしが食べて無事だと、蒼さんは安心するの」

「ああ、人がたくさん食べているのを見ると元気が出るよ」

女が丸い唇から箸を引き抜くと、唾液で濡れた箸先が月光にてらてらと濡れ光った。丸足の文机の上に飾られた、木彫りのされこうべの眼窩にも夜の灯りが揺れていた。

この女を数日前に近くの川原で拾った。

上流に大水が出たとかで、このあたりの川原が水浸しになった。古くから土手を盛っていた土地だけに家や畑に害はなかったけれど、川干しやら川生け簀はそれなりに壊された。

病がちな蒼一郎は、外歩きなど好まない。けれども久々の陽光に誘われて、下男につきそわれて水の引いた川原を散歩して、そこに打ち上げられた一人の女を見つけたのだった。

女の肌も髪も水にぞっぷりと濡れ、着物が脱げて白い上半身が剝き出しになっていた。丸い腰より下は藍色の着物に包まれて、まるで西洋の話で読んだ人魚のようだと蒼一郎は思ったのだ。

「人魚が打ち上げられている」

蒼一郎の呟きを聞いた下男は蒼白になって震え上がった。

「人魚って、魚の身体に人間の頭が生えた化け物で？　なんて気味が悪い」と。

「違うよ。最近取りよせた西洋の書物にね、腰より下が魚の姿をしたきれいな姫様の話があったんだ」

言い聞かせても下男は怯えて不気味がり、女を運ばせる間も、ぶつぶつと口中に念仏を唱えていた。

「あたしが食べてると蒼さんはほっとするの」拾われた女の声に蒼一郎は、ふいと今に引き戻される。「あたしが元気だと毒が入ってないってわかるの。蒼さんも安心して食べていいの」

「おいおい、なんてことを言い出すんだ？」笑いながらの口調に微かな狼狽が含まれていた。

「なんで僕がお前に毒味をさせる？」

「蒼さん、言っていたじゃない。僕は母屋の邪魔者で油断したら毒を盛られるって」

「冗談に決まってるだろう」

男の細い目尻に睫毛が陰を落とし、薄い唇に皮肉めいた笑いが浮かんだ。武家の姫君だった母に生き写しの美貌を、青白く瘦けた頰と目の下の淡い隈が病的に彩っている。

生け垣の向こうの母屋から酒宴の喧噪が伝わって来た。父親が、もっと飲めと大声で酒を勧め、継母と年若い異母弟が近隣の商家の面々を相手に笑い声を上げている。

賑やかな場は好きではない。騒ぎながら見る月や花に風情も詩情もありはしない。白壁に飾った掛け軸の中では、羽衣を奪われた天女が朧月の水辺で途方にくれていた。典雅な戸惑い顔は、商家に嫁がされて早逝した母の寄るべなさに重なる。

「蒼さん、あたし、わかってるの」

しなやかな指先で唇を拭いながら女が言い、蒼一郎は絵の中の天女から、横に座る者に目を移した。

「お家の人に毒を盛られるのが本当に怖いのよね。だから食が細くなっちゃうの。あたしが先に食べるの。無事なら蒼さん、安心して食べてね」

「毒なんて入ってるわけないだろう」

「あたし、とっても鼻がいいの。南蛮の薬でも毒茸でも臭いでわかるから食べ物を選んで、蒼さんの前で食べてみせてあげる」

ふくよかな女は、取り箸で掬って毒味した茶碗蒸しを差し出した。

「食べても平気。蒼さんはあたしを拾って助けてくれたから、お毒味くらいやらせて欲しいの」

躊躇いながら薄黄色い茶碗蒸しから銀杏を掬って口に含むと、女が深紅の唇の端をひくつかせて嬉しそうな気配を放った。福々しい顔に笑みは浮かばなかったけれど、ただ彼女が蒼一郎の摂食に安堵をしていることは伝わって来た。

この女が笑えばどれほど華やかだろうと彼は思う。川辺で拾ってここに住まわせて数日、菓子や髪飾りや玩具絵を与えてみたけれど、彼女は笑顔を見せることもなく、ただ控え目に礼を伝えるだけだった。

「誰かに勧められて食べると美味しいもんだね」

儀礼的な言葉を受けて女の漆黒の瞳に、ぽぅ、と静かな喜びが灯る。

「お魚の煮物も食べていいの。筍ご飯も、おひたしも大丈夫」

ふっくらとした頬に肉厚の唇。流線型の目の線が古い仏画の吉祥天女を思わせた。

目を見張るほどの美女ではないのに、なぜか目が離せない。あるいは得体の知れない艶味が肌から滲み出て、その香気に酔わされているのかも知れない。

夜空には鋭利な白銀の月。幼かった自分に風邪を伝染(うつ)されて美しい母があっけなく死んだのは、雪雲の晴れ間から冷たい月光が降り注ぐ夜だった。

手渡される料理を一口か二口ずつ口に入れてみる。どれも醤油と砂糖が前に出る濃い味付けだけれど、彼女に勧められると素材の甘味が滲む気がする。

「食べてくれると嬉しいの。栄養をつけて寒い冬にそなえるのがいいの」

どんよりと影を帯びた表情は変わらないけれど、彼が食物を口に入れれば口元が少し笑顔の形に近くなる。もう少し笑ってくれないかしら、目元を優しく細めてくれないかしら、ささやかな期待を持って蒼一郎は箸を運ぶのだった。

「蒼一郎さん、ご無沙汰しております」

縁側から洋装の商人が隠居屋敷を訪ねて来たのは、引き込み池の端の錦木の、葉の縁だけが赤く変わり始めた頃だった。

「東方(ひがしかた)さん……」

年若い客を見た女が、座ったままずるずると逃げるように後ずさった。彼女の背後の壁には何幅もの淡い色使いの掛け軸が飾られている。

「怖がらないでください。連れ戻すつもりはありませんから」

テンプル眼鏡の奥から見つめるのは黒々とした瞳。なでつけた黒髪からほのかに洋風の香油が漂った。蒼一郎はこの出入りの商人に、いつも気後れを感じてしまう。自分よりずいぶん年下で、まだ少年のようにも見えるのに、めずらしい薬草やら書画骨董などを如才ない口上で売り捌く。立ち居振る舞いは世慣れていて、そつがなく、服装はハイカラで垢抜けている。

「知り合い？」

ほこほことした綿入れを着込んだまま蒼一郎が風邪声で尋ねると、女が艶やかな黒髪を揺らせて小さく頷いた。

「この方は私が商売をしていた川上の村にいた女です。翠子(みどりこ)さん、という名前でしたが、皆様にはスイ子さんとか、スイさんと呼ばれておりました」

「亭主に言われて探しにでも来たのかい？」

「私は商売の片手間に人探しも仰せつかっておりますが、こちらの女人を見つけるようには言われておりません。連れ去ったりはいたしませんのでご安心ください」

少年じみた声の商人が慇懃に否定すると、壁際に縮こまったスイが、ふぅ、と息を漏らして肩の力を抜いた。

「彼女は川原に倒れていたそうですね？」

「隠居屋敷の若隠居なんか訪ねる前にまず母屋でいろいろ聞いて来たんだろう？　川上の大水で流されたらしいことも含めてね」

自嘲的な物言いに東方が「ええ」と無表情に応じた。

母屋の狼狽は想像できる。血筋と見た目が良いだけの長男は跡取りに不向きな持て余し者だ。暑ければ夏病み、寒ければ流感と寝込みがちな上、商売事を厭って書物ばかり読んでいる。生母の実家の手前、母親違いの次男を跡取りに据えるわけにもいかない。そこに女が居着いて孕みなどしたらどれほどややこしいことか。

「母屋の方々には申し上げておきましたよ。彼女の生まれた場所はわからず、亭主とは死に別れているので面倒事はないだろうと」

恐れる風情をなくしたスイが漆塗りの茶櫃を開けて、急須に鉄瓶の湯をとぽとぽと注ぎ始めた。

「スイ、僕には煎茶ではなく湯冷ましを」

秋も浅いというのに分厚い綿入れを羽織った蒼一郎が、けほけほと力ない咳をした。

「風邪ですか？　蝦夷地で仕入れた温まる蒸し茶などを次回、お持ちしましょうか」

「癖のない味なら試してみよう」

「毎度ありがとうございます」

生け垣を抜ける風が、沓脱ぎ石の上に虫食い葉を吹き上げた。白肌を微熱で火照らせた蒼一郎は手焙り火鉢に手をかざし、小さく音をたてて鼻紙を使った。

「精のつく漢方薬などもご一緒に。今年は底冷えのする冬になるそうですから」

蒼一郎は陰鬱な、それでいて優美な笑いを浮かべて頷いた。

一冬に数回、熱を出して寝込む。熱にうなされた夜は、手ぬぐいを絞って額にのせてくれた細い指を今でも思い出す。あれは幼かった自分が風邪を伝染して死なせた生母。咳が止まらず肺病みと噂され、幽霊が出るとか疫神がいるとか噂される隠居屋敷に寝かされて息絶えた姫君だ。

母と二人で手水鉢を覗き込むと、いつもそっくりの細面がふたつ映っていたものだ。あの冬の夜、自分と同じ顔をした母が、息を止めて、白くなって、硬くなっていった。自分と同じ顔をした母が寝衣を剝がれて人前で裸に剝かれ、美しくも艶やかでもない死装束を着せられた。そして白木の霊柩俥に詰め込まれて、黄泉に運び去られてしまったのだ。

「死ぬ時は苦しまないで逝きたいものだ」

蒼一郎が咳をしながら呟くと東方が軽やかに笑った。

「お若いのに年寄り臭いことを。蒼一郎さんは長生きいたしますよ」

「お世辞にもほどがある。商売人が見え透いたことを言うんじゃない」

「いえいえ」彼は濃過ぎる煎茶を赤い舌で嘗めながら言葉を続けた。「この女は福の神。少々ぼんやり者ですが身体に良い食物を嗅ぎ当てる力に長けています。側におけば息災と村の者共に言われていました」

「でも前の亭主は若死にしたんだろう？」

「あれは災厄です。大水に呑まれることまでは読めないでしょう」

蒼一郎の後ろからスイが細くくねる指をその肩にかけた。振り向くと洞を思わせる黒い眼差しが、縋るように見つめている。

「心配しなくてもいいよ。お前が何者でも追い出したりはしない。退屈なら話の間、庭で遊んでいてもいいから」

こくり、とスイが頷いて、男物の草履を履いてゆらゆらと揺れる足取りで庭に歩み出て行った。

「足腰が弱っているようですね」

「川に流されたら身体も弱るだろう」

東方が微笑む。珊瑚色の唇の端を少し上げただけの、あるかなしかの表情だ。

「もともと丈夫な女。養生すれば、じきに飛んだり跳ねたりするようになりましょう」

「飛んだり、跳ねたり……？」

蒼一郎は火灯窓（かとうまど）からのぞく掛け軸の中の、悲嘆にくれた天女の顔を見る。元気過ぎる女は好まない、儚く静謐な者しかこの隠居屋敷には置きたくない。

「ご心配なく。蒼一郎さんが物静かな女を好むなら、あれはそのように振る舞うでしょう」

沓脱ぎ石の上では草履で踏まれた葉が濁った葉液を滲ませていた。引き込み池の上を渡る風が枯れかけた庭木の匂いを運ぶ。

「あの女の身元について、わかる限り教えてくれ」

「母屋で話したことと同じになってしまいますが。と言いましても川上の村に流れて来る前のことは全く知りません」

前置きして東方がひそひそと語り始めた。

「あの女は遥か上流で託宣などをしていたのですよ。災厄を言い当てて、人の病やら怪我やらの治し方を教える。あの通り知恵はありませんが、重宝されておりました」

「村の者達が捜しているのではないのか？」

「もう死んだことにされておりましょう」東方は少し言葉を切って、そしてゆっくりと続けた。

「なぜなら、あれは人柱にされて流されたのですから」

「人柱？　この時代にまだそんなことが？」

「在郷に根付いた因習は、そうそう消えるものではございません」

秋風が南天の生け垣をぞわぞわと揺らし、蒼一郎は厚手の羽織ものを掻き合わせながら、端正な顔をした商人に、目で続きを催促した。

「川に堅固な橋を架けるとか、橋などいらないとか。ありがちな争いごとが起こり、自分らに不都合な託宣をする女を、理由をこじつけて人柱の穴に放り込んだのですよ」

蒼一郎は白い額に流れる前髪を寄せながら眉を曇らせた。

「なんと酷いことを」

「幸い川が溢れて人柱の穴も水に削られ、あれは遥か下流まで運ばれてこちらに拾われました。これは良いご縁。あれを住まわせれば、皆様に息災と長寿をもたらすに違いありません」

蒼一郎は麗佳な顔に皮肉めいた笑いを浮かべた。うらなりだの役立たずだとの陰口をされている自分に、息災やら長寿やら、似つかわしくないこと甚だしい。

「じきにおわかりになりましょう」表情を読んだかのような言葉が続く。「あれは側に置けば庇護者に福をもたらす生き物なのです」

枝振り良く張り出した松を秋風が強く揺さぶり、蒼一郎は羽織ものの胸元をさらに深く合わせて呟いた。

「僕はあれを置いてもいいと思っているよ。母屋の者達がどう言うか、にかかっているけどね」

「ご心配ないでしょう」年若い商人は清楚な笑顔を浮かべて語る。「もう死んだことにされた哀れな女。誰かが捜しに来ることもないでしょう。それに寄る辺ない者を救えば、老舗の薬種問屋の格も上がると言うものです」

「そうだといいんだけどねえ」

「ご心配ありませんよ」

華奢な商人が通る声で囁き返し、隠居屋敷の若主人は憂鬱げに沈黙した。

引き込み池が秋風に吹かれ、溢れた落ち葉が水面に色とりどりのまだら模様を描いていく。この先は寒い季節がやって来る。身寄りのない女を放り出すことなどできはしないだろうと、蒼一郎は考えるのだった。


薬種問屋の主人の昌吾と女将の房乃の目の前で、一組の男女がひそひそと静かなやりとりを繰り広げていた。

「蒼さん、これは良いもの。お口に入れていいの」おっとりとした声で表情に乏しい女が言う。

「スイがそう言うなら食べてみようか」優美な細面の長男の囁きが応じる。

父親と継母が盆に乗せて持って来た練り柿について喋っているだけなのに、口調が密やか過ぎて睦言を聞かされているような気になってしまう。

真っすぐに入り込む秋の日差しが、菱格子（ひしごうし）の欄間（らんま）やら火灯窓やらを抜けて、ちらちらと揺れ、壁一面の掛け軸やら押絵やらをさざめかせていた。

お茶を注ぐ女子衆（おなごしゅう）のサチが居心地悪げな表情を浮かべている。この田舎娘は眉目秀麗な長男に熱を上げていると聞いている。彼女が想い人の側に座る昏い靄（もや）のような女に感じているのは、嫉妬なのか羨望なのか。

「蒼一郎、風邪の具合はもういいのか？」

父親が尋ねると、ほっそりとした長男が薄い睫毛の陰からちらりとこちらに瞳を寄せた。か弱げで、少し見下すような目つき。こんなささやかな所作さえも、早逝した高貴な先妻にそっくりだ。

「熱は下がりました。東方さんが薬茶をくれましたし、スイが身体に良いものを選んでくれますから」

「わざわざ外の商人から薬を買わなくてもいいだろうに」

家業は薬種問屋だというのに、美しくてひ弱な長男は出入りの商人が持ち込む薬ばかりを使いたがる。

「あの男は深山に伝わる薬草などを取り扱っています。それが僕の身体にあうのです」

「それほど効くなら店で仕入れたいものだ」

「山の秘薬で店に出すほどは取れないそうですよ」

話の進まないもどかしさに女将の房乃が、亭主にしか感じ取れない程度の苛立ちを放つ。血筋の良い長男は、材木問屋出身の賑やかで活発な継母に懐こうとせず、幼い頃から母屋で浮いていた。そこに利発で丈夫な異母弟が育ったものだから、長男謀殺などと妙な噂が立ち出した。大昔の武家御殿でもあるまいし、迷惑なことこの上ない。しかも美麗な長男に同情する女達がいるからやっかいだ。ごくたまに彼が店に姿を見せる日は、目立って女客が増えるのも始末が悪い。

「それにしても、翠子さん、だったかな」

凄腕の店主が女房の発する空気に押され、上ずった声で話題を変えた。

「スイでいいの。ごめんなさい。ご厄介になっているのに、あたし、ご主人と女将さんにごあいさつもしていないの」

ひっそりとした声が紅い唇からこぼれた。女の房乃が聞いても、心をとろかされそうに蠱惑的で、それでいて陰鬱な声だった。

黒髪が重たく背中に垂らされ、左右に対象で歪みひとつない顔は山寺の観音様めいた古臭い造りだ。これを美女と呼んでいいのかどうなのか。眼差しに生気があれば、あるいは口元に愛嬌があれば美しく見えるような、見えないような、そんな模糊（もこ）とした印象の女だった。

「いやいや、スイさん、こちらこそお見舞いにも来なくて悪かったね」

「災難にあって大変だったそうだけど、何か不自由なことがあったら言ってくださいよ」

豪商の主人夫婦のへりくだった言いぶりに、蒼一郎が眉をしかめた。両親の思惑が読み取れる。身寄りがないならめんどうがない。知恵がないなら企みごとなどしない。見た目より年増のようだから、いざとなったら若い嫁へのすげ替えも楽だろうし、何より長年、亭主がいても孕まなかったという話がありがたいに違いない。

「よろしくお願いします」

健気に頭を下げるスイの横顔を、結われることもない黒髪が隠した。

「あのね、お二人ね、ちょっとこっそりと、お耳を貸してもらいたいの」

千鳥の盆から茶色い練り柿をつまみながらスイが、無表情のまま言い出した。

「え？　何だって？」

「なにか欲しいものでもあるのかしら？」

淀んだ目をした女の唐突な申し出に、剛胆なはずの夫婦が絡め取られるように膝を進めて耳を寄せた。

房乃が日焼けした額に滲む汗を拭く。まだ秋も浅いのに、ここには火鉢が据えられている。文机の上のされこうべも熾火の揺らめきにてらてらと柿色に光り、畳の上に遊び捨てられた蝶の火鉢凧が季節感をいっそう曖昧にしていた。

「そこの後ろの女子衆さんね」耳打ちするスィの小声は、側に座る蒼一郎だけに漏れ聞こえていた。

「サチのことかい」

「しいっ」スィが人差し指をぽってりとした唇に当てた。「あの娘さんね、しばらくはお側に置かない方がいいの。いけないことをしそうで危ないの」

　隠居屋敷の瘴気に当てられて、温和な笑顔をこしらえていた昌吾の顔面に黒い怒気がさした。

「こんなこと言って申し訳ないの」張りつめて行く気配の中、それでもスィが囁き続けた。「でもお教えしておいた方がいいと思ったから」

　ひくり、と昌吾のこめかみに青い血管が引き攣った。怒鳴られる、と房乃と蒼一郎は身を竦める。使用人を叱責する時、あるいは次男に商売を仕込む時、彼は額に筋を浮き上がらせて遠い隠居屋敷にも響く怒声を放つのだ。

「スィさん」感情を飲み込んで低い声を発する昌吾の顔面が赤い。「ここにいたかったら、商売や母屋のことには口を出さないように」

「ごめんなさい」しなしなと揺れるように夫婦の耳元から顔を離してスィはうなだれた。「怒らないで欲しいの。あたし、嘘は決して言わないの」

　蒼一郎も房乃も身を竦ませ続け、話の流れが見えていないサチだけが場の異変に、丸い背中をさらに丸くしてかしこまっていた。

「蒼一郎」

昌吾が絞り出すような声で長男を呼んだ。下手をするとこの声の次には襖を震わせる罵倒が来る。

「なんですか」

うろたえる長男に対して次の言葉は至って平静な声で発せられた。

「女に余計なことを言わせるもんじゃない」

「すみません。哀れな目にあった女の言うことだから、聞き流してやってください」

「商売や使用人のことに口を出すのなら、ここには置いてやれん」

「まあまあ、そんなに血を上らせないで」房乃の甲高い声が異界めいた離れに響き渡った。「思ったことははっきり言う方が後腐れないんだから。スイさんは素直な女ってことでいいじゃない」

けれども三者三様に、先日の東方の一言が頭の中を過って(よぎって)いた。

「あの女は時々、失せ物探しやら人相見やらをしておりました。気まぐれに言うことが良く当たると重宝されていたようで」

彼らの脇でサチが鉄瓶の湯を湯冷ましに注ぐ。真っ赤な頬にあかぎれだらけの太い指。蒼一郎と両親の目には愚鈍で朴訥(ぼくとつ)で、嘘などつけない田舎娘にしか映らない。

「それにしてもこの掛け軸、ずいぶん色白できれいな女人だこと」女将の房乃が重苦しい空気を打ち破るようにまた甲高い声を上げた。

「幽霊画ですから」目を合わせることもなく蒼一郎が言った。

よく見れば美しい女の絵姿の、足元が背景に溶けている。朗らかで人当たりは良くても書画に昏い女将と、秋になっても季節外れの幽霊画を愛で続ける長男。この二人のそりがあわないのは当たり前だ。

「変わった掛け軸やら西洋の洒落た置物だとかがいっぱいねえ。スイさんもいることだし、離れに女子衆を一人つけましょうか」

細かいことなど気にもせずに房乃が声を張り上げ、その声の大きさに蒼一郎がまた静かに眉を顰(ひそ)めた。浮世離れした長男は隠居屋敷で知恵の浅い女に傾倒していてくれればありがたい、と主の昌吾は思う。子もできないまま年を重ねてくれれば、いずれは次男の息子に後を継がせられるはずだ。

離れの外に、ひゅう、と一陣の木枯らしが響き、鉄瓶の口がしゅうしゅうと白い湯気を漂わせる。母屋と離れを隔てる南天の生け垣がぞわぞわと揺れ、寒さを嫌う長男は厚手の羽織ものを掻き合わせるのだった。

二

「坊ちゃん、どうも……。お久しぶりでございます」

前歯の欠けた、白髪の目立つ女が隠居屋敷の濡れ縁に現れたのは灰色の雲から小雪がこぼれ始める頃だった。痩せこけてはいるけれど、手足が長くて目の大きな女。目尻からこめかみに何本もの皺が這っているけれど整った顔立ちに昔日の美貌が見て取れた。

この女を知っているような、ないような。スイに出会った時とはまた異なる既視感に蒼一郎は首を傾げた。

「懐かしゅうございます。子守りの女だった律なんし」

「え？」

「坊ちゃんをおんぶして、ねんねこを着ていた律なんし。もうお忘れでございましょうか」

容貌は老け込んでいても、声と口ぶりと、そして遠い南の村の訛（なまり）に覚えがあった。

「律姉や？　ずいぶんと久しぶりで。十年以上も前に遠い所に嫁入りしてそれっきりで。その、ずいぶんと……」

歳の割には老けてしまって、と言いかけて蒼一郎は言葉を飲み込んだ。女の加齢は見て見ぬふりをするものだ。役立たずのうらなりでもその程度の世知は備わっている。

「突然だからびっくりしたよ。里帰りのついでに訪ねて来てくれたのか？」

「いえ、恥ずかしながら嫁ぎ先から逃げて来てしまったんし。山奥のくらしが耐え切れず……」

薄汚れた前掛けを揉む手つきが、遠い記憶の子守り女の癖に重なった。十代の頃は大人びた身体つきに、きりりと力のある眼差しで問屋街の小町娘だとか、薬種問屋の巴御前だとか呼ばれた女だ。今、髪は灰色にぱさつき、笑うと欠けた前歯の中に舌が動く。老けて見えても蒼一郎と十歳と少ししか離れていないから、まだ四十歳（よそじ）にもなっていないはずだ。評判の美少女だっただけに、早過ぎる老いが惨たらしい。

若く美しいまま死んだ母と、美少女から一足飛びに老女になったこの女と、どちらの方がより儚（はかな）いのかと蒼一郎は、ふと考えた。

「こちらで女子衆が一人欠けたとかで……」しげしげと眺められ、恥じる風情で女は目を逸らした。「私は出戻って実家の馬小屋で雨風を凌いでまして。それを女将さんが見つけて、またこちらでおつとめさせてもらうことになったんし」

ぺこり、ともう一度、頭を下げると、きめの細かさを残した首筋で白い髪が乱れて、さわさわと哀れに揺れた。

「なるほど、サチの後釜というわけだ」

「はい、突然に一人、暇を取ったとかで」

二ヶ月ほど前、女子衆のサチが、店の棚の品物をごっそりと盗み出して売っていたのが発覚した。彼女は投獄されたけれど、持ち出された品はひとつも戻って来てはいない。

「私は坊ちゃんの子守りでしたんで、これからは離れで御用をうかがうようにと仰せつかりましたんし」

見た目は老いても、澄んだ声には年相応の張りがあった。

「よろしく頼むよ。後でスイを紹介しよう」

「川を流れて来た別嬪さんでございますね」

「スイは夕方には戻る。気の良い女だから仲良くやれるはずだよ」

今日の午後、スイは渡り廊下を通って母屋に連れて行かれた。サチの時のように人相見ができるのなら他の使用人に悪意がないかどうか面通しをさせたいという両親の意向だ。

蒼一郎は檜作りの文机に広げた洋書を物憂げにめくった。頭の弱い女が母屋に必要とされても、長男の自分は役立たずのままなのだ。無聊(ぶりょう)にため息を漏らすと、半白髪に落ちた雪を振り払いながら律が感嘆と哀惜をこめた声を漏らした。

「坊ちゃん、そうして書物を読むところなど若奥様にそっくりで……」

二十年近く前に死んだ生母を若奥様と呼ばれると、自分もいたいけな幼児に戻った気がしないでもない。

「僕は母が死んだ歳を追い抜いたよ。もういつお迎えが来てもおかしくない」

夏も秋も、ろくに陽に当てられなかった指が、文鎮代わりにしている木彫りのされこうべを撫でた。

「お若い坊ちゃんが何をおっしゃいますか。お迎えなら律の方がうんと先でしょうに」

「律姉やは女傑だ。お迎えが来たら二丁鎌で追い払えばいいだろう」

「あれ嫌だ、坊ちゃん、あんなお転婆をまだ覚えてたんしか？　頼みますからもう忘れてくださいな」

割れた唇を押さえて律が娘じみた声で笑った。

思い出す。あれは蒼一郎が五つか六つの頃だった。子守りの律と一緒に町外れの田圃道を歩いていて、ならず者達に絡まれたのだ。評判の美少女を手込めにしようとしたのか、商家の長男を攫って金をかすめ取ろうとしたのか意図は知らない。酒臭い男達がにやけた顔つきで詰め寄った時、誰も助けに入ることはなく、側で畑仕事をしていた百姓達は農具を放り出して逃げ去った。頭上には抜けるような青空。赤や銀色の蜻蛉の飛び跡が、死んだ母の着物の流線柄を思わせた。

この男達に殺される。母のいる冥土に送られる。あの時、自分は怯えていたのか覚悟を決めていたのかは覚えていない。記憶に焼き付いているのは震えながら律の柔らかい腰にしがみついたこと。そして、紺絣の裾がまくり上げられて、細く、長い女の脚が二本、その付け根まで晒されたことだけだ。

白い脚の根元には淡い翳り。子守りの少女が膝を曲げて腰を落とすと、そこに濃い桃色の肉が割れて見えた。彼女は自分の着物を腰巻きごと、秘所が見えるほどにたくし上げて帯に挟み込んでいたのだ。

唐突に見せられた少女の太腿に、幼い蒼一郎と柄の悪い男共が同時に息を飲んで動きを失った。

その刹那を見逃さず、律は凄まじい速度で百姓達が捨てて行った二丁の鎌を拾い上げたのだ。目尻の切れ上がった美少女が、両手に鎌を握り構える姿が凄惨なほどにあでやかだった。まっ白い太腿を低く落とし、腰に力を溜めるしなやかさに、蒼一郎は危機も忘れて見入っていた。

　次の瞬間、ひゅう、と律が飛び、両手の鎌が閃いて男達の喉や手足を掻き切った。青い秋空の下、二丁の鎌が錫色の円弧を描くたび、軌跡の上に赤い血がばらばらと飛び散った。野太い悲鳴が澄んだ空気を裂いて響き渡り、薙ぎ落とされた指が数本、毟(ちぎ)れた切り口を晒して田圃の泥に濡れて行くのだった。

「悪者はやっつけたんし。もう、なんも怖いことはないんし」立ちすくむ蒼一郎を抱き上げて、子守りの少女がいつもと同じ声色で話しかけた。「悪い人も怖いものも私が追い払ってやるんし。私の実家はなあ、農具を使った喧嘩術を教える場所なんで、鎌でも竿でもあるものを使って荒事ができるんし」

　律の首筋から立ち上る汗の匂いは、背負われて子守唄を聞きながら嗅ぐそれとは異なっていた。いつもよりきつくて甘い女の薫りに酩酊し、ただ柔らかい身体にしがみついていたのだった。

「大立ち回りの後、律姉やは駐在所に連れて行かれて褒められたんだっけ？」

「いえいえ、相手が札付きだったんで怪我人を出したことはお咎めなしでしたけど、巡査にずいぶん叱られたんしよ。女だてらに太腿を見せて鎌を振りまわしてたら嫁に行けんぞってなあ」

「ああそうだね。危なくなったら裾をまくれと律姉やに教えられたんだ。いきなり股を見せられると人間はびっくりして動きが止まるものだって」

　もちろん深窓(しんそう)の令息に、そんな教えを実践する機会などありはしなかったけれど。

「どんな怖いものが来ても……、そうだね、死ぬことからも律姉やが守ってくれるような気がしていたのに、突然、嫁に行かれて僕はずいぶん泣き続けたよ」

「坊ちゃんが女将さんに懐かないで私にばかりくっついていて……、大人になったら律を嫁にするとまで言い出したから、女将さんが遠い山の僻地に縁付けてしまったんし」眉根に刻まれた皺をよせ、深々とした恨みを吐いた後、女は恣意的に冗談めいた口調に切り替えた。「でもまあ、ご安心なさいまし。これからは婆あになった律が坊ちゃんをお守りいたしますんで」

「頼りにしてるよ。まあ無縁の隠居屋敷を狙う悪人もいないだろうけど」

青白い青年と老け込んだ女が顔を見合わせて子供のように笑いあった。それは二人にとって久しぶりに童心に戻って心からあげた笑い声なのだった。

三

「お義母さんに呼ばれて母屋に行こうとしたら、渡り廊下が抜けて怪我をしてしまいました」

綿入りの羽織を肩にかけた蒼一郎が青白い顔を熱に火照らせている。冬枯れの庭を通って見舞いに来た主の昌吾と女将の房乃に対して、口数の少ない長男が静かな憤りを見せているのだ。細い右足を横に投げ出し、腫れた足首には絞った手ぬぐい。板張りの通路を踏み抜いて、下を通る引き込みの小川に落ちて足をくじいたのだ。寒風の中、濡れた着物で離れに戻るうち風邪もひいてしまったとか。

暖気のこもる座敷には火鉢がふたつ。火灯窓の横に置かれた丸火鉢に黒髪を束結びにしたスイがもたれかかり、炭火の上に蝶を象(かたど)った火鉢凧を飛ばせて遊んでいた。

「床板が腐っていた」昌吾が不機嫌な声で告げる。巷ではまた長男謀殺の噂がおもしろおかしく飛び交い、女達が美男の薄幸ぶりに目を潤ませているはずだ。「修繕させているが、春になったら渡り廊下ごと造り直すつもりだ」

「水屋も母屋とは別に仕切っています。古い渡り廊下は外してもいいのでは？　行き来なら庭の枝折戸を開ければじゅうぶんでしょう」

今では律が蒼一郎付きの女子衆になり、離れの炊事も洗濯も一手に担っている。毒殺の噂に悩む長男は渡り廊下と共に母屋との関わりも取り払ってしまいたいのだ。

「雨や雪の時は屋根つきの渡り廊下が要るだろう」

「庭を行き来するところが使用人の目に触れるのもなんですからねえ」

昌吾と房乃が同時に声をあげた。

隠居屋敷に住むのが役立たずの長男だけなら渡り廊下など外してもかまわない。けれども生き神様呼ばわりされ始めたスイがいれば話は違う。

この冬の初め、薬種問屋の使用人が減った。スイに悪意を嗅ぎ取られた者が数名、その場で暇を出されたのだ。お陰で暮れから正月にかけて店の面々は寝る暇もなかったけれど、最近はスイの見立てで店に入った者達が期待以上の働きを見せ始めている。

「それにねえ、母屋と離れは繋がっていた方が縁起が良いものなのよ」

房乃が早口で声を張り上げ、蒼一郎がうるさげに灰ならしで箱火鉢の灰を掻き始めた。

「廊下を取り去ってまた変な噂が広がったら困る。商売に障りが出ることだけは慎まなければならん」

昌吾が低いだみ声で決定を告げ、蒼一郎はあきらめ顔で撥型の灰ならしを弄んだ。

「二人ともスイを隠しておきたいだけでしょう？」

「当たり前だ。母屋の庭は出入りの者の目にも触れるんだぞ」

「髪も結わずに普段着で庭をふらつかれちゃあ格好がつかないのよ」

使用人の手前、生き神様は厳かでなければ困る。だから面通しの前は離れでそれらしく化粧などさせ、こっそりと渡り廊下から奥座敷に据えようという意図だ。

「見られたくないなら、平安風の被衣か虫垂衣でも使ったらどうですか？」

「大袈裟すぎるのはいかん」

「却って目立つじゃないの」

ささやかな皮肉に、案の定、夫婦は同時に真顔で応じた。

「冗談ですよ」

この夫婦は一対の道祖神、と冷笑しながら蒼一郎は考える。思惑も行動も一致して、脇目もふらずに商売事に邁進している。がさつでしたたかで、人と接していないと寂寥感で朽ちてしまいかねない騒々しさも共通だ。

生母は見惚れるほどに美しかったけれど、豪放磊落な夫と馴染まなかった。鬼瓦のような面相の継母は良い夫婦仲と賢い息子をこしらえて商売を盛り立てている。なぜ美女よりも醜女が幸福なのか、そう憂えると美の無力さが哀しくすらなってしまう。

蒼一郎が箱火鉢の灰に市松模様を描き始めた時、からり、と音をたてて襖が開かれ、離れ付きの女中になった律が現れた。

「坊ちゃん、足を冷やすお時間なんし」

灰色の髪をまとめあげてこざっぱりとした仕着せに身を包むと、山村から落ち延びて来た頃ほどみすぼらしくは見えない。それでも歳に似合わない老け込みは隠せず、頬や腕には田舎ぐらしでつけたらしい傷痕も見て取れる。

「まだお二方がおられますけんど、坊ちゃんの足を冷やすお時間になりましたんで」

　水屋の側から血の臭いが座敷の暖気に混じり込み、昌吾と房乃が怪訝な目つきで顔をあわせた。スイが火鉢〓を仰ぐ手を止めて小鼻を蠢かすと、精巧にこしらえられた紫色の蝶がくるくると失速して、ぽとり、と畳の上に落ちた。

「婆や」蒼一郎が両親の目を憚るように言う。「人目のあるところで足の手当をするのはどうかと思うよ」

「田舎のやり方は嫌がられますかねえ。でもお時間を決めてきちんと冷やさないといけないんしよぉ」

「蒼一郎、お前、律を婆や呼ばわりしているのか？」

　怪訝そうに尋ねる昌吾に、律がすまなげに横から答えた。

「旦那様、私も昔は姉やと呼ばれてましたけど、もう歳でございます。山奥の嫁ぎ先で亭主に殴られ続けて、ほれ、こんなに老けてしまいました。だから坊ちゃんには婆やと呼んでいただいているんで」

　歯の欠けた口で語る女は真っ赤な肉を入れた平桶を持ち「失礼いたします」などといいながら蒼一郎の側に歩みよった。

　室内の暖かみに生肉の臭いが混じり、あからさまに顔を背ける主人夫婦の前で、律は蒼一郎の腫れた足首に、ぺたり、とぶ厚い肉を乗せた。男にしては細く白い脚に肉の赤味が鮮烈に映える。

「ひんやりして気持ちが良い。これなら腫れも痛みも引きそうだ」

　歯の欠けた女が生肉を扱う様に、夫婦が息を飲んだ。

「そんな化け物でも見るような目で見ないでください」

長男が非難めいた声を出す。

「お見苦しくて申し訳ないんし。私の田舎では足を挫いた時や風邪の時は馬肉で冷やすもんで」

「え……？」

「馬の肉は熱を冷ますもんでして」

織細さとは縁遠い昌吾と房乃の顔に、そわり、とした嫌悪が過った。この街で馬の肉を扱う習慣はない。真っ赤な馬肉を半病人の足に当てる姿は怪しい呪術にしか見えないのだ。

「昔から伝わる治療法にはそれなりの意味があるんですよ。僕の足の腫れや痛みも馬肉で良くなっています」

母屋に行けば質の良い芫菁湿布剤もあるというのに、わざわざ野蛮な手当をして見せつけなくても、と二人は思う。

「蒼さん、お肉……」唐突に部屋の隅で、生き神様が呟いた。「生のお肉の臭いが……」

「ああ、スイ、ごめんよ。お前は生肉を怖がっていたんだよね」

「お肉の臭いが怖いけど。あたし、怖いけど触ってみていいかしら？」

青ざめて小刻みに震える女の周囲に空気が淀み、焦点の朧ろな瞳には怯えにも似た熱が宿っている。

「このお肉は冷たいの」女が囁いて、指を震わせて生肉を突いた。

「ええ、冷えてますとも。桶ごと水に浸けたんしから」皮のむけた唇で笑って、婆やが答える。

「冷えた肉は余計な熱をうまく吸い取るしくみがあるらしい」書物ばかり読んでいる息子が蘊蓄をたれた。

この離れは薄気味が悪い、と昌吾と房乃は心底思う。何代も続けて年寄りが息を引き取り、美貌の先妻が早世した場所だ。幽霊が出るだの疫神がいるだのと怪しい噂もつきまとう。そこに厭世的で病弱な長男がひきこもり、日陰に惹かれるようにして表情に乏しい生き神様と鬼婆めいた女中が棲み着いたのだ。

生者とも物の怪ともつかない者達がこしらえる煮こごりのような空気から逃れたい。できることなら渡り廊下など取り払って、完全な別棟にしてしまいたい。せめて、ここの瘴気が母屋に及ばなければそれでいい。そう主夫婦は考える。

炭火が爆ぜてちろちろとした陰影を作る中、青白い長男と妖怪めいた女二人が肉を突く様を眺めていると、すぐ側にある母屋の喧噪がひどく遠いもののように感じられるのだった。

新たに笹に包んで持ち込まれた馬肉がぐるりと蒼一郎の足首に巻き付けられた。太い麻紐で縛ると、ぞっぷりとした血臭がくすんだ座敷の灰の香りに混じり込む。挫いた足首を杉の板に載せたまま、蒼一郎は横座りのまま丸脚の文机にもたれかかって呟いた。

「下手な売り薬よりこういうものの方が、僕はいい」

「坊ちゃんは本当になよやかな奥様にそっくりで。婆になった律さえ惚れ惚れするんし」

座敷を立ち去り際に、律は肉汁で赤く濡れた指先を舌で嘗めながら蒼一郎の麗姿を賞賛した。

丸火鉢の脇では袂で口元を押さえたスイが、横目で赤い肉を盗み見ていた。

そう言えば、最初に馬肉を見せた時、彼女は小さな悲鳴を上げて座敷の隅に飛び退り、肩を震わせながら泣いていた。怖がらなくてもいいのだと、これは足の治療なのだと言い聞かせたけど、今も生肉があるとスイは部屋の隅で目を背けてしまう。

「スイの故郷で肉は嫌われていたのか？　律の里では馬肉を食べるそうだけど」

　この街で馬肉は穢（けが）れたもの、毒があるものと忌み嫌われてきた。食肉の風習がよそから伝わって来たものの、一世代前までは盗人に馬肉を食わせる刑罰があったほどだ。

「食べた……。お肉、生のを……。あたし……」山吹色の袂で口元を覆ったままスイが呟いた。

「あたし、お肉をね、食べたの。口に入れて、ぐちゃぐちゃと噛んだの。お腹がすいて食べてしまったの……」

　患部を冷やしたまま洋風の丸脚文机にもたれかかっていた蒼一郎は、スイの呪文めいた独白に顔を上げた。

「スイは肉を生で食べてしまったのか？」

「生きている時は温かいのに、死ねばお肉は硬くなって、冷たく、柔らかくなって、ぷちぷちした虫が涌くの……」丸く黒い瞳が眼窩の中で揺らぎ、透明な涙がつるつると頬の上を滑った。

「あたしは肉を食べた罰当たりなの。蒼さんに知られたら嫌われて、汚（けが）らわしがられて、そしてまた川に流されてしまう」

　蒼一郎はにじり寄ってスイの丸い肩を抱きしめた。

「肉を食べたことがあるくらいで嫌いになんかならないよ。空腹で肉を食べたって、何が汚らわしいものか」

　力弱いはずのスイの指が蒼一郎の薄い背中にめり込み、綿入れの上で黒髪がうねって細かく震え続けている。

「あたりまえに肉を食べる土地はたくさんある。そんなに悔やんだり怯えたりしなくてもいいんだ」

「お肉を食べるのが、当たり前の土地？」

「婆やの村の猟師達は昔から獣を食べていたし、海の向こうにはずっと昔から肉を食べていた国があるんだよ」

「あたし、汚らわしくないの？」

「いろんな本には書いてあるよ。肉を食べないとか、肉に毒があるなんて言う場所の方が珍しいんだって」

「どんなお肉を食べてしまっても、汚らわしくないの……？」

「汚らわしいことなんか絶対にない」

　病弱だからと守られ続け、死んだ母親に引いて行かれると怯えるばかりだった男が、初めて発した他者を慰める言葉だった。

「海の向こうには犬や蛇を食べる国があるそうだ。この国でも飢饉の時は人の肉を食べていた」

「人が、人を、食べるの？」

「飢え死にしそうな時は親が小さい子供を取り替えっこして食べたと古い記録に残っている。人間の脳や肝をすり潰して薬にしていた時代もあるんだよ」

　瞳孔と虹彩の境目のわからない瞳の中に、そこはかとない安堵が湧いた。それは隠居屋敷に拾われてから、初めてスイが見せる笑顔の片鱗のように蒼一郎には思えたのだった。

「あたし、川に流されたり捨てられたりしないの？」

「するわけがない！」

　この女は毒殺の噂に怯えていた自分を嗤いも宥めもしなかった。ただ毒味をしてやると言って膳のものを口に入れてみせてくれた。だから自分も彼女の怯えを受け入れるのだ。

「スイは、何も悪いことはしていない」

「悪いことはしていない？　だったらあたし、仕返しで喰い殺されなくていいのね」

スイの口元がゆっくりと円弧を描き、紅梅の色の唇がやんわりとした微笑みを形造った。初めて見る笑顔が菩薩の微笑に重なる。女が笑うと肩に流れる黒髪が、仏の肩にかかる条帛（じょうはく）のなめらかさを帯びてくる。

「食べたいものを食べていい。欲しいものがあったら取り寄せてやる」

黒髪を撫でるとスイがまたやんわりと微笑んで、そしてそっと蒼一郎の足元に跪（ひざまず）いた。

「お肉を食べるのは、汚らわしくないの」

「当たり前だ。汚らわしいわけがない」

艶を増した唇が上下に割れて、その中から赤い舌が垂れ下れる。紅色の蛇に似たくねりを見せながら、舌が脚に巻かれた馬肉をぺろりと嘗めた。

「お肉、食べても許されるのね」

足元から上目遣いに見上げてスイが問う。

黒髪が垂れ落ちて肉に触れ、赤い肉汁に濡れた。

「当たり前だ。許されるよ」

「だったらあたしが嚙んで、蒼さんにもお肉を食べさせてあげる」

薄く笑った女が、赤身の肉を舌で嘗めて、唇で挟む。足首に巻いた馬肉を吸われると、自分の血肉が女の舌で弄（いじ）られている気がする。目眩にも似た酩酊が波状に襲う。蒼一郎は波及する恍惚に揺れながら、ただ黙ってスイの黒髪を指に絡め続けるのだった。

「今年も夏が近づいてまいりました」

濡れ縁に腰掛けた東方が呟き、庭池に流れ込む小川のせせらぎが響いた。

「急に蒸し蒸しとして来たね」

蒼一郎が白檀の扇子で青白い胸元に風を送りながら返した。片手には小さな灰ならし。炭のない手焙り火鉢の中に青海波（せいがいは）を描いては消し、描いては消しを繰り返している。

渡り廊下は新しく組み直され、茶色の結霜ガラスの窓がはめ込まれている。あの中を盛装した女が歩けばさぞかし神秘的な影になって見えることだろう。

「スイさんはお庭をお散歩ですか？」

東方が分厚い画集やら水晶の占い玉やらを広げて見せながら尋ねた。

「母屋で使用人の首検分さ」

「首検分？　斬った敵の首を調べたというあれですか？」

「使用人の首を刎ねている訳ではないよ」

蒼一郎が薄い唇に青磁の湯飲みを当てながら言った。飲んでいるのは少し苦みの効いた南国の琵琶茶。東方が胃腸に良いからと持ち込み、律がぬる湯でじっくりと淹れたものだ。

「スイを仰々しい御簾の中に座らせて使用人に悪意がないかどうか判じさせているんだ」

裾捌（すそさば）きのゆるい女が御簾に鎮座させられる姿を想像したのか、東方は白皙（はくせき）の童顔に皮肉めいた色を浮かべた。

「知恵が足りないとか、流れ者だとか見下していたくせに、商売が絡むと奉るのが滑稽だ。スイは母屋の行儀作法が苦手だとぼやいてるけどね」

「スイさんは蒼一郎さんに懐いて穏やかにくらしているのですね。美味しいものを食べて、大切にされて、ふくふくと豊かな肉を太らせながら」

一瞬、東方の口元が物の怪じみた半月形に吊り上がるのを、蒼一郎の目が捉えていた。

「川に流されて辛い目にあった女ですから」視線を察した東方がことのほか和やかな口調で続けた。珊瑚色の唇はすでにゆるく、涼し気に閉じられている。「心静かにくらしてくれればと思うのですよ。ささやかな神通力もありますし、この場所も安泰でしょう」

「安泰、というわけにもいかなくてねえ」

蒼一郎が皮肉めいた笑みを浮かべて隠居屋敷を囲む黒い大和塀(やまとべい)の一画を指し示した。「ほら、塀に蔦を這わせているところがあるだろう？」

「ええ、趣きのあるこしらえと思っておりました」

「塀板が二枚ほど壊されてね。修繕したけれど、色味が他と違うから蔦で隠しているんだ」

「壊された？」

「暇を取らされた使用人がスイを逆恨みして、塀板を外して夜襲をかけて来たんだ」

「首検分の後は夜襲ですか？」

「心配ないよ。用心棒がいるから」

あるかなしかの風が草木の発する初夏の生気を運ぶ。幽(かす)かに響くのは庭木がゆれる音と引き込み小川の水音。ここは街中にありながら、母屋の賑わいからも路地の喧噪からも遠い。塀の向こうの人通りの気配がむしろ静けさを引き立てている。

深閑とした空気を裂くように、唐突に若い男の叫び声が響き渡って、濡れ縁に座った東方が、びくり、と身体を竦めた。

「おや東方さん、あなたがそんなに驚くところを初めて見ましたよ」

　男の悲鳴に驚く様子もなく蒼一郎が笑った。

「これはお恥ずかしいところを」東方は眼鏡を細い指で押し上げて作りものめいた照れ笑いを浮かべた。「行商などしていると賊にあうこともありまして、このような臆病者になってしまいました」

　母屋との間に植えられた南天の葉が、ひりひりとした悲鳴の残響にさざめいている。塀の向こうからは数人が騒ぎ立てる声が伝わり、続いてぱたぱたと軽やかな草履の音を立てて律が娘じみた内股で駆け込んで来た。きりりと襷がけをした脇には先が二股に割れた物干用の竿上げ棒を抱え、首筋に透明な汗の玉を光らせている。

「坊ちゃん、すみませんねえ。声が聞こえたんしか？」

　見た目に反して、声が驚くほどに若々しい。

「東方さんが驚いていたよ。少しは手加減してくれ」

「ああ、申し訳ございませんねえ。裏の垣根にはしごをかけて生き神様を覗く者がおったもんで、つい竿先で両目を潰してしまいました」

　律が口元に喜悦を浮かべ、くすくすと蒼一郎は笑う。静謐な隠居屋敷を下司な視線で汚す者は、不具にされてもかまわない。スイと律に囲まれて、この頃は、そう思うようになった。

「あまり怪我人が出れば母屋がうるさくなるぞ」

「旦那様に怒られたら、目の弱い婆のしたことだからと土下座しますんで」

「はしごをかけて覗く奴が訴え出ることもないだろうけどね」

「今度は声を出せないように喉の急所を狙いますんで。それともこの間みたいに熱湯をかけましょうか」

　竿上げ棒の二股に分かれた先端が人血の赤色に濡れている。東方の視線に気づいた律が竿を後ろに隠し、恥じらう風情で目を伏せた。

「東方さん、気にしないでください。婆やは不届き者をこらしめているだけですから」

「街場の商家なのに剣呑(けんのん)なことで」

　あいづちの後、東方が艶めいた唇の中、外に漏れない声で呟いた。「女の肉が安泰に育たなくなってしまう」と。この商人が聞き取れない呟きを籠らせる時、目の大半を占める瞳がいちだんと黒味を増す。その不可思議さを眺めながら蒼一郎が憂鬱そうに、それでいておもしろげに教えた。

「半月ほど前に暇を取らされて逆恨みした使用人がね、酒に酔って忍び込んだのさ。ここに寝起きしているのはうらなりと頭の弱い女と婆やだけ。物盗りにしても女を攫うにしてもこれほど楽な所はないと考えたんだろう」

　蒼一郎が自嘲気味に言うと律が前掛けで手を拭きながら主人の会話に混じり込んだ。

「スイさんが鼻の利く生き神様だと知っていながら間の抜けたことなんし」

「婆やが実家で喧嘩術を叩き込まれていたのも運の尽きだった」

　女に間違われそうな細身の男と、歳の割に老け込んだ女が顔を見合わせてけらけらと笑った。

　ひとつ前の新月の夜、背後からの夜風に吹かれながら男達が壊れかけた板塀を外して忍び込んだのだと言う。隠居屋敷はろくに戸締まりをすることもなく、賊は楽々と濡れ縁の板戸を開いて座敷に侵入したのだ。

けれども灯りの消えた座敷の中、寝乱れた布団はあっても人影は見あたらなかった。焦った彼らが水屋に向かう戸を細く開けた時、薄暗がりの中から一本の棒が躍り出て、一人ひとりの眉間を正確に殴打した。頭骨を割られて昏倒した男は三人。託宣で薬種問屋から放逐された手代が二人とその遊び仲間の一人だった。

「スイが風の中に悪者の臭いがすると泣き出してね」蒼一郎は過ぎ去った災禍を怖れる様子もなく冷めた口調で語った。「僕達は裏玄関に隠れて、あとは婆やが長いすり粉木で連中の急所を一突きしただけ。あっという間のことだったよ」

「馬鹿な男共なんしたよ」茶托を拭きながら律が口元の皺を広げて笑った。「押し込みをするのに錆びた包丁しか持ってませんで。この婆一人に大の男が三人もやられるのは滑稽だったんし」

「役立たずの僕は、強い婆やと賢いスイに守られて安泰だ」

「そうだったのですか」東方が唇をゆるい弧の形にして笑った。「ここは安全で、安泰なのですね」

「ええ、ええ、スイさんと私で坊ちゃんのお静かなくらしを守りますんで」

「こんな頼もしい婆やさんはどこを捜してもいらっしゃらないでしょう。でも律さん」漆黒の大きな瞳に見つめられ、老け込んだ女が、また恥じらうように目を伏せた。「ご無理はなさいませんよう。腕が立つと言っても、あなたは女人なのですから」

「ありがとうなんし」真っすぐに見つめ返し、張りのある声が返された。「東方さん、私はなあ、悪党を心おきなく痛めつけられる今のくらしが、ありがたくて、ありがたくてしかたがないんですよ」

「ありがたい、のですか？」

「婆やはね」蒼一郎が哀れみを込めた声で引き継いだ。「僕の義母のせいで山奥の貧しい村に無理に嫁がされて、亭主や舅に昼も夜も殴られ続けていたんだ」

「豪傑の律さんを殴る？　それはずいぶんとお強い旦那様だったのでしょうか」

「いえいえ、腕っ節の弱い貧相な小男共でございました」青磁の茶碗に琥珀色の琵琶茶を注ぎながら律が否定した。「土地の痩せた山村では男手が何より重宝されて、だから亭主が嬶を殴る蹴るが当たり前で、殴られた女がやり返すなど三代遡ってもなかったと聞かされたんし」

「ここらでは女房が亭主に鍋を投げつけるくらいのことは良く聞くんだけどね」

「私は耐え切れずに亭主を殴り返したんし。貧弱な男がひいひいと泣いて床に這いつくばっておりましたよ」うつむいた眼差しに怨嗟をぎらつかせて女が語る。「でもねえ、男を殴ると私が産んだ赤ん坊が蹴られるんしょ。それに加えて、男を殴るとは何事かと姑に包丁で斬りつけられまして。次の日には村中の女によってたかって髪を摑んで引きずられて、溜め池に沈められて、石を投げられて。だからずっと我慢して殴られ続けまして。街場から来た気取った嫁だと罵られて……。歯を折られても、孕んだ腹を蹴られても、こらえるしかなかったんし」

「ご苦労なさったのですね」黒い瞳を潤ませて東方が言った。「どれほど辛かったことでしょうに」

「喧嘩術なんぞ、強さなんぞ、決まり事ひとつ変われば無力になるものなんし」

律が皺肌のあちこちに残された傷痕をなぞりながら呟き、東方が長い睫毛を指で拭った。

「世間擦れした商人の私も切なくなりました。お見舞いというのもなんですが、律さんには心穏やかに過ごせる香薬などお持ちすることにいたしましょう。ああ、もちろんこれは私からの気持ちですのでお代はいただきません」

ぺこり、と頭を下げる律の乱れ髪が、逆光の中に黒い筋を浮き上がらせた。

橙色に膨れた太陽が今、黒塀の中に落ちて行こうとしている。引き込み小川の上の渡り廊下から軽い足音が響いて来た。どうやら母屋で首検分が終わったらしく、茶色のガラスの中に走るスイが見て取れた。

「やっと帰って来たようだね」

蒼一郎が嬉し気に、物憂気に呟く。

結霜ガラスの中に移ろう女の影。唐輪（からわ）に結い上げられた髪を手でほぐそうと試みながら、幾重にも重ね着させられた衣装を一枚一枚、脱ぎ捨てている。

「ああ、もうこんな時間になりました」白い頬を夕陽に照らされながら東方が辞去を伝えた。

「次回は律さんに良質の香薬と、それから生き神様にも心を嗅ぎ取られない匂い袋などをお持ちいたしましょう」

「私は幸せでございます」しぼんだ目元に歓喜を滲ませて律が応じる。「坊ちゃんをお守りできて、習い覚えた喧嘩術で悪党を痛めつけられて、出入りの商人様にもお優しく接していただけるんですから」

律が笑うと目元からこめかみに何条もの皺が走り、乾いた唇がぱりぱりと裂けて薄赤い肉がのぞいた。

「私も喧嘩術を習いたいものです。いや、それよりも」東方が、ふと思いついた風情で言葉を繋いだ。「むしろ律さんが身近な男児に教え継いでみてはいかがでしょう。若い用心棒を育てておけば後々、有益になるはずですよ」

西側の垣根の中に太陽がどっぷりと沈み込んで行く。雨風に濡らされ、松の日陰になった笠木の上には赤い苔の花が咲いている。

「スイさんのために馬の真っ赤な生肉を切りましょう」

律が呟いた。

「僕はスイに噛んで食べさせてもらおうか」

蒼一郎が応じる。

渡り廊下を、しゅるしゅると着物を脱ぎ捨てながら女の影が走り抜けて来る。きつい西陽も急速に力を失い、やわやわとした薄暮がたれ込め、万物の輪郭がぼやけて行くのだった。

四

離れの庭の山柿を夕刻の日差しが照らし、朱色の実の一粒一粒が小さな太陽のように照り輝いている。

光に目を眇(すが)めてうつむくと、灰ならしを持つ手に細かい皺が見えた。男なのに白魚の指と言われていた。袖口から覗く肌は練り絹の滑らかさだと褒められていた。

最近、スイの頬や背中を撫でると悲しくなる。なぜなら女の肌の柔らかさは変わらないのに、自分の指だけが硬くなっているとわかるから。一緒に庭池を覗き込むのは、ことさらに恐ろしい。水面に映るふたつの顔を見ると、自分だけが歳を重ねているのだと否応なしにつきつけられる。それでも初めて見る者は義弟の甥と間違える。歳の割に見た目が少しばかり若いのは、側にスイという福の神がいるためだろう。

「山柿の実は蒼さんのお身体にいいの」

スイがそう言い出したから、遠い山から若木を数本取り寄せて離れの西側に植えさせた。あれは十数年も前の、同じような小春日和の午後のことだった。桃栗三年柿八年などと言われているのに、この山柿が実を結ぶのに十二年以上かかっただろうか。気がつけば、あの福々しい女とくらし始めて、ずいぶんな年月が過ぎ去っている。

細い木の枝に実る濃朱の山柿はどれも小さくて、渋くて、とてもそのままでは食べられない。湯に浸けて吊るし柿にしてもそれほど甘く変わらない。けれどもスイが齧って、噛んで、口に移してくれれば、とろけるような甘味が生まれるのだ。

この柿が実るようになってから、風邪をひかなくなった。少しだけ酒も呑めるようになった。スイが息災をもたらすというのは、真実なのだろうと蒼一郎は今さらながら思う。

今夕も、ぱたぱたと渡り廊下を駆け抜ける音がする。帯が解かれる衣擦れ（きぬずれ）が伝わり聞こえ、豪奢な絹衣が脱ぎ捨てられている。もうじきスイが、ここに飛び込んで来るだろう。

「お店のお役に立てて、あたし、とっても嬉しいの」

「でも髪を結われて絹のおべべで締め付けられるのは疲れるの」

生き神様と崇められる女は、いつも鷹揚な口調で語り、しなだれかかって生の肉を喰いたがる。だから彼女が母屋に渡る日は新鮮な獣の肉が届けられ、婆やが渡り廊下の下を流れる小川で冷やすのだ。最初の頃は馬、次は子山羊、その後は生まれたばかりの生きた兎が笊に詰められて。今では東方が、細い泣き声が漏れる魚籠（びく）を持ち込むこともある。婆やがそれをどう捌いているのかは知らない。けれども肉が薄気味悪ければ薄気味悪いほど、それを喰らった時のスイの微笑みが煌々（きらきら）しい。花がほころぶような、靄の中に朝陽がさすような笑顔が見られるなら、不気味さなど気にとめることはないと、いつしかそう思うようになってしまった。

自分は食が細い。肉の臭みが耐えられず、子供の頃から口に入れたことすらなかった。けれどもスイが分け与えてくれれば生の肉でも食べられる。いや、飲める、と言うべきなのだろうか。女が紅色の唇の中で、赤い肉を小骨ごとぼりぼりと噛み潰し、唾液に混ぜ込んで与えてくれる。ねっとりと粘る甘露を飲み込めば、全身に力が染み渡るのがわかるのだ。

夕暮れ時に渡り廊下を走る足音が聞こえると、口の中に唾が満ちる。今夜も床を敷いた脇で、とろめく夕餉を与えられるはずだ。

「蒼さん、ただいま戻ったの」

渡り廊下の板戸が音を立てて開かれ、ふくよかな女の身体が走りより、きゅう、と首にしがみついて来た。髪の毛から漂うのは鬢付け油と伽羅の薫り。

自分の手から撥型の灰ならしが、ぽろり、と落ちる。箱火鉢の灰に描いていたのは、赤児の肉を食べる美しい鬼子母神。数種類の灰ならしを使い分けて火鉢の灰に絵を作り、スイのいない午後を過ごしていた。

「今日のおつとめは長かったなあ」蒼一郎はぼやく。「早く生の肉を食べてにっこりと笑っておくれよ」

「新しい商売相手の人が来て、欲深な臭いをいっぱい嗅がされていたの」疲労と高揚を滲ませた声でスイが囁く。「とっても疲れたの。でもね、皆さんが、お願いします、って言ってくれるから、あたし、生き神様のお役目が嬉しいって思うの」

「生き神様はいつまでもきれいなままでいなきゃいけないよ」

死やら老いやらをはねのける尊い生き物のためになら、どれほど不気味な肉でも取り寄せてやりたい。この頃は前よりも強く、そう思うようになった。

やわらかい腕、耳元に寄せられる唇。油が光る髪には、きつく結い上げられたあとがうねうねと波打っている。

背中を抱き返す視界の中、渡り廊下の板戸が音を立ててまた大きく開いた。そして、脱ぎ捨てられた衣が一枚、宙に浮いて蝶のようにひらめきながら隠居屋敷の中に飛び込んで来た。

淡藤色（あわふじいろ）の七宝模様に家紋の桔梗が染め抜かれた薄物が一直線に畳の上を飛翔し、そのまま行方を見失ったふうに、とん、とわずかな重量で二人に打ち当たる。

「泰輔ちゃん」

スイが絹衣に向かって呼ばわる。

「スイ姉ちゃん、ごめん。俺、くっついて来ちゃった」

薄い紫色の絹の中から、つるり、と小さな男の子の頭が現れ、蒼一郎を見ると恥ずかしそうに布に顔を埋（うず）めた。

「いけない子。いつも御簾の中に入って来るいたずらっ子」

スイが青く刈られた坊主頭をさわさわと撫で、子供はいっそう恥ずかし気に衣の中に潜り込もうとした。

この子はスイに魅せられている。蒼一郎はそう察した。自分がこの女に惹かれてしまったように、今、生命力に溢れた男児がまろやかな生き神様に吸い寄せられているのだ。

「あの女は年老いないのです」

東方にそう聞かされたのは、隠居屋敷の庭に山柿の小さな苗を植える前。

「いつから生きているのかわかりません。ずっとあのままの容姿で。記憶を長く残す知力もなく、周囲を脅（おびや）かす害意もなく、魅せられた人間を健やかに守りながら、ひっそりと寄生するだけの無害な生き物なのです」

「人魚を食べた八百比丘尼がうちで生き神様になったという訳か」

おもしろがるだけの蒼一郎に、清秀な顔立ちの商人は言った。

「何年も一緒にいればわかりましょう。たとえばお二人で写真など撮っておけば数年後には一目瞭然」

新しいものは嫌いではない。街にできたばかりの写真館から人を呼んで何枚か撮ってもらったのは、スイがここに来た翌年のはずだ。

今も女の姿は写真の中と全く同じ。自分だけが時の流れにじわじわと若さを削ぎ落とされているのがよくわかる。

「あらまあ、めずらしい。ずいぶんと小さいお客さんが来たんしなあ」

包丁を持った婆やが水屋から覗き込み、今日もきつい丁字(ちょうじ)がその身体から漂った。それは、美しい顔をした商人が彼女に無償で与え続けている匂い袋の薫りだった。

「おや、この坊やは良いおべべを着てますなあ。親戚の子なんしか？　それとも鬼婆が取って喰ってもいい子なんしか？」

「母屋の泰輔ちゃんなの。時々、御簾の中に入って来て一緒に遊んでくれるの」

スイがうちとけた口調で律に教えながら、桃色の爪で子供の柔らかい耳たぶをくるくるとこねる。泰輔がくすぐったそうに身を捩(よじ)りながら女の身体にしがみついた。

「坊やは隠居屋敷が怖くないのか？」

「怖いもんか！」

頬を赤く染め、胸を張って答える声に、蒼一郎が笑った。

この離れには物の怪が住む。近隣でそう言われていることを知っている。奇矯な書画を集めるうらなり男と不気味な生き神様を恐ろしい鬼婆が守っていると。覗き込む者や入り込む者は、鬼婆が目を潰して熱湯をかけ、生きたまま喰ってしまうのだと言い広められている。

生き神様に魅せられて堂々と入り込む男児が、眩しくてかわいらしい。けれども、その生命力を讃える気持ちに妬ましさも入り交じる。

「泰輔坊、ここで夕餉を食べていくか？」

「うん！　いただいて行きます」

ぺこりと頭を下げる背丈は、まだ学校に上がる前だろうか。商家の子らしく礼儀だけは叩き込まれているようだ。

「おやおや、ではまず肉抜きの膳を出さなきゃいけないんしなあ」

婆やの口調はそれでも少し嬉し気で、無邪気な珍客にほのぼのとしているのがよくわかる。

「泰輔ちゃん、婆やさんは優しくて、作ってくれるご飯はとってもおいしいの。あたし達と一緒にお風呂に入って泊まって行ってもいいの」

「勝手に泊めたら母屋で騒ぎになってしまうよ。言ったら連れ戻されるだろうけどなあ」

「おほほほ」婆やが艶の増した唇を開いて若々しい声で笑う。「だったらご飯を差し上げて寝ねさせてしまいましょう。それから律が母屋に言いに行けばいいんしよ」

隠居屋敷に来た頃は異様に老けて見えた女。僻村で亭主に殴られ続けて、美少女から一足飛びに老女になった女。けれどもここに住み込んでから、スィと同じように年老いるのを止めてしまったのかと思う時がある。

「あっ、されこうべがある！」幼い男児は物怖じしない。「この掛け軸の姉さん、きれいだなあ。

うわあ、どの火鉢の灰にもすごい模様が描かれている！　まるで寺の絵馬殿か街の博覧会みたいだ！」

　母屋の者達が気味悪がる置物や掛け軸を、この子は目を輝かせて見つめている。

「坊や、絵が好きなのか？」

「うん、大好き」

　くるくるとした目に、生母とそっくりの細面が映って見つめ返していた。

「火鉢絵の描き方を教えてやろうか？」

「え？　これ兄ちゃが描いたのか？　上手だなあ、きれいだなあ。俺にも教えて……、ください」

　この年齢になっても幼児に親父呼ばわりされないのはありがたい。坊主頭を手で撫でてやると、子供が丸い頰を紅色に染めてうつむいて、上目遣いにそっと見上げた。

「おほほほ、されこうべも幽霊画も気味悪がらないなら離れの子になればいいんし。剛毅な子なら取って喰ったりしないで、私が鬼婆の喧嘩術を教え込んでやりましょう」

「泰輔ちゃんは離れの子になるの。母屋に行く時は私の手を引いて連れてって欲しいの」

　薄暗い座敷に不釣り合いな、朗らかな空気が流れた。小さな子供の放つ生気が、隠居屋敷の淀みを静かに動かし始めたかのようだった。

　山柿の木に、泰輔が後ろ手に縛り付けられている。五分刈りの頭に日焼けした肌。今年、十歳になった男児は首を垂れて、身動きする様子も見せない。

小粒な柿の実は枝についたまま白い晒し木綿の袋を被せられ、鳥に突かれないように、じっくりと熟すまで守られている。この山柿は、最近少しばかり甘味を増した。だから鳥や虫から守るため、身軽な泰輔に命じて白い袋をかけている。

「泰輔、無理をするんじゃないよ」

数本の灰ならしを使い分け、火鉢の灰に鬼子母神の絵を描きながら蒼一郎が声をかける。もたれかかったスイが眠た気な目つきでその手さばきを見つめ、座布団の上に正座した東方が黙って茶など飲んでいた。

真っ黒な糸蜻蛉が耳元に止まった時、突然に泰輔が顔をあげた。丸い顔に満面の笑いを浮かべて背後に縛られた腕を抜き取って、ぴょん、と子供の敏捷さで立ち上がったのだ。

「婆や、俺、縄を抜けたぞ！」

誇らし気な声に裏庭から律がとことこと小走りに走りよって来た。

「上手になったんし。泰輔坊ちゃんは覚えるのが早くて教えがいがありますなあ。竿や鎌や裁ち鋏の使い方も上達が早いですしなあ」

「今度はもっときつく縛っても、俺、抜けてやるからな」

年取った父や中年になった義弟に良く似た四角い顎に大きめの鼻。決して美男ではないけれど濃い眉と結ばれた口元が、ひいき目に見れば五月人形に似ていないでもない。

鬼婆と呼ばれる律が老いで下がった口角を高く持ち上げて、皺面に笑顔を作る。この頃は彼女の唇が割れていることがない。半白髪の頭が真っ白になる気配もまだない。

「小さいのに見事なものです」

座敷に上がり込んだ東方が褒める。

「縛られる時に拳を握って、手の甲を下に向けておけば外しやすいんだ」

泰輔が胸を張ると、日頃、表情に乏しい東方が目立って嬉しそうな顔をした。子供が鬼婆の喧嘩術を学ぶ姿を一番楽し気に眺めているのは、もしかしたらこの出入りの商人かも知れない。

「私がここにいられるのは、縄抜けを知っていたお陰なんし。泰輔坊ちゃんも精進してくださいな」

「律さんも修羅場をくぐって来られたのですね」

十代にも見える童顔の商人が問いかけ、鬼婆がころころと少女めいた声で笑った。

「嫁ぎ先では縛られるなんぞ、しょっちゅうでしたなあ」

「そのたびに縄を抜けておられたのですか?」

「いえいえ、勝手に抜けたりしたら鍬(くわ)の柄で殴られますんで、皆の気がすむまで縛られておりましたんし」

「野蛮な村だなあ」幼い泰輔だけが初めて聞く話に痛ましげな表情を浮かべる。「でも逃げないんなら、縄抜けなんか役に立たないだろう?」

「喧嘩術など場所と決まり事が変われば役にも立ちませんで。でも覚えておくのは良いことなんし。世の中の決まりやら何やらに繋がれてしまわないように体術を覚えるものなんし」婚家での凄惨なくらしを、この女はいつの間にか笑いながら語るようになった。「私なぞ、縛られた時は縄をほどいて身体を楽にして、人が来たら縛られたふりをしてやり過ごしていたんし。でなきゃあとっくに手に血がまわらなくなって指が腐って落ちてたはずで」

つやつやとした皺顔をほころばせながら律は庭先にしゃがみ込んで子供に言い聞かせる。山奥の寒村で殴る蹴るを受け、棒で叩かれていた日々のこと、そして、四十歳前にはどこかしら不具になる村の女達のことを。

「人が殴られるのを見て育つ子供は、人を殴るように育つんし。うちの息子も泰輔坊ちゃんくらいの歳には私や婆さんを殴り始めまして。ほれ、ずいぶん傷が残って」律は額やら腕やらに残る痣を示し、泰輔が初々しい憤りを見せた。「村から逃げる時なあ、両手を折られて動けなくなった姑がなあ、置いていかないでくれと泣いてすがりましたけど、私は捨てて逃げましたよ」

スイが盆に盛られた剝き栗をつまみながら痛ましげな眼差しをして聞いていた。生き神様と呼ばれても、婆やの感情だけは今ひとつ読めないと彼女は言う。婆やが身につけている丁字の匂い袋が体臭をかき消して、何もかも曖昧にしてしまうらしい。

東方が今日も座敷に珍しい品々を広げ、泰輔が西洋の星図と人体模型を欲しがっている。買い与えても気味悪がられて母屋で取り上げられる。だからこの男児がねだって買ってもらった品々は、蒼一郎のものと混じり合ったまま隠居屋敷の中に置かれている。

「俺、ずっとここに寝泊まりしたいなあ」

泰輔が寝転んで、スイの膝に小さな頭を乗せた。

「隠居屋敷に居着く気か？　僕はかまわないけど母屋の連中に恨まれるからやめてくれよ」

諫めながら頭を撫でてやると、泰輔が真っ赤になってスイの太腿に深々と顔を埋めた。この子はスイに懐いて、魅せられて、そして自分に見られると頰を赤くして照れてばかりいる。

「大人になったら住み着けばいいではありませんか」唇を不可思議な笑みに歪めながら東方が言葉を挟んだ。「幸い、泰輔坊ちゃんは長男ではありません。律さんの体術を受け継いで、蒼一郎さんの書物を読み継いで、大きくなったらここの息子のようにしてくらせばいいのです」

「そうだな。泰輔、大人になったらここに住み込んでしまえばいいよ」

語りかけると泰輔は目を逸らし、耳たぶと頬をさらに火照らせてスイの下腹部に顔を隠した。

この子が時々、寝屋を覗いているのを知っている。スイが真っ赤な肉を噛みしだいて自分の口内に注ぎ込む様を、薄く開いた襖の向こうからうかがい見ているのだ。

スイも知っている。けれども何も言わない。その時、細く開いた襖の隙間は、黒い亀裂に見える。寝屋のひび割れから覗き上げる、丸い、真っ黒な、澄んだ瞳に母にそっくりな自分が生き神様と絡む姿がいつも蠢く。目があっても決して逸らされることはない。いたいけな子供の眼差しは、ただ黙って自分達を見つめ続けているだけなのだ。

いつも思う。自分が年老いて死んだなら、この子供がスイを相手に同じことをするのだろうな、と。

「僕が死んだら泰輔に憑くのか？」

スイに尋ねてみると、彼女は意味もわからなげに小首を傾げた。

蒼一郎は袖の中の薬袋をそっと握りしめる。泰輔が縛られている時に東方から受け取った、無味無臭の毒薬だ。名前を確か潮乾湯(ちょうかんとう)といっただろうか。これを忠義な婆やに預ければ、自分は死ぬまで心静かに過ごせるに違いない。

秋の日差しが弱くなって来た。季節が年老いて行く。自分もこれから老いる。

スイが指で栗をつまんで、ゆらゆらと口元に運んでくれた。菓子を指ごとくわえ込んで、爪を舐めながら砂糖の甘味を舌で溶かす。泰輔が潤んだ目つきでそれを見上げ、東方は物の怪じみた冷めた笑顔でそれを眺めていた。

鵯(ひよどり)が山柿の枝で悔しげに晒し木綿の袋を突く。根元に打ち捨てられた縄の上を巨大な蟻がわらわらと横切って行った。

今年も火鉢に炭が入り、灰一面に絵を描くことができなくなった。その代わり、燃える炭火を中心に放射状の図象を作る。

大小二十本ほどの灰ならしを使い分けて蒼一郎は楢の木灰の中を掻いていた。中央の炭火を柘榴に見立てて、それを喰らう美しい鬼子母神の姿絵が少しずつ浮かび上がると、側で見つめる泰輔が感嘆の吐息を漏らした。

「ああ、きれいだ。スイ姉ちゃんにそっくりだなあ」

今ではこの子も十代の少年になり、見よう見まねで火鉢の灰に達者な絵を描くようになった。その筆致も構図も、自分の描く絵にぞっとするほど酷似しているのが愛おしい。そして同時に少しばかり恐ろしい。

「スイに似てるかな。うん、やはりあれに似た顔になってしまうんだなあ」

年相応に衰えた声で蒼一郎は答える。

元々、身体が弱かった。赤ん坊の頃は二十歳まで生きられないだろうと言われていた。それが異母弟の末っ子が声変わりする歳まで生き長らえた。ろくな仕事もせず、静かな離れで忠実な婆やに守られるようにして、思いのほか健やかにくらして来たと思う。

最近、手足が細くなった。食も細くなった。冬になれば火鉢に手をかけて立ち上がるのもしんどくなるだろう。スイと一緒に池のほとりを歩けば、水面には娘のままの女と痩せて衰えた自分が映る。

蒼一郎は灰ならしを握る自分の指を眺めて考える。女の柔肌を撫でること、箸で膳のものをつまむこと、そしてあちこちに置かれた火鉢の灰に儚い絵模様を描くこと。この指がしてきたことは、たったそれくらいではなかっただろうか、と。

「蒼一郎兄ちゃ、あっちの火鉢にも女神さんを描いてくれよ」

泰輔は今もまだ自分を兄様呼ばわりする。そしていくつもの火鉢を持ち寄っては灰ならしで絵を描いてもらいたがる。どれほど技量が上がっても、相変わらず蒼一郎の描いた女神を求めるのがかわいらしい。

「泰輔は女の絵が好きか？　男子なら勇ましい武将やら英雄やらの方が良くないか？」

「凧や講談本なら武者絵がいい」すっかり男のものに変わった声。いくつになってもスイにまとわりつき、そして自分からはそっと目を逸らす。「でも、火鉢の中に兄ちゃが描いてくれるなら、俺は女の絵がいい」

その答えが愛しくて蒼一郎は坊主頭を筋張った手で撫で上げた。

「やめてくれよ。俺、もう中学に行ってるんだから」

泰輔の耳の根元からじわじわと赤味が上り、そして耳たぶも小麦色の頬も真っ赤に染まった。皮膚のすみずみから、直視するのが苦しいほどの若々しさが匂い立っている。

鬼婆に体術を教え込まれて健康な筋肉がついた身体。来年には背丈も自分を追い抜くだろう。長い竿竹を目にもとまらない速さで振り回し、裁ち鋏を投げて正確に柿の実を落とす技量には男の自分も見惚れるほどだ。

「泰輔坊ちゃん、お汁粉でも作りましょうかねえ」

律が庭で草むしりをしながら声をかけた。虫がやかましいほどに鳴きしきり、秋風に乗って彼女が胸元に入れた魔除けの丁字が匂って来た。

この女もまた見た目が若い。昔は老女に見えたのに、今は年下に思える瞬間がある。隠居屋敷では時が止まり、幼なかった泰輔と自分のまわりにだけ時が流れているようだ。

数日前に訪れた東方に蒼一郎は聞いてみた。「スイは一体いくつなのかねえ」と。

「私にもよくわからないのですよ」

いつもと同じ疑問。そして変わらない答え。童顔の商人は最近、青眼鏡で目を覆ってはいるけれど、肌の艶やら関節のなめらかさは以前とまるで違わない。

「あれはいつまで生き続けるのかなあ」

「蒼一郎さんや律さんより、ずっと長く生きることでしょうよ」唇の両端を吊り上げて笑いながら男が言う。「安穏に静かに生かせば、あれの身体はぞっとするほど柔らかく育って行くと言われています。長い長い時間をかけて芳醇に、馥郁と。時々、少しばかりの苦難などあると、より良いとか」

ふと考える。泰輔はより柔らかくなったスイに憑かれるのだろうか、と。

「あれは同時に複数の人間には憑きません。宿主が人間として機能して、あれに喰い物をあてがう限り、他の者は寄り付かないのです」

蒼一郎の想いを読んだかのように東方が教えた。それならば自分が老いたからといって、泰輔がスイを攫うこともないのだろう。

秋風が屋根を鳴らす。ざわつく草むらで虫達が楽の音にも、細い悲鳴にも聞こえる声をさざめかせている。

「あたしは人魚を食べたらしいの」

肉を喰った後にスイが時々、そう告げる。

「食べたのは頭が人で身体が魚の奇怪な化け物かい？　それとも臍から下が魚のきれいな女だったのか？」

蒼一郎が尋ねると、スイはいつもわからないと言う。

喰った時のことを覚えているのかと聞くと、忘れてしまったと答える。そして彼女は続ける。

「人魚を食べた仕返しに、いつか海の底の竜宮城で乙姫様に食べられるの。仲間の人魚に縛られて、生きたままお腹を裂かれるの」と。

だから蒼一郎はスイを抱きしめて耳元で言う。大丈夫だよ、海の底に引きずり込まれる前にお前も死んでしまうだろうから、と。

明日はスイが母屋に呼ばれるだろうか。着飾るのを嫌がって少しむずかる生き神様を泰輔が宥めて、手を引いて連れて行き、自分はまた火鉢に女神の絵を描き続けながら待つのだろう。茶番のような神事が終われば、スイと泰輔が転げるように渡り廊下を走って隠居屋敷に飛び込んで来るはずだ。

いつまでも姉と弟のようにじゃれあう二人。もつれあって相撲の真似事をしたり、渡り廊下を駆け回ったりする様子は、まるで子犬か幼児同士にしか思えない。

隠居屋敷の座敷に据えられた多数の火鉢の中にはいつもそれぞれ違った姿の鬼子母神。最近は腰にまとわりつく少年を描き込むことも増えて来た。やがては体格の良い青年を彫り込む日も来るのかも知れない。

「お願い。あたしを川に捨てたりしないで欲しいの」

女は今夜も睦言にそう囁くのだろう。だから自分はいつもこう応じる。

「人魚なんている訳がない。俺の方が、お前を捨てるはずもない」

そう、自分の方から捨てることはない。老いさらばえた自分が捨てられる日は来るのかも知れないけれど。

肉を噛み締める時以外は笑いもしない女に似せて、蒼一郎は、さくり、さくり、と今日も楢の木灰をならし続けるのだった。


隠居屋敷の雨戸が、夕刻からの吹雪に揺れている。床下の寒気が畳を抜けてしのび上がろうとするけれど、座敷にはいくつもの火鉢が焚かれて空気は息苦しいほどに熱い。

「坊ちゃん、もう少し召し上がってくれなんし」

皺深い顔面に慈母の微笑みを浮かべて、律が木匙を口の中に差し入れた。真っ白になった髪が、洋灯の黄色い光を背負って煌めいている。

「婆や……。もう、いらない……」

横たわったまま絞り出す自分の声は老いて、枯れて、掠れている。

いつからこうして寝続けていただろうか。座敷の三隅に置かれた火鉢の灰に絵模様を描けなくなってどれくらいの時間が過ぎたのだろうか。何年も寝込んでいるような気もする。庭先で転んで、そのまま立ち上がれなくなったのがほんの昨日のことのようにも思える。

今日も目に映るものは同じ。黒い天井の木目模様。菱形格子に桔梗を彫り貫いた欄間と壁に掛けられた何幅もの掛け軸と模写された西洋の油絵。天井には蔦模様の洋灯が揺れ、文机の隅からは茶色く光るされこうべが見下ろしている。

洋灯に黄色い火が入っているからもう夜だ。スイが母屋から戻る頃だ。だから枕元の女に聞いてみる。

「スイは？　そろそろ、スイが……」

呂律が怪しい。喉も舌も引き攣って声や言葉がうまく紡げない。

「スイさんなんしか？」

頷きの動作を試みると、年老いた女が妙になまめかしい声を上げて、笑った。

「坊ちゃん、何度も同じことを聞きなさって。スイさんはなあ、とうに母屋に引き取られましたよぉ」

自分の喉から苦悶が漏れ、歯を失った歯茎が歯ぎしりを求めてみしみしと軋(きし)んだ。

「婆や……。律婆や……」

「はいはい、坊ちゃん、何ですかねえ？」

口元に耳を寄せる律の白髪から今夜も丁字の薫りが漂った。

「スイを、あの毒薬で、殺して……。僕が死ぬ前に……」

一言発しては息を吸い、二言発しては枯れた舌裏に唾液を求める。この末期の懇願を、何度か繰り返したのではなかっただろうか。

「他の男に取られたくない。あれを若いまま、この世に残したくない」

「おほほほほ」婉然とした老女の笑いが炭火に熱せられた座敷に響き渡った。「坊ちゃん、お預かりした薬などとうに捨ててしまいましたよ」

黄色く揺れる天井灯を律の陰が遮り、けらけらと嗤う口が逆光の中で黒い黒い洞穴に見えた。

「婆や、スイに、頼む、薬を、盛って……」

「坊ちゃん、何度も同じことを言って、かわいそうで、かわいいなあ」

確かに同じことを何度も頼み、何度も憫笑を返されていたような気がする。

「スイさんが誰か他の人に憑いて可愛がられないように毒を盛ってくれと、ずっと律に言ってましたよなあ。確かにスイさんを殺すお役目を承っておりましたんし。ええ、ええ、確かに承っておりましたんし」

言い返そうとしてみたけれど、枯れた喉に痰が絡み、吐き出そうとした声はごろごろという雑音にしかならなかった。

「何もわからなくなって、本当にめんこいなあ。寝ついてしまってから、すっかり赤ちゃんになってしまったなあ」

老婆の乾いた手がさわさわと頬を撫で、骨張った指がまばらになった頭髪をねっとりと掻きほぐした。

「スイさんは母屋で泰輔坊ちゃんに囲われて、毎晩のようにかわいがられておりますよ。何度でもお教えしましょうなあ。だって、どうしようもない嫉妬の中で坊ちゃんに衰えて欲しいですからねえ」

布団に潜り込んで添い寝する女の顔が寄ると、湿った吐息がかさついた耳元をぬるめかせた。

「私はなあ」苦労話と繰り言が、睦言に似た口調でまた語られ始める。「嫁ぎ先で痛めつけられて。逃げて戻った実家では馬小屋に寝泊まりする地獄を味わって……。やっと懐かしいお屋敷にお仕えできると思ったら、今度は坊ちゃんが卑しい女を囲う姿を見せつけられたんですよ」

「スイ……、スイ……」

粘った痰の絡む喘音だけれども、確かに自分の声が、あの年老いることのない女を呼んでいる。

「物の怪みたいな陰気な女。ぶよぶよとして薄気味悪くて」老女の声に憎悪が混じる。「若い頃の坊ちゃんなぞ、スイさんにくれてやった。歳を取らない女なら、坊ちゃんが年寄りになれば若い男が攫うはずだと、爺になった坊ちゃんは律だけのものになると、そう思って何十年も仕えてきたんし」

黒天井に吊られた洋灯がふらふらと頼りなげに揺れて、笑う老婆の顔面にだんだらの陰影を踊らせた。

「坊ちゃんのお母様は美しい方で、その奥様に坊ちゃんはそっくりで」陰鬱な繰り言が甘い郷愁の響きを帯び、冷えた指が寝衣に忍び込んで枯れた身体を愛撫し始める。「きれいな顔をしたかわいらしい坊ちゃんが、姉や、姉や、と私にくっついていた頃が一番幸せでした。大きくなったら姉やを嫁にすると言ってくれて……。ええ、それは叶わないことだと、わかっていましたよ。でも、それでも律は嬉しかったんし。本当に嬉しかったんし」

吹雪が吹くと、がたがたと雨戸が鳴る。あれはスイが雪の庭を抜けて戻って来る音。違っていると知っている。けれども、今はそう思いたい。

「坊ちゃんが奥様みたいな上品なお嫁さんをもらっていたら嫉妬などしません。でも頭が弱い流れ者を囲って、目の前でかわいがり続けるのは我慢できなかったなんしよ。毎晩、毎晩、座敷で二人が睦み合う声が、北側の女中部屋まで聞こえていたんしよ」

今夜も耳元で呪詛が始まる。饐えた吐息に混じって、恨みと愛念の囁きが、彼女がくたびれて寝付くまで続くのだ。

掠れて行く意識の中、渡り廊下を走る女の足音を、また聞いた気がした。しゅるしゅると重たい帯を解き捨て、絹織りの着物を脱ぎ払って、結霜ガラスの渡り廊下を駆けて来る音だ。

スイが離れの開き戸をいつまでも、いつまでも叩き続けていたのは、一体いつのことだったろうか。

「蒼さん、蒼さん、ここを開けて。お願い、開けて」

啜り泣きが長く尾を引きながら訴えていた。あの時、自分はもうこの布団の上から動けなくなっていたはずだ。母屋にスイが呼ばれ、律が渡り廊下の開き戸に漬け物石やら瓶やらを置いて閉め切って、玄関には内側から大きな錠前を打っていた。

生き神様が戸を叩きながら呼び続け、涙まじりの声が弱まる頃、渡り廊下を歩み寄る男の足音が聞こえて来た。あれは一人前に育った泰輔だ。スイ姉ちゃん、風邪をひくから、と着物を着せかけて、こらえ切れないように抱きしめて、母屋で暖まるようにとかき口説いていた。蒼さんのところに戻るの、と逆らうスイもやがて寒さに負けて、抱き上げられて連れ去られて行った。

同じことが何度も繰り返された気がする。いつもただ布団にくるまれて横たわり続けるしかできなかったけれど。

そして、今夜ふと思う。大人になった泰輔なら漬け物石で閉ざされた戸を打ち破ることもできたはずなのに、と。

「かわいい坊ちゃん。律がまたおしめを替えてあげましょうなあ。朝になったら、でんでん太鼓を叩いてあげましょうなあ」

恍惚とした女の声が続き、鉄瓶が吹く湯気の音と屋根をいたぶる吹雪の叫びが混じりあう。

「きれいな顔の坊ちゃんと夫婦のようにしてくらす夢が叶いましたんし。律はこの歳になって、やっと、やっと、生きてて良かったと思うんし」

女の独白がゆっくりと寝言めいたものに変わり、やがてすぅすぅと穏やかな寝息に変わっていった。

母屋も離れも等しく覆い尽くす雪が全ての音を吸い取り、古びた隠居屋敷はただ無音に包まれているだけだった。

二章　飴色聖母

一

春の軟風が、すぅ、と奈江の鼻先をなでた。温められた土の湿度。草の葉が吹く成長の息吹。それらが空気の流れに入り混じり、乾いた肌に心地良い。

黒ずんだポンプ井戸を押すと、排出口に巻き付けた花亀甲の手ぬぐいが水圧で丸く膨らんだ。粗い生地で勢いを弱められた地下水が手のひらを濡らすと冷たさが肌を刺す。骨と皮の間に薄い肉が挟まっただけの手だから、春の水までもが凍(し)みるのか。

「奈江さん、奈江さん」式台に腰かけた奥様のおっとりとした声が呼びかける。「あのね、今日はずいぶん暖かいの。だから井戸のお水がいっそう冷たく感じるだけなの」

思いを読んだかのような語りかけ。いつものことだ。最初は驚いたけれど、今は奥様のもの柔らかな言葉運びに、ただ心が解きほぐされるだけだ。

「先(せん)だってまで雪が残ってございましたからねえ」

奈江は応じる。言葉尻を捉えられることもない。田舎風の下手な丁寧言葉を揶揄(やゆ)されることもない。あばずれの石女(うまずめ)だの、いわくつきだのとなじられたりもしない。だからここでは何かに怯えたりせず、素直な言葉が口からこぼれてくるのだ。

えんじ色の鼻緒を白い足指に喰い込ませた奥様が、ふらり、ふらり、と漂うような足さばきで歩み寄り、ポンプの脇にしゃがみ込んだ。椀型に組んだ手に水を掬って、こくこくと喉を鳴らして飲むと、紅い唇から透明な地下水がこぼれて、無造作にほぐされた髪を濡らす。

「奥様、奥様、生水ではなく、湯冷ましを召し上がってくださいまし」

水滴の転がる頬や唇から視線を引き剝がしてたしなめると、井戸端の奥様は真っ黒な瞳で奈江を見上げて呟いた。

「昨日まで旦那様のご実家に呼ばれていたの。あたし、生き神様のお役目で疲れちゃった」

奥様の気まぐれにはもう馴れた。縁側で裾を乱したまま昼寝をしたり、庭池に素足をひたして水を跳ね上げたり、庭の万両や南天の実を口に入れてみたり、そんな良家の妻女に似合わない行いに慌ててたりは、もうしない。

「井戸のお水がね、とってもきれいなの。だから飲みたくなっちゃったの」

ふっくらとした頬と唇に、左右に大きく切れた杏仁形の瞳。奈江の育った寒村に祀られた観音様によく似た面差し。だから初めて見た時、懐かしいような、今すぐ救ってもらえるような、そんな感情にふと泣きそうになったのだ。

「すぐにお茶を淹れますですよ。お二人が戻ると聞いて水菓子なども用意しておりますのに」

「水菓子は好き。あと、あたし、生のお肉が欲しいの」

奥様の言葉に、奈江はひっそりと顔を背けた。この穏やかで優しい奥様は獣の肉を好む。それも血が滴る生肉に白い歯を突き立てて食べたがる。

「肉は頼んでおりますけど」微かに波立つ気持ちを抑えて奈江は答える。「しばらくは届きそうにありませんで。まだ日も高いことですし、今はお茶と水菓子を召し上がってくださいまし」

「スイ、井戸水をじかに飲んでいたら着物が濡れて風邪をひくよ」

かしこまった洋服から黒鮫小紋の普段着に着替えた旦那様が座敷から声をかける。

がっしりとしたいかり肩に手足の長い長身だから、少し背伸びをすれば鴨居に頭をぶつけてしまうことだろう。周辺の村落のずんぐりした百姓達とも、滅びた餡泉郷（あんせんきょう）から移り住んで来た華奢な人々とも血筋が全く違う。こういう立派な体格の人が金モールの軍服など着たら映えるのだろうと奈江はいつも思う。

「あたし、風邪なんかひかないの。泰輔ちゃん、わかってるくせに」

濡れた口元を白い手で拭いながら奥様が答える。お屋敷の奥様なのに旦那様を名前で、それも子供を呼ぶようなちゃん付けで呼ぶ。そして旦那様も咎めようとはしない。

「生水よりも茶を飲もう。土産に持たされた羊羹も落雁もある」

「ご実家のお供え物より奈江さんが用意してくれたものの方が、あたし、美味しいと思うの」

奥様の淡いわがままに、旦那様は太い眉の下の目を細めて微笑む。

「だったら水菓子にしよう。奈江、皮を剥いて」

「はいはい、すぐに剝きますんで。番茶もお持ちいたします」

「茶くらいは俺が淹れよう」

「そんな、旦那様の手を煩わせるなんて」

決まりごとのように言い返すけれど、旦那様は男なのに上手にお茶を淹れる。

「餓鬼の頃、離れで婆やの真似をして茶を淹れてたもんだ」と、この強面（こわもて）のくせに気さくな主人は語る。「母屋でやろうもんなら『男が急須に触るもんじゃない』と怒鳴られてたが」と笑って言い添えながら。

奥様が井戸水に濡れた顎を上げて、水屋の方向から流れる風に小鼻をひくつかせた。

「山で採れた桃色の瓜があるのね？」

「ええ奥様。日暮れ山の嬶様が持って来てくれましたんで」

「桃瓜なら皮は剝かないで、よっつに切ってくれるだけでいいの」

奥様がしゃがんだまま袂で唇を拭いて立ち上がると、裾が小さく割れて、しっとりと脂の乗ったふくらはぎが陽光の中に晒された。

「冬を越した桃瓜は皮が硬いです。搦って食べなさるなら匙でもおつけしましょうか？」

形ばかり尋ねてみる。人の歯など決して通らないはずの皮も、口に含んでいられないはずの渋ワタも、しゃくしゃく、しゃくしゃく、と奥様はこともなげに嚙みしだくのだけれど。

瓜のはいった笊を置き、土間の水屋に移りながら、奈江は縁側の気配に五感をそばだてた。硬くてぶ厚い皮に突き立てられる奥様の歯の白さや、舌に絡み付くいがらっぽいワタを肉厚な唇の内側で嚙み潰す様を感じ取るために。

やがて奥様は頰を脹らませたまま旦那様と唇を交わし、唾液に溶けた果実を口移しで与える。皮は身体に良いからと奥様は言う。ワタや種にも滋養がたっぷりだとも聞かせられた。

この行為が夫婦にとって食事なのか、それとも交歓なのか奈江にはわからない。知らなくてもかまわない。探ろうとも思わない。ここは気苦労の少ない奉公先。二人はとても、とても、良い雇い主。だから細かいことなど問いはしない。奥様が手づかみで生肉を喰らおうが、食事を口移しで与え合おうが気になんかしない。

親戚の次男は修行先で兄弟子達に殴る蹴るの折檻をされて片目と鼻を潰され、片耳を失った。隣家の姉娘は奉公先の息子達に犯されて、孕んだとたんにふしだら者として暇を取らされた。

　このお屋敷では旦那様も奥様も奈江を殴らない。揶揄されたり、蔑まれたりもしない。もちろん、旦那様にいやらしいことを仕掛けられたりもしない。

　小さいけれども手の込んだ普請の屋敷は、いわくつきで半端者の奈江を静かに雇い続けてくれる。ささやかな庭と池のある敷地は背の高い竹垣に囲まれて、姦しい近隣者の目も遮ってくれる。ここは仄かな桃源郷。そう思いながら奈江は勤め続けているのだ。

「ご夫婦はもう戻って来られたのかね」

　洗濯女のキヨ婆さんが、奈江の身体ごしに庭を覗き込みながら尋ねた。

「ええ、お戻りでございますよ」

　乾いた洗濯物を受け取りながら、細く開いた黒い横張木戸の隙間をさりげなく背中で遮った。背後から庭の小さな池に足を浸した奥様が、ころころと笑う声が漏れて来る。側に旦那様が大きな身体を丸めてしゃがみこみ、椿油の沁みた柘植櫛で奥様の黒髪を梳いているのだろう。

「ああ、忘れそうになっておりました」はしたないと思われかねない声を隠すため、奈江は少し大声で喋る。「奥様のおっしゃっていたことをお伝えしますですよ。杉林の家の嫗様の腹の子は男の子だと。それから炭焼きさんの腹痛はせんぶりなど取り寄せなくても、梅湯を飲んでいれば治って行くとのことで」

　よそ者の屋敷が土地で浮いているのは知っている。ゆるゆると受け入れられているのは奥様の千里眼が重宝されるからだ。

「ほうほう、さすがは名のある奥様だねえ。すぐに杉林の家と炭焼きに伝えんとねえ」

「差し迫った時は私を呼んでくだされば、すぐ奥様にお見立てを取り次ぎますんで」

ではこれで、とあいさつをしようとした奈江に婆さんは早口に喋りかけた。

「なにしろ街場のお屋敷にも呼ばれるような方だからねえ。ありがたいねえ。いつも地獄の火車みたいな大きい自動車がお迎えに来るくらいだからねえ」

そのたとえに奈江は悪意のない軽い微笑みで応じた。

土煙を上げながら機械仕掛けの四輪車が来ると年寄り達は遠巻きにし、男の子達は木に登って眺める。その威光が奥様の託宣に箔をつけている気がしないでもない。

「奈江さんはあの乗り物がおっかなくないのかね？」

キヨ婆さんがおずおずと尋ねる。

「最初は魂消(たまげ)ましたけど、馴れましたですよ。馬のいらない荷車だと思えばいいんでございます」

無難な笑みを崩さずに淡々と受け答えする。余計なことは言わず、過剰な愛嬌も見せず、かと言って冷ややかだとは思われないように。

「あんたさんもここのお勤めが長くなってまあ」話好きの洗濯婆さんは来るたびに同じことを繰り返す。「来た時は骨と皮だけだったのに、今はふっくらとして。下女もずいぶんと良いものを食べられるみたいで」

「このあたりでは普通のご飯だと思うでございますよ。里が貧しいから痩せこけていただけで」

痩せ地の女は滋養がないから孕まないのだと、嫁ぎ先では吐いても喉に飯を詰め込まれていた。実家に戻っても食後の嘔吐がやまなかった。けれどもここで自分の過去など教える必要はない。

地面の熱を含んだ風が吹き上げ、手うちわで顔をあおいでいたキヨ婆さんが胸元を少しばかりはだけた。たるたるとした乳の根元が剝き出しになると、細い皺を透明な汗がつたい落ちるのが目に入る。子供を幾人も産んだ女の胸乳から、石女と罵られ続けた奈江は今日も視線を逸らした。

「このお家の紫陽花さんはずいぶんと花が赤いなあ」竹塀の内と外にこんもりと茂る手鞠咲きの花を眺めて婆さんは話の矛先を変える。「土の栄養が良いと紫陽花さんは赤くなると言うで。あんたさんも肥えて、紫陽花さんも赤くなって、まあ本当に良いお屋敷のようで」

「良いお勤め先ですかねえ」世間知らずの田舎女の口調で答える。「何しろ私は他の奉公先を知らんでございます。紫陽花さんなんて沢咲きの小さいのしか見たことがなかったですよ」

曖昧に濁す言葉に対して、婆さんは通常の奉公人がどれほど苦労するものなのかを、今日も滔々と語り始めた。

いわく、ここいらの娘は十三歳になれば絹糸工場に住み込まされていたものだった。いわく、一日中、立ち仕事をして汗で湿った布団を三交代の三人で使い回し、肺を病めば捨てるように家に戻されていた。そして娘がもらって来た業病をうつされて一家が死に絶えることもあったのだと、毎回のように同じ口調で繰り返す。

木材問屋に住み込んだ坊主は丸太に手足を潰されて帰って来たとか、蚕の糞を発酵させてこしらえていた黒色火薬で生きたまま黒焦げになった娘がいたとか、婆さんの話は尽きることがない。

知っている。ここより貧しい奈江の田舎には、悲惨な奉公人の話など掃いて捨てるほどあったのだから。

「かんにんして。かんにんして。獣はかんにんして……」

幼なじみが呪文のように繰り返していた泣き声が蘇る。ぐっしょりと濡れた顔に張りついた狂笑も思い浮かぶ。奉公先で心を壊された娘の無惨な姿は今も時々、悪夢の中に現れるのだ。

「この屋敷で男手はいらんかねえ。うちの三男坊の勤め先を捜しているでなあ」

悲惨な奉公話の後はお決まりの、身内の売り込みが始まった。

「はあ、旦那様に聞いておきますですよ」

「本当に聞いてくれるかねえ。斧原の家の作男も、川石の料理女の手伝いも、このお屋敷ではみんな断っているんだろうに」

痩せ細っていた奈江が、このお屋敷に来てから徐々にふっくらとして頬に血の気を戻していった。近隣に楽な奉公先だと噂が流れ、あちこちから住み込みの相談が絶えないのだ。

「なにせ旦那様と奥様のお二人だけですから、人手も少なくていいそうで」

「まあなあ、確かに洗濯も少なくてのぉ」婆さんが細い垂れ目に好奇心を滲ませ、声を潜めて奈江に聞く。「奥様の汚れ物を見るに月のものがまるでないのう。洗濯が楽といえば楽じゃが、まだ娘みたいな歳なのに痛ましいことで」

「ああ、そういったものは私が洗わされてますんで」

そっけなく話を打ち切ってはいけない。断言もしてはいけない。否定も肯定もせず、反感をかわず、詮索の心を誘わないように。

街場の空気を漂わせた訳ありげな夫婦に、遠い僻村から雇い入れられた下女。あちこちに小さな温泉が涌くだけの寂れた農村に、自分達が溶け込み切れずに浮いているのはよくわかる。何かと取沙汰されているのも、奇異の目で見られているのも知っている。だからなるべく温和に、目立たないように、ことさら純朴そうな態度をこしらえて近隣の人々と接するのだ。

西側の竹塀に絡むのは白紫の鉄線葛(てっせんかずら)。竹塀を挟むように蕾を柔らげているのは餡泉郷の長者が作り上げたという手鞠咲きの紅紫陽花。

「ほんに珍しいくらい赤い紫陽花さんで。この紫陽花さんはなあ、ちぃっと特別な肥があると赤味が強くなると言われててなあ」

婆さんがまた、羨望を込めて呟いた。

「魚の骨を腐らせて根元に埋めてるんでございますよ」なるべくさらりと言い放つ。話を打ち切りたい、という色をひっそりと織り込みながら。「夕餉のお支度の前にまた煮干しの滓を紫陽花さんの根元に埋めて、それに干したお布団を取り込まなきゃいけませんですかねえ」

まだ何やら話し足りなそうな洗濯婆さんに奈江は薄く、薄く、微笑みかける。

自分の容姿のことも表情のこともわかっている。生まれも育ちも貧しい山村だけれど、餡泉郷から移り住んだ華やかな人々の血を濃く受け継いでいる。垢抜けなくても色白で顔立ちは細やかだし、普通に喋っても言葉つきは柔らかい。だから愛嬌顔で微笑むと、人々が少しばかり意のままに動いてくれるのだ。

「雨の前に私も、もう一度洗濯せんならんなあ」

これ以上の立ち話をあきらめた婆さんが別れのあいさつを口にして、浅黒く萎びたくるぶしで土ぼこりをかき分けるようにして歩き去ってくれた。

今日の受け答えはこれで良かったのかしら。好感を持たれる程度の愛想はふりまけていたかしら。好奇心を呼び起こしたり、羨望をかきたてたりしていなかったかしら。

「大丈夫なの。奈江さんはとっても礼儀正しい人だから」

池の縁から奥様の声がかかる。白い足指が庭池に突き入れられ、ぴしゃぴしゃと水しぶきを跳ね上げていた。

「ありがとうございます。それなら良かったでございますよ」

最初は気味悪いと思った読心が、今はとても心地良い。

「池の水が冷たいから水遊びはもう終わりなの」

野放図な奥様が池から足を引き抜き、駆け寄った奈江は乾いた手ぬぐいで水滴を拭いた。

「いっぱい遊んだから何だか眠くなったの」

式台に座布団を丸めて、ころり、と豊かな肢体を投げ出したと思ったら、すぐにすうすうと静かな寝息をたて始めた。奥様はよく眠る。朝餉と昼餉の間にも、おやつの後にも、猫のようにどこにでも横になってはうたた寝を始めるのだ。

「奥座敷のお役目で疲れたんだな。俺の実家では昼寝もさせてもらえず、一日中、生き神様の役割をさせられるんだ。かわいそうに、あれじゃ俺でもへたばるぞ」

旦那様が大きな手で奥様の黒髪をさする。撫でられるごとに髪の流れが整い、毛艶が増して行くようだ。けれどもその触れ方は、女を撫でるよりは愛しい子猫や子馬をさする手つきに似ていると感じるのは思い過ごしなのだろうか。

「これは夕餉まで起きそうにないな」

「今、掛け物など持ってまいりますですよ」

奥様が眠っている間、旦那様は薪割りなどをしてくれる。作男を頼めばいいものを、実家の離れで婆やにやらされていたから、力仕事をしないと身体がなまるから、などと言ってきかない。

「午後は時間がありそうだ。奈江、読み書きでも教えようか」

「ありがとうございます。では後で石盤を持って来ますんで」

奥様の昼寝が長くなれば、旦那様が読み書きやら護身術やらを教えてくれる。退屈しのぎだとも言うし、学があれば任せることが増えるからだとも言う。俺は生き神様のお守り役だから暇なんだ、と自嘲気味の理由を聞かされたこともある。いずれにしても下女にわざわざ学問を授けてくれる奉公先など聞いたこともない。

この屋敷はとても風変わりで、周囲から見ればきっと少しばかり気味悪く、そして奉公人がふくふくと肥えて行く場所なのだ。


火吹き竹に空気を吹き込むと、風呂釜の中の薪が、ぼぅ、と音を立てて燃えた。

ああ、いけない。少しばかり息を強く入れ過ぎた。お二人がお風呂に入っている間、火加減はとろとろと。お湯が冷めないように、沸き過ぎない程度に加減しなくてはいけないというのに。

湯殿には嵌め込まれた無双窓。漏れ出る白い湯気に混じって戯れる旦那様と奥様の気配が運ばれて来る。

お屋敷などと呼んではいるけれど、その昔、どこぞの富豪がこしらえた湯治小屋を改装した小振りな家だ。西側の一角には釜焚きの風呂小屋を据えて、檜の湯殿を据え付けている。

「お風呂が良いお湯加減になりました」

そう告げに行った時、奥様は牡丹模様の座布団を枕にして、またうたた寝をしていた。

暖かな夕刻。開け放たれた部屋に弱い西陽が差し込み、室内には障子の陰が灰色に伸びていた。

白土の壁には和紙に線描された美しい鬼子母神の絵が数枚。午後の残光が伝説の鬼女をまだらに照らし上げ、そこだけ色づけされた柘榴が赤黒く浮かび上がっていた。

今夕も、片膝を立てて旦那様が薄茶色に変色した写真を見つめていた。

何度か盗み見たことがある。映っているのは華奢で細面で色白の、はっとするほど臈長けた麗人だ。丸火鉢に片肘を載せ、もう片手に物憂げに灰ならしをつまんだ美しい人。男物の楊柳浴衣に違和感がないのはすらりとした長身だからだろう。髪が極めて短い断髪らしいのも見て取れた。大きな街では女も髪を切るらしい。あの写真の人もそういった類いの進んだ女人に違いない。

見るたびに思う。旦那様の心を真に捕らえているのは、穏やかで妖艶な奥様ではなく、まるで霧や霞のような古い写真の姫君なのではないかしら、と。

「旦那様」

奈江はもう一度、遠慮がちに声をかける。

呼びかけが初めて耳に届いたかのように旦那様は目をこちらに寄せた。いかつい人差し指と中指を、写真の中の薄い唇にそっと触れさせたまま。

「旦那様、お湯が良い加減になりましたんで」

「ああ、ぼんやりとしていた」旦那様の目が、すぅ、と現世に引き戻されて、障子際の奈江に焦点を結んだ。「ご苦労だね、奈江。それではスイを起こして湯に入ることにするか」

「おあがりになる頃にはお食事のお支度もできますんで。旦那様にはぬるく燗をつけて奥様には冷たい梅酢を」

暮色の中、古い写真の姫君は螺鈿の文箱の中に納められ、ことり、と玉虫に飾られた蓋で隠された。あの箱の中は黄泉の国。きっとあの麗人はもうこの世にはいない。その姿はいつもあの黒い箱の中。そして旦那様の心の中。ただそれだけだ。

「スイ、風呂が沸いたぞ。一緒に汗を流してさっぱりしよう」

古い写真を撫でた手をそのまま奥様の丸い肩に置いて静かに揺り起こす。二人の女に触れる、全く違った手つきに奈江はそこはかとない哀しみを感じ取るのだった。

旦那様の顔には、繊細な指遣いに不似合いな四角い顎と太い眉。大柄で筋肉質で、飛び抜けた美男とは言いにくい。かといって決して醜くもない。木曾義仲か関羽を演らせたら似合いそう、と村の女達が悪気のない陰口をする風貌だ。

「あたし、また眠ってたのね」

半身を起こすと、解かれた黒髪が市松絣の肩にうねうねと垂れ落ちた。

「泰輔ちゃん、またお写真を見ていたの？」旦那様の分厚い肩に、ちょこんと丸い顎を載せて奥様が囁いた。「あたしにも見せて。懐かしいの」

「風呂から出て、食事を済ませてから見ようか」

「今、見たいの」

「それじゃあ風呂の湯が冷めてしまう。沸かし直しは奈江の手間になるだろう？」

この気遣いに、最初の頃はひどく戸惑った。風呂が冷めたら焚き直させれば良い。使用人の手間など考えたりしない。それが当たり前のご主人というものだ。

「下女相手に気を遣わないでくださいまし」と、おずおずと言ってみたことがある。

「主人らしくなかったかな」旦那様は武者めいた顔に照れ笑いを浮かべて言った。「餓鬼の頃から余計な仕事を増やすと婆やに叱られてたせいだ」と。

「はあ？　使用人が主家の坊ちゃんを叱る、ですか？」

寡黙な奈江が思わず声を上げると、旦那様がいかめしげな目尻に皺をよせて、とてもおかしそうに、子供のような表情をこしらえて笑った。

「うん、やっぱり驚くか。いやなあ、俺の実家の離れは鬼婆と呼ばれる腕っぷしの強い婆やが仕切っていてね。そりゃあもう主人より威張ってたもんだ」

「はあ？　威張る、でございますか？　使用人が、ですか？」

「そうね、お強い方だったの」遠くを眺める目つきで奥様も話す。「優しくて、でもとても怖い心根の方だったの」

「俺はたまに拳骨を喰らったが優しかったぞ。料理が上手で、特にお汁粉が美味しかったねえ」

「そうそう、律さんのお汁粉、大好きだったの」

相手が子供でも奉公先の者には服従しなければならない。殴られても犯されても、奉公人は我慢し続けるしかない。そう叩き込まれて育って来た。だから主家の坊ちゃんを叱る婆やの姿が、まるで想像できない。

「さあ、冷めないうちに早く風呂に行こう」奈江の思いを打ち消すように旦那様が声をかけた。

「留守中に奈江が新しいぬか袋を作ってくれたそうだ。今夜も俺がスィの背中を流してやる」

「そうね、じゃあお風呂に行くの」

ゆらりと奥様が立ち上がると、市松絣の色模様が暮色の中に溶け込んでいく。ものの輪郭が曖昧になる刻限。眼前にふうわりと揺れる奥様の、豊かな腰や皮脂をまとった腕に目を吸い寄せられる。なぜこんなにもなめらかな肉付きをしているのだろう。荒れた指先で比べるように自分の腕を撫でると、ごろごろとした骨の感触が硬い。数年前まで、親指と人差し指で作る輪よりも細くなっていた腕。ここに勤めてからずいぶんふくよかになったけれど、以前ほどの丸みは戻って来ない。

「泰輔ちゃん、今度はあたしがぬか袋でこすってあげる」

湯殿から漏れ聞こえる声と湯音が奈江を現在に引き戻した。

奥様の甘い笑い声。旦那様の和やかな語りかけ。二人の裸身を濡らした湯が、檜の床に流れ落ちてひっそりと聴覚を浸す。

湯殿から、ぴたぴた、ぴたぴた、と肌を打ち合う交合の音が始まっても気にしない。旦那様の唇が奥様の全身をしゃぶる音にも心をざわつかせたりはしない。嬌声も睦言も雨音のように聞き流す。

ただ、お二人が湯船で絡み合っている時は、急に湯を熱くしないように気をつける。細い粗朶を一本ずつくべて、とろとろとした弱い火で追い焚きを続けなくてはいけないのだ。

「次にご実家に行くのはいつかしら。あんまりしょっちゅうだと疲れちゃうの」

睦み声の合間に奥様が軽く駄々をこねている。

「年にほんの何日かだから、我慢をしてくれよ」

「嫌じゃないの。お役に立てると、とっても嬉しいの。ただ回数が増えるとしんどくて」

ぱしゃり、と湯の音がする。奥様の白くぬめる背中と腰に、湯に濡れた旦那様の両手が回されたのだ。

「なあスイ、疲れるのはよくわかる。でも、ほんの数日、耐えてくれ」

いかめしい顔立ちの旦那様が少しばかり情けない声で頼んでいる。

「大丈夫。ちゃんとお勤めするの。だって、あたし、人のお役に立つのが好きなの」

「母屋の連中も偉い商人や町長さんもスイを頼りにしているんだ」

「うふふふ」奥様が笑う。それはきっと声だけで、丸い紅色の唇にくっきりとした笑顔は浮かんでいないに違いないけれど。「だって川から拾ってもらったんだもの。恩返しにお家のお役に立てて本当に嬉しいの。それに、お勤めできないと、あたし、また川に流されて捨てられちゃう」

「誰もスイを捨てたりしない」旦那様の声がくぐもる。きっと、唇を奥様の胸乳に埋めてしまったからだ。「大事な大事な生き神様だ。それにスイがいてくれなければ俺が切ない」

くすくすと、また奥様が声だけの笑いを漏らす。

「泰輔ちゃんはあたしを通して大事な方に触れているの」

湯船でもつれ合う音。湯の上を波がうねって浴槽の檜にゆるく当たる。

「生き神様のお役目はあたしの大切なお仕事。でもね、やってくる人達に嘘つきが多くて、時々、苦しいの」

「しょうがないだろう。商家なんてそんなものだ。俺だってスイがいなかったら、どっぷりと商売に漬かってくらしていたはずだ」

言い争いと呼ぶよりはただ甘ったるいだけの言い交わし。耳をすますと湯の玉が二人の肌を伝う音、足指の間に湯が溜まる気配すら聞き取れそうだ。目を閉じると、焚き口の中で橙色に爆ぜる火の粉が鮮やかな残像となって瞼の裏を打つ。そして、瞳の裏に訪れた暗闇の中、温かな湯船に潜り込んで旦那様と奥様の肌に触れる心地を感じるのだ。

「でもね、泰輔ちゃん、あたし、そのうちいらなくなっちゃうかも知れないの」

焚き口にしゃがみこんだまま目を見開くと、熾火の橙色が瞳を刺した。

「まさか。スイの人相見がなかったら本家は大混乱だ。俺達がここで何不自由なくくらしていられるのもスイのお陰なんだよ」

「あたしがいなくてもお店は安泰。この先は千里眼も生き神様もいらなくなるかも知れないの」

「人の叛心を見抜けるだけじゃなく、世の流れもスイは見抜けるのか？」

「そうね……、生き神様を頼る臭いが薄くなっているような気がするの……」

奈江は炎に飲まれる薪に火吹き竹で息を吹く。自分の肺から出た息が火を猛らせて湯を沸かし、その熱が旦那様と奥様の肌に伝わることを思うと熱いような切ないような悦楽に冒される。

頭の良さそうな旦那様。まだ若いのに世捨て人のように過ごしているのは、神通力があるけれど知恵のない奥様のお守りのためではないかしら。品のない下男やら男娼ではいけない。しっかりとした血縁の男をめあわせて奥様を繫ぎ止めようとしているのではないかしら。

それは心の中で考えるだけのこと。決して誰にも言いはしない。顔見知りの婆さんにも、力仕事を手伝う村の男衆にも、そして里帰りした時の実家でも、決して口にはしない。長く置いてもらえる使用人は口が堅い。特に訳ありな家では寡黙な下女が重宝される。多少気が利かなくても、愛想が悪くても、それだけで大切にされるのだと教わってきた。

この穏やかな家に寝起きして五年。殴られたり怒鳴られたりしたことはない。手込めにされることもない。だから空気のような使用人としてここで生き続けていきたいと願うのだ。

二

初めてお屋敷に入ったのは夏の終わりの湿った風の吹く日のことだった。

嫁ぎ先の家族が毒草にあたって大半が死に絶え、やつれ果てた姿で実家に戻っていた奈江に紹介業のマツ姐さんが奉公話を持って来てくれたのだった。

「よそ者夫婦が住みついたお屋敷でね、長く勤めてくれる若い下女を探してるんだよ」

「街場の商家の親戚とかの触れ込みで、そこそこ金はあるみたいだねえ」

少しばかり怪しげな話だったけれど、出戻り娘を持て余していた親は飛びついた。「長く勤めてくれる若い下女」というのは多分、子供のない後家などを求めてのことだったのだろう。けれども、もう嫁に行けそうにない奈江もその条件に当てはまる。

「あばずれの石女には嫁の口なんか望めんからなあ」

「泣き連れ崩れでいわくつきのお前が住める所なんてないだろうよ」

初めての奉公に脅える奈江を親達はそう諭した。いや脅すようにして言いくるめた、と表現した方がいいだろうか。

石女。あばずれ。泣き連れ崩れ。いわくつき。面と向かって言われると、肉の削げた頬の内側で奥歯がきりきりと微かに鳴った。

奈江が裕福な村に住む行商人と駆け落ちをしたのは十六歳の時。やつれ果て、痩せこけて実家に出戻ったのは二十歳になった頃だった。

駆け落ちのことを郷里では泣き連れと呼ぶ。親に反対されて連れ添ってもどうせ泣いて別れて戻るはめになるのだからと。絵に描いたような泣き連れに、婚家が中毒死といういわくまでついた。こんな女にはもう嫁の口など来るはずもない。

若い自分が軽率だったと言われれば否定はしない。相手の男にそれほど惚れていたとも思えない。そもそも色恋の意味すらわかっていなかった。親にも言わずに逃げ出すなど狂気の沙汰だったと今にしてみれば思う。

十六歳の自分は目の前に持ち上がっていた『奉公』という言葉の恐ろしさから逃れたかった。ただそれだけのために駆け落ちしたような気が、しないでもない。愚かといえば愚かな、あさはかと呼べばあさはかな、幼な過ぎる決断だった。

確かに婚家の村は豊かで食に不自由はなく、否応なく奉公に出される者などいなかった。けれども泣き連れで乗り込んだ嫁に人々が温和に接するはずもなく、翌年も翌々年も子のできないまま舅姑の冷酷さが増し、やがて苛烈な仕打ちに変わっていったのだった。

　泣き連れなどする前は、ほっそりしていても娘らしい身体つきだった。その奈江が、病持ちと間違われるほどにやつれ果てて実家に戻ったのだ。運悪く繁忙期も終わり、祭りを待つだけの暇な時期だった。それは人々が話題と刺激を渇望する季節。いわくつきの泣き連れ崩れを一目見ようと近隣の者達が家の中を覗き込み、毎日のように親戚連中が顔を見せろとやって来た。身の置き所をなくした奈江が嘔吐すると人々は目を見張り、泣いて逃げれば子供達がおもしろがって追いかけてきた。

　骸骨のような女など、後妻の口もありはしない。どっしりした尻と地面をつかむような太い足の女が重宝される山村で、痩せは病弱か貧困のあかし。

　身の程は知っていた。自分のような女を雇うお屋敷など、まともな場所のはずがない。

　覚悟して面通しに訪れたそのお屋敷は、背の高い竹垣に囲まれた瀟灑（しょうしゃ）な造りの家だった。

　薄明かりの差し込む表座敷。肩幅の広い旦那様にしなだれかかる奥様を見た時、不思議な既視感が湧き上がった。この女の人を見たことがあるような。ひどく懐かしいような。もしかしたら、どこかで守ってもらったことがあるような、そんな記憶が疼（うず）いたのだ。

　肩にぬめるような黒髪を垂らした奥様が、真っ黒な目を奈江の方向に向けた。世の明かりを全て吸い込むような漆黒の瞳に、自分もまた呑まれて行きそうな酩酊が心地良かった。

　まだ春も浅い頃のこと。柔らかな湿り気を帯びた空気がたれこめ、障子の中に差し込む光すら淡い桜色を帯びているかのような午後だったと思う。懐かしい顔立ちをした奥様がしなしなと、仏堂の毘沙門様を思わせる旦那様の耳元に囁いた。

「あたし、この子がいいの」と。

このお屋敷に奉公が決まったいきさつは、たったそれだけだった。

「あの奥様は口寄せができるらしいよ」仲介のマツ姐さんが後で教えてくれた。「陰気でおつむが弱いらしいけど、占いやら人探しもできるらしいからねえ。そういうお人があんたさんを気に入ったんなら、そりゃまあ間違いのない奉公先になるんでないかいねえ」

山間(やまあい)の谷に建つ奈江の実家では、壁土がほろほろと常にこぼれて、雨が降ると板と茅で葺いた屋根から黒ずんだ染みが伝い落ちていた。お屋敷にいたのは短時間だったけれど、壁にひびひとつ見当たらなかったのが珍しかった。雨染みもなければ、板敷きに割れ目も見つけられなかったのが違和感と言えば違和感だっただろうか。

あの立派な場所に奉公するのか、と骨と皮ばかりになっていた奈江は考えた。大人しそうな奥様だった。旦那様はいかめしかった。初めてのお屋敷からの帰り道、耳の奥にカヤ姉の啜り泣きと狂笑が蘇った。それでも覚悟は決めていた。あばずれの烙印を押されたいわくつきには拒む道など残されてはいなかったのだから。

故郷の村にも、そこに続く道のあちこちにも救世(ぐぜ)観音が祀られている。

里帰りの道すがら、奈江は全ての観音堂に跪(ひざまず)き、小さな菓子を供えて祈りを捧げる。実家の村から硫黄谷に続くあたりの観音様は見れば見るほど奥様に似ていると思う。杏仁(きょうにん)形の半眼も、ぽってりと肉厚の唇も、くねるような肢体も生き写しと言っていい。

遠い昔、この近くに救世観音に守られた温泉があった。餡泉郷と呼ばれたその場所には、漉し餡に似た泥と万病に効くという赤い湯が涌いていた。常に富裕な湯治客で賑わい、人々は豊かなくらしを営んでいたと聞く。観音様は誰にも分け隔てなく恩恵を与え、悪人を見つけ出し、病気を治し、失せ物のあり場所を言い当てていたそうだ。

奈江の記憶の中、慈愛に満ちた観音様が起こした奇跡の数々は炭が爆ぜる音に絡む。

谷間（たにあい）の寒冷な村だ。初夏になっても夜になれば炭火が欠かせない。ぱちぱちと橙色の熾火が冷気を震わせる囲炉裏端で、歯の欠けた年寄りが観音様の伝説を繰り返していたのだ。

華やかな温泉の地で住民達が増長すると、優しい観音様はそこから消え失せた。守護をなくした場所に溶岩が流れ、毒の風が吹き込んだのは三代ほど前の頃だったとか。山間の極楽と呼ばれた餡泉郷は誰も住めない地獄ヶ原に変わり、人々は山沿いの痩せた土地に散って惨めな小作人になったのだと伝えられている。

「慈悲深い観音様も祀らなきゃあ見放す」と年寄り達はこの昔語りの後に付け加えることを忘れなかった。「人間の主人には間違っても逆らっちゃいかんよ。働かせてくれる主人からは何をされてもおとなしく仕えなきゃいかんのよ」と。

おとなしく仕える、というのはどの程度まで我慢をすればいいのか。縛られて折檻されたり、酒の席でいやらしいことをされたりくらいは堪えなければいけないのだろう。けれども目を潰されたり、手足を折られたりしたら逃げてもいいのかも知れない。

そしてまた、奈江は幼なじみの正気を失った泣き笑いを思い出す。

そのかわいらしい顔をした娘は愚鈍だとか物覚えが悪いとか言われ、十五歳になってもまだ小さな子供とままごとなどして遊んでいた。「カヤ姉といるとのろまがうつる」と言われても、奈江は良く笑う彼女が好きだった。後をついて歩き、木の実をとり、鬼灯を鳴らして聞かせてもらっていたものだ。

その無邪気な娘は遠い町に奉公に行き、狂女になって戻された。奈江が『奉公』という言葉に地獄に引きずり込まれるような恐怖を感じるようになったのは、あの愛くるしい顔をした少女の哀れで恐ろしい狂態を見せつけられたためだろう。

いつも救世観音に祈っていたものだ。奉公先で恐ろしい目にあいませんように、正気を失わず足腰が立つままに過ごせますように、と。今は違うことを祈る。あのお屋敷にいつまでもいられますように、旦那様と奥様がいつまでも息災でありますようにと願うだけだ。道すがら祈り、救世観音の顔を奥様に重ね、そして古びて壁土のこぼれる実家に辿り着くのだった。

「奉公先はどうなのだねえ」

母が聞いた。足も腕も農作業に不向きな華奢な造り。滅んだ餡泉郷の血筋が色濃く表れた細腰に色の淡い瞳。温泉の赤湯色（あかゆいろ）と呼ばれる茶色い髪にも、ずいぶん白いものが増えていた。

「丈夫そうになったじゃないか」

粟粒のこびりついた飯碗から湯を飲みながら兄が言った。彼はこの土地に古くから住んでいた農民の顔立ち。顎幅が広く、地黒で重心が低く、地力を溜められる身体つきだ。

「なんとか勤めてるから」

なるべく簡素な言い方で奈江は答えた。

年に数回、盆でも正月でもないのに暇をもらうことができる。旦那様と奥様が実家に呼ばれた後に与えられる有り難いはずの休暇だ。給金は出るし、実家への足代やら持参する土産物までも与えられるから、いわくつきの出戻りが良い奉公先に巡りあったと家の者達は喜んでいる。

「薄気味悪いよそ者屋敷なんだろ？」

「おかしげな行商人が出入りしているらしいが、害はないのか？」

家族が口々に問いかける。娘の身を案じての意味もあるだろう。けれども微かに滲むのは何かと噂の多いよそ者への好奇心だ。

「勤めやすいお屋敷だから」

奈江は無難な返答を繰り返す。

「間違っても増長しちゃいかん。給金をくれる主人にはおとなしく仕えなきゃいかん」

とっくの昔に亡くなった婆様の言葉が、今日も耳の奥にこだました。

「あの屋敷にハイカラな格好の人さらいが来るんだろう？」

「生き肝（いぎも）取りが来て村の子の腹を割いてるって聞いたぞ」

小さな甥や姪が奈江に聞く。大人がたしなめても子供達はこの手の話を聞きたがるから、わざと大きな声をあげて笑って見せた。

「商売人は来るけど、身元のちゃんとした人ばっかりだねえ」

寡黙な奈江の笑い声に大人達は怪訝な顔をするけれど、子供達は重ねるようにして問いかけた。

「あそこの夫婦が子供の生き肝を喰うって」

「穂沢の里の赤ん坊が硫黄谷で燻（いぶ）されてあの屋敷に売られたんだぞ」

また奈江はけらけらと笑う。笑って見せるしか方法はない。

「めずらしい西洋風の食べ物を取り寄せるからね」唇を笑いに固めながら奈江は続けた。「外国人が飲む葡萄汁を生き血と間違えて騒いだって、年寄りが言ってるだろう？　あれと一緒だよ」

「でも、臓物が庭一面にぶちまけられてたって噂だぞ」

「ああ、あれはね」今度は虚実を取り混ぜて言葉を選ぶ。「お庭に猪が飛び込んで来て、それを猟師が鉄砲で撃ち殺したことがあったのよ。そりゃあ大騒ぎだったけど、話ってのは際限もなく広がるもんだねえ」

　実際はあの後、奥様が撃ち殺されたばかりの猪の生肉を喰ったのだ。白い歯を赤い肉に突き立てて、紅梅の唇を血に濡らし、くちゃくちゃと音を立てて屠っていたのだ。真っ黒な髪から赤い血が滴っていた。滅多に笑わない奥様が浮かべた笑顔の蠱惑に眩めいて、思い出すと怖れるよりは手をあわせて祈りたい気持ちが湧き上がる。

　縁台に座り込んだ旦那様もまた、うっとりと奥様を見つめていた。それは女房を見る目ではなく、手の届かない天上の女人を眺めるような、あるいははるか彼方に誰か別の人を捜すような遠い、眩し気な、そして切ない眼差しだった。

「そう言えばねえ、街場の金持ちは半生の肉を食べるらしいんだよ」

　まことしとやかな蘊蓄を披露すると、甥や姪が「気持ち悪い」とか「鬼か狼みたいだ」とか、口々に声を上げて嘔吐の真似事をした。

「鍋に牛やら馬やらを入れて醤油と砂糖をかけて食べるんだって」

　奈江は続ける。勤めやすい奉公先だもの。主人夫婦の名誉は守らなくては。変な噂が広まれば自分の居場所がなくなってしまう。

「金持ちのハイカラ料理は不気味だね。お屋敷じゃ食べないからありがたいよ」

　話の匙加減が難しい。評判が上がり過ぎるのも好ましくない。良い奉公先と噂が立ったら、あばずれでもいわくつきでもない下女を売り込みに、紹介料狙いの婆様達が動き出すに違いない。

「でもねえ」控え目な兄嫁が言いにくそうに言葉を挟んだ。「あのお屋敷から時々、血の臭いが流れて来るってさあ」

「あら義姉さん、誰が一体そんなことを？」

微笑んで聞くと、兄嫁がそっと視線を炉端に落とした。

「義姉さん、教えてよ。そんな臭いがあるんなら下女の不手際だろう」

父や母の目を気にしてなのか、大人しい義姉はおどおどと口を噤んだままだ。この女も餡泉郷の血を引いたほっそりとした小柄な身体に瓜実顔。子供を何人も産んだ今も、その可憐さは変わらない。

「私がそれで暇を出されたら、またここに置いてくれるかね？」

兄嫁が、ひくり、と肩を震わせた。小姑が増えるのは避けたい。いわくつきに居着かれるのは好ましくない。丸い瞳に微かな打算がひしめくのが見て取れた。

「季節の変わり目の夜になると……。この春先もそうだったって。お屋敷から獣の血みたいな、臓物のような臭いがするって」

「それは山辺の柏根の衆が言っていたのかね？」

義姉の親戚筋の名を出すと、つぶらな双眸が肯定するように伏せられた。

あれらは屋敷の東側に住む。ならば西風が東に流れる夜は気をつけなければいけない。

「ああ、それはねえ」思索を巡らせながら言葉を選ぶ。「西洋の香料だと思うよ」

「香料？」

「旦那様のご実家は街の薬種問屋だろう。この頃はお白粉やら西洋風の匂い水も扱い出したんだって。だから外国から取り寄せた香料を奥様にも試してもらってるんだ」

「そう……」

兄嫁がか細い声で頷いたけれど、それ以上聞こうとはしなかった。農作業の役に立たない華奢な女は引っ込み思案になる。この女も自分の母も「細い小町は猫背で歩く」と田植え歌で揶揄される類いの細美人だ。

「西洋の香料は、そりゃもう獣臭いんだ」畳み掛けるように喋る。「奥様は占い事もされるからねえ。お考えを聞かれるためにいろんな香料やら材料やらが運び込まれて」

そう言えば、お屋敷の東の方には先の婚家の親戚筋の家もある。奥歯が、また頬の中で、きりり、と軋る。あれらにくらしを乱されてたまるものか。奇妙な噂を流されたり、せっかく居着いた奉公先を貶されたりしてなるものか。

「西洋の匂い水……、香水とか精油って呼ぶんだっけかねえ」頬いっぱいに笑顔を浮かべて喋り続ける。「あの臭いにはあたしだって逃げ出したくなることがあるくらいなんだ」

わかっている。生き肝取りが籠に生きた赤ん坊を入れてあのお屋敷を訪れるだとか、色子のような美青年が大八車で娘の死骸を運び込んでいるやらの噂があることを。

囲炉裏端では子供達が奈江が土産に持って来た瓶詰めの金平糖を齧っている。金平糖がなくなれば丈夫な瓶は高く売られるに違いない。

「一日一個ずつだから」兄嫁がたしなめた。「奈江おばちゃんがお優しい旦那様からいただいたもんだからね」

お優しい旦那様。厄介ないわくつきを引き取ってくれた方。怒鳴ったり、殴ったりなんか決してしない。奥様がすやすやと昼寝をする横で文字やら護身術やらを教えてくれる。

「女だからと言って弱々しくすることはない」旦那様はよくそうおっしゃる。「外で何かあった時のために喧嘩術は覚えておいた方がいいぞ」と。

手足の使い方、腰の練り方、竹刀だけではなく鎌やら熊手やらを使った戦い方も教わった。それは旦那様が小さい頃、鬼婆と呼ばれた使用人から伝えられたものだとか。習っても役に立つかどうかはわからない。ただ、旦那様が覚えろとおっしゃるなら従いたい。

奥様が昼寝する側の庭で、汗を流して組み合い、手足を絡めたまま地面に転がることもある。肌が触れ合い、吐息が混じっても、旦那様に官能めいたものも恋心らしきものも抱かないのはなぜだろう。

逞しい筋肉に鎧われたお身体。着物に滲む汗からはふと目が眩むような男の臭いが立ち上る。体捌きなどして旦那様の髪が触れた頬に微熱が浮き、開いたままの目に薄く涙が滲む。けれども傍らに奥様の寝息を聞くと、全ての邪念が霧消してしまう。

自分は決してお二人の間に入ろうと思わない。旦那様が抱きしめるのは奥様、見つめるのはあの文箱の中の姫君だと知っているのだから。

奥様も二人がもつれあっていても気にしない。時折、浅い眠りから目覚めては、まるで犬や猫のじゃれあいを見るよう眺め、「仲良しだとあたしも嬉しいの」などと言いながら、またくうくうと眠ってしまうのだ。

「奈江は覚えがいい。気迫もある。将来は鬼婆の名を継げるかも知れないぞ」

旦那様は褒めてくれる。褒められれば嬉しい。教えられるのはおもしろい。

あのお屋敷には奇妙な噂があるくらいでちょうど良い。その方が寄り付く者が少なくてすむのだから。

「日が暮れる前にちょっと観音様参りに」

作り笑いにくたびれた奈江は立ち上がる。

「ずいぶん信心深くなったこと」

母が喜ぶように、それでいてあきれるように呟いた。

「家を離れているからねえ。このあたりの仏様にみんなの無事を祈りたくなるんだよ」

明るい声を出すけれど、本心は一人になりたいだけのこと。産まれ育った里なのに、ここに戻れば翌日にはあのお屋敷が懐かしくなる。その罰当たりな感情が切なくて、信心を口実にふらふらと外に出てしまうのだ。

谷の日暮れは早いから山道を登るのも急ぎ足になる。

坂道で息が続くようになった。目眩も起こさず、足が萎えることもなく、早足で登ることができる。お屋敷でお勤めをさせていただいているお陰だ、と奈江は思う。飢えることも、過食で腹を下すこともなく、食事を吐き戻すこともなく、こうして人並みに太ることができたのだ。

山を分け入った崖の下に、夏草に埋もれた小さな墓がある。瓜ほどの大きさの石が置かれただけの寂しい墓標だ。

「お屋敷で菓子をもらったんだ」

桃色の花びらを象った落雁を供えて手をあわせると、空に飛ぶ大きな鳥が一声鳴いた。

この墓の主の享年を、自分は追い越している。幼な顔のまま逝った娘の顔は、記憶の中では自分より少しだけ年嵩に変えられているようだ。

「カヤ姉は甘いのが好きだったね。この菓子は茱萸よりも桑よりもうんと甘いんだよ」

墓はあいづちなど返さない。ただ、冷えた山の風が首元に吹き出した汗を乾かしただけだった。

頭上に張り出した楢のざわめきに目を上げると、漆黒の鳥が葉陰にとまっている。嫁入り前に死んだ娘の魂は白い鳥になるそうだ。けれどもこの墓の主は、獣に穢されたから真っ黒い鳥になるだろうと噂されていた。

自分が立ち去った後、あの鳥の黒く太い嘴が桃色の菓子を突くのだろうか。

「供え物、鳥が喰うも供養のうち。人に盗られるもまた供養」

墓の主の母親が墓前で呟いた声を思い出す。

良く笑う娘だった。のろまだとか愚鈍だとか言われても邪気がなく、小さな子供にまとわりつかれるかわいらしい女だった。けれども奉公から戻った時、獣を見て狂態を示す者に変わり果てていた。

その時は春。濃緑の葉の間に山桜が咲いていた。彼女は十五で自分はやっつ。大好きなカヤ姉が奉公先から帰ったと聞いて駆けつけて、大喜びで人形遊びをしようと家の外に引き出した。前と同じように草で姉様人形をこしらえ、花を摘んで固めて小手鞠にした。

異変があったのは大葉子（おおばこ）の葉脈で紐を編んでいる時。白い里犬が尾を振りながら奈江に走りよって来た。野良犬でもなく飼い犬でもない、けれども人々から食事をもらい、狸などが出れば追い払う、これといった飼い主もなく住み着いている人懐こい犬だった。

里犬が、わん、と親し気に吠えた時、カヤ姉が笛の音に似た細い声を上げた。

走りよった白い毛皮を撫でると、傍らのカヤ姉がべたりと地面に座り込んで失禁した。

「かんにんして、かんにんして。獣はかんにんして……」

声を上げて泣き出した年上の娘に、幼い奈江はうろたえた。この犬はおとなしいの。野良犬みたいに噛んだり吠えたりしないの。おろおろと言い募る彼女の前で、カヤ姉が涙顔のまま突然けらけらと笑い始め、そして裾を高くまくり上げて下半身を晒け出したのだった。

四つん這いになった彼女は赤黒く割れた秘所を自らの指で広げ、泣きながら、同時に笑いながら一人で尻を振り始めたのだった。

物の怪に憑かれたようにしか見えなかった。目を逸らすこともできなかった。幼い奈江はただ震えながら眺め続けるしかなかったのだ。

理由を聞かされたのは何年後だったろうか。

物覚えが悪く、叱られても笑っているだけのカヤ姉は、愛らしい顔立ちが災いして奉公先の主人達に目をつけられた。抱きつかれたり、寝間に引き込まれたりするのはしょっちゅうのこと。やがて悪酔いをした男達に酒の席で裸にされて、巨大な猟犬と交わらされたのだ。

「獣はかんにんして……。獣だけはかんにんして……」

泣いて拒む娘を呼ばれた猟師達が押さえつけ、背後から灰色の犬をのしかからせていった。痛い、痛い、と泣き叫びながら犬に犯されるのを、酔った者達が手を叩いて笑いながら見物していたそうだ。見かねた女子衆が彼女を連れて逃げ出したけれども、壊れた心はふとしたはずみにたがが外れ、悪夢のような狂宴を反復するのだった。

親兄弟は犬嫁と呼ばれ出した娘を持て余し、恥さらしだと物置に隠した。それでも時々、カヤ姉は家を抜け出し、悪趣味な人々に犬をけしかけられて恥態を晒し続けたのだった。子供に石を投げられて山に追われ、崖から落ちて死んだのは十六歳になる前のこと。先祖の墓にも入れてもらえず、落ちて死んだ場所にそのまま埋められた。おざなりな墓標は草に埋もれて、あと数年もたてばその場所すらわからなくなってしまうだろう。

そう言えば、かわいがっていた赤尾（あかお）はどこかに埋められたのかしら、と奈江は考える。

あれはふかふかとした茶色い毛の、真っ黒い鼻をした子犬。婚家にいた奈江に懐いて、呼べばいつでもかけて来た。抱きしめれば頬をなめ、丸い尾をぱたぱたと振ってくれる犬だった。道ばたで出会い、鼻を鳴らしてすり寄られ、子犬の温かさと柔らかさに心を溶かされて納屋にかくまった。

その赤尾もあっけなく消えた。赤犬を喰うと孕みやすいからと家の者達に殺されて肉汁にされ、奈江の夕餉として出されたのだ。

犬の肉だと知らされていた訳ではない。だから口に入れた時は、臭みがあると思っただけだった。「唐や高麗ではこの肉を食べると子ができると言うそうだ」と、家の者達が説く呪文めいた言葉が薄気味悪かった。なぜ一人だけその汁をあてがわれたのかもわからなかった。そもそも唐や高麗がどこなのかすら、当時の自分は知りもしなかった。

翌日、納屋で剝がされた茶色い毛皮を見つけ、軒下に吊るされた肉を見つけ、胃液が枯れるまで嘔吐した。そして奈江は痩せてふらつく足で裏山に毒草を採りに行ったのだ。

「カヤ姉、あたしは奉公先でいじめられていないんだよ」

頭上の梢がさざめくと、それが墓の主の安堵の声のように感じられた。

「酷い目にあってない。殴られていない。慰み者にもされてない。だからね」奈江は灰色の貧しい墓標を見つめて呟いた。「だから、何を見ても平気。何があっても気にしない。ずっとあのお屋敷でお勤めさせて欲しいんだ」

あたしが旦那様や奥様を守りたい、そう言いかけて、あまりにもおこがましいかと声を切った。

梢で烏が一声、甲高く鳴いた。それは墓前に佇む人間に、早く立ち去って人の世に戻れと促しているように聞こえたのだった。

ざわりと道沿いの樹々がゆらめいて、横道から女達が現れた。

若い女が一人、中年が二人。暗色の着物に背負い籠（しょいご）と腰にさした小鉈。焚き付けの樹皮や山の果実などを採りに来たのだろう。

しくじった、と奈江は思う。カヤ姉の墓参りなら人の来ない早朝か、あるいは小雨の日にするべきだった。

「あらまあ奈江さん、お久しぶり」

「正月でもないのに遠いお屋敷から里帰りかね」

口々に声をかけられたから、無愛想にならない程度にあいさつを返した。

彼女達はその昔、駆け落ちをして嫁いだ先の村の者達だ。

薄褐色の肌に真っすぐな姿勢。中年女の背が丸くないのは豊かな土地のしるし。貧しく、地を這いずってばかりの土地だと三十歳になる頃には腰が曲がり、背中が猫のように丸くなるのだから。

それほど高くない山だから女の足でも楽に越えられる。このあたりだけで採れる蔓梨（つるなし）や李（すもも）を採りに山ふたつほど向こうからも女達が集まって来る場所なのだ。

「奉公先ではうまくやってるらしいねえ」

「少し太ったんでないの？」

親し気に話しかけられて奈江は曖昧に微笑み返した。

細い山道だから並んで歩くことはない。足早にやり過ごしたくても、前後を女達に挟まれて追い抜くことも、後ろに下がることもできはしない。

「今度は矢来の家の七回忌だよお」

前を歩く四十歳過ぎの女が、無遠慮に奈江の嫁ぎ先の名を出した。

「奈江さんも法要に来るのかねえ」

「奉公先でお暇をくれるなら拝みに来ればいいなあ」

「いえ、私は呼ばれないんで……」

呼ばれる訳がない。呼ばれても困る。あの村で、自分は石女だのあばずれだの疫病神だのと陰口を叩かれている。辛うじて生き残った元の夫は、今は新しい嫁をもらっている。

「食断ちが幸いして無事だった奈江さんだもの。堂々と来るもんだとばっかり思ってたなあ」

何がおかしいのか、女達が声を揃えて笑った。

「残念だねえ。毒草鍋の話なんぞ聞きたかったのにねえ」

「犬の味なんぞも教えて欲しいもんだけどなあ」

きりり、と奥歯が、また頬の内側で鳴る。いつまで蒸し返され続けるのだろう。今の自分は遠くのお屋敷に住み込んで、波風もなく生き直しているというのに。

「一人だけ生き残った健蔵も具合がすぐれずにのう」

駆け落ち相手の名前を聞いても、今は憎悪しか浮かばない。だから消息など聞きたくもない。

「さきおととし、いとこを嫁にしてなあ」

それも知っている。

「今度も子ができずに分家から養子をもらったんだよ」

未練などない。あの男だけ死なせそこなったのが、むしろ口惜しい。ただ、自分を石女と罵倒した男が、次の嫁にも子ができずに養子をもらったと聞かされれば、腹の奥で怒りめいたものがくつくつと煮えるのだ。

「奉公先は良いところだってねえ」

「ええまあ」

突然に話題が変わった。だからあわてておとなし気な声を奈江は出す。

「太って丈夫そうになって」

「肌のつやも良くなったし」

奈江は答えない。太ったのはわかっている。丈夫になるのも当たり前だ。

「それでもまだちぃっと痩せ過ぎなんでないか？」

「餡泉郷の血筋だからねえ。細くて白くて、別嬪なのが売りなんだよお」

これ以上、太りたいと思わない。村で重宝されるがっしりと肥えた女になど、なりたくもない。

「まあ、あんたも矢来で苦労したから」

うるさい、と奈江は思う。

「駆け落ち先で痩せこけて、心配しておったから」

うるさい、と奈江は再び、強く思う。過ぎた後の同情は煩わしい。心をかけるなら今もこの先も見て見ぬ振りに徹してくれないものか。

「でも、髪の毛は黒くならないねえ。温泉の赤湯色のまんまだ」

「なんだか嫁入りしてた頃より、色っぽくなってないかい」

「そりゃ奉公先でたっぷりかわいがられてるからだよ」

前後からの声が、ただ忌々(いまいま)しい。崖道にしなだれる茅萱(ちがや)や杉菜が、細い鞭のように足を打つ。

歩き去りたいけれど前後を挟まれて歩速を上げられない。

道幅がさらに細くなると右側の林が途切れて、山道の両側に切り立った崖が開けた。左には沢に落ちる崖、右には山頂に続く斜面。この先の山肌に足休めの小さな窪みが掘られている。

「奈江さん、世辞じゃないよ。きれいになったよ」

背後から若い女の声が絡みつく。あれは駆け落ち相手の幼馴染み。自分がいなければあの家に嫁入りしたかも知れない女。

「それに本当に尻のあたりが丸くなって」

もうひとつ後ろからの声に、嫌悪が背筋を駆け抜けた。

「奉公先の旦那様の妾になってるんだって？」

「そうそう精力の有り余った旦那様と昼間っぱらから」

「旦那様はそんな方じゃない！」

否定する奈江の声に女達が示し合わせたように大声で笑った。

「昼過ぎに行くと奈江さんが襟や裾を乱してさあ、顔を火照らせて出て来るって」

「お屋敷近くに嫁入りした者が言ってたよお。昼は奈江さん、夜は奥様がお相手するんだって」

違う。時々、旦那様から鬼婆様の喧嘩術を教わっているから、と言いかけて、そして誰も信じないだろうと考えて口を噤んだ。

蔓が簾のように垂れ下がった足休めの窪みが目の前に迫る。女達は休むのだろう。だから自分は歩きすごそう。

「奈江さんねえ、ちょっと休んで喋って行こうよう」

前の女が奈江の手首を摑んで、強引に足休めの窪みに引き込んだ。

「ごめんしてください。今日は家の手伝いがあって先を急ぐんで」

「しょっちゅう里帰りして手ぶらで山歩きする人が、忙しいもないだろうに」

自分を取り囲む女達。一人ひとりの名前も顔も、今はもう曖昧だ。けれども彼女達の目に淀む悪意だけははっきりと読み取れる。

「奈江さんが実家に戻ってから、私らの里は嫁いびりと犬喰いで名をあげてねえ」

「おもしろおかしく田植え唄にまでされてさあ、他の村との婚礼がまるでなくなったよ」

山を吹きおろす風に細かな蔦の葉が揺れ、崖の上から壺型の小花がぽろぽろと落ちて女達の襟元に溜まった。

「奈江さんだけいい目を見てるんだよねえ」

「奉公先でも尻軽なんだよね。石女は好き勝手できて羨ましい」

答える気はない。むしろ逆らわない方がいい。立った噂は消しようがない。何を言っても無駄だから、黙っている。うまくすれば噂は消える。残るなら聞こえないふりをしてくらすだけだ。

「太ったと思ったけど、腹に子でもいるのかもなあ」

「石女が男を変えたらすぐ孕むって、よく聞く話だから調べてやろうかねえ」

目の前の女の手が襟元にかかった。胸をはだけて、着物を剥いて、腹を探って笑う気だ。

とっさに振り払おうとすると右の手首を摑まれた。別の女が奈江の左の手首をきつく握って足休めの崖肌に押し付ける。もう一人は腰元の小鉈を握りしめている。あれで着物を裂くつもりなのか。それとも皮膚を切られるのか。

どの女も豊かな村の者らしい上背や肩幅をしている。ちまちまとお屋敷仕事をこなすだけの自分より、きっと腕力もあるはずだ。

逆らうつもりなどない。そう思っていたけれど、襟元を押し広げられて乳を晒された時、とっさに身体が動いていた。

摑まれていた手を開き小刀に見立てて丸く跳ね上げると、きつく握っているはずの女達の手が簡単に外れた。呆然とそれを見つめる顔が、少し滑稽だった。奈江はただ、旦那様から教わった喧嘩術があまりにもやすやすと決まったことに驚いていた。もう一度手首を摑もうとする若い女から身をかわしてその腕を摑んで引き込み、肩甲骨の内側に肘を打ち下ろす。相手の膝が、くたり、と崩れ、地面に這いつくばって黄色い泡を吹いた。

「奈江さん、あんた、何をするのかね！」

「あたしら相手に暴れるつもりかい」

中年女二人が口々に叫び、腰の小鉈を抜いて襲いかかって来た。

畳一枚ほどの狭い足休め。動きは限られるけれど向こうの所作がひどく緩慢に見える。だから腰を落として、女達の軸足を内側から上足底で思い切り薙ぎ払った。二本の足が可笑しいほど高く跳ね上げられ、そのまま二体の身体が、くるり、くるり、と宙で半回転した。

一人はそのまま足休めから弾き出されて彼方の崖下に転落して行った。背負い籠に入った蔓梨の黄色い実が、ぱらぱらと後を追うかのように崖面に散って、転げて、ころころと谷底に消える様が滑稽にすら見えた。

もう一人は背負い籠を無様に潰して、背中から地面に叩きつけられて転がった。

足払いという名で教えられた技だった。言われるがまま身体の大きな旦那様を相手にどれだけ試したことだろう。今まで一度もうまく行ったことがなく、奈江の土踏まずが青黒くなっても旦那様は微動だにしなかったというのに。

「奈江は華奢だけど気迫がある。小柄な男くらいなら払い倒せるはずだ」

繰り返し励まされてはいたけれど、まさか効くとは思ってもいなかった。

女達の軸足のあまりの脆弱さに、そして相手の身体の恐ろしいほどの軽さに、むしろ奈江が驚いていた。自分を脅かしていた人間達はこんなにも脆かったのか。ならば何をあれほど怖れて来たというのか。

足休めに転がった二人の女が口汚い言葉を吐き始めた。

「いわくつきのあばずれが……」

「石女だから誰にでも股を開くんだ」

女達が血泡の混じる口で罵倒すると、ぶちり、と皮膚が切れる音のような振動のようなものが伝わった。舌で嘗めてみると、下唇に自分の犬歯が喰い込んでいる。

金臭さが口中に広がる。鉄と塩の味が喉から鼻に抜ける。そして封じ込めていた怨嗟がまた身内を冒した。

立ち上がって再び小鉈を振りかざす女二人に、もう一度、思い切り足払いをかける。臍のあたりを中心にして、くるり、くるり、と女達の身体が回る様がひどくおもしろい。まるで大きな風車。何度でも回し続けたい誘惑に捕らわれるけれど、一人はそのまま崖下に消えて行った。もう一人は地面に落ちる寸前に腹を蹴って谷底に飛ばした。籠から飛び出た黄色い蔓梨が、遠心力の円弧を描いてぱらぱらとあちこちに舞い落ちて行く。その様が花びらを散らす野菊に似ていて美しい。

小さな足休めの隅々まで調べても、殺戮の痕跡は何もない。土埃のけぶる地面に伏せて崖下を覗くと、女二人が首を不自然な角度に曲げて谷底の沢に潰れていた。もう一人は枝に突き抜かれ、黒い鳥にその目をほじくられている。頼りない枝がぽきりと折れると鳥は飛び去り、死体は遠い谷底の巨石に骨の砕ける音を響かせてぶつかって行った。

「私はねえ、本物のいわくつきだからねえ」

奈江は上空で鳴く鳥に向かって呟いた。暴れる気などないのに。平穏に生きていたいだけなのに。いつの間にか自分は人を手にかけるようになってしまったのだ。

谷を覗き込んで身動きしない女達を見ていると、嫁ぎ先での最後の夜を思い出す。

毒鍋を喰ってのたうちまわる婚家の者共を黙って見ていたのは自分。白目を剝いて鱒汁の具を吐き散らし、大小便を漏らして悶絶する人間達をせせら嗤ったのも自分。

「赤尾、私に懐いたばっかりに。許してね。成仏しておくれ……」

あの夜、弔いの言葉を捧げた相手は茶色い毛並みの子犬だけだった。

夕餉の鍋に山菜によく似た毒草を刻んで放り込んだ。ものを喰っては吐いてばかりの自分は生き残っても不思議がられないと知っていた。近隣への知らせが遅れたのは、腰が抜けて動けなくなったからと言い張った。

あの時、感じていたのは憤怒だったのだろうか。それとも怨嗟だったのだろうか。もしかしたら赤尾の仇討ちを果たした充足に喜悦していたのかも知れない。

奈江はもう一度、遠い崖下を覗き込む。空を見上げると山頂に灰色の雨雲。空気に含まれ始めた微かな湿気がやがて来る雨の気配を告げていた。そこいらに残された少しばかりの血泡は洗い流されることだろう。崖下の沢の流れは早くなるだろう。少なく見積もっても彼女達の身体をもう少し下流に流すくらいは増水するに違いない。

「馬鹿だねえ」奈江は呟いた。「いつまでもやられてばかりの小娘でいるわけ、ないじゃないか」

あんな女達の肉でも奥様は召し上がるかしら。そう考えて苦笑する。繊細な奥様は柔らかくて新鮮なお肉がお好きだもの。こんな硬そうな田舎女など食べるはずもない。

今日は一日中、観音様めぐりをしていたのだと実家には言えば良い。そして雨が降り出してから家に戻ろう。濡れて帰れば着物を洗う口実ができる。もし血など付着していても、洗ってしまえば消すことができるはず。

さらさらと揺れる蔦を寄せながら、奈江は足休めを後にした。上空でころころと猫の喉の音に似た雷が鳴り始めた。やがて雨が降る。山の草木が濡れて谷の水かさが増す。山麓で山蕗（やまふき）の葉を取って傘の代わりにしようと考えながら、奈江は軽い足取りで細い山道を下っていくのだった。

三

「おや、奈江さん、また同じお宿ですね」

男の細い声が、馬喰宿の通路から呼びかけた。

実家から駅まで乗り合いの大八車で半日ばかり。そこから汽車に乗って、駅から歩いてまた約半日。途中、いつもこの鞠屋（まりや）という名の町で一泊する。この土地は糸や布の取引が多く、昔は年寄り達が屑糸を繋いで菱形模様の鞠を作っていたのだとか。

鉄道やら電信やらができ、牛馬を売り買いする者は減った。この馬喰宿は老夫婦と嫁とで細々と営まれ、息子は役場に勤め始めたと聞いている。

行き帰りの常宿でいつもこの男に出会うのは、自分の留守に彼がお屋敷を訪ねているためだ。

「昨日も奥様に新しい着物やら、旦那様に絵の具や和紙などをお届けにうかがいました」

白い肌に薄桃色の頬をした商人は、下女の自分にも慇懃な言葉をかけてくれる。奥様が麗しい救世観音なら、この童顔の男は知性と愛くるしさを兼ね備えた倶利伽羅童子を思わせる。

「東方さん、旦那様と奥様はお元気でしたかね？」

聞いた後で、その問いが的外れだと気づいて薄く赤面した。

「たった数日のお暇なのに、もうあのご夫婦の無事を案じているのですか？」

皮肉を含めることもなく、目の前の男はそう聞いた。

「ここのところ急に暑くなったり寒くなったりしているものでございますから」

「その忠義な心を見習いたい。よろしければ今夜も私の部屋で夕餉を召し上がりませんか」

普段なら男一人の座敷には上がり込まない。けれども、なぜか彼にだけは警戒心が起こらない。成人の姿をしていても男の匂いがまるでしないのだ。洗濯婆さんや作男は「見た目は良いけれど薄気味悪い」と評するし、彼が生き肝取りと噂されているのも知っている。けれども奈江はこの男が放つ仄かな瘴気に、奇妙な安らぎを覚えてしまうのだ。

「お里はどうでしたか？」使い込まれた箱膳を前にして東方が尋ねた。

「相変わらずで」奈江は答える。

「お土産は喜ばれましたか？」

「ええ、旦那様が日持ちするお菓子をくださるんで」

「ほう、里のお子達がどれほど楽しみにしていることか」

膳の上の菜のものを奈江はつつく。煮染めた小魚と茹でた野菜。馬喰相手の食事は醬油の味が濃い。お屋敷の料理よりは粗末で、それでも実家の夕餉よりははるかに豪華な品揃えだ。

「奈江さんが仕えるようになって何年でしたっけ」

「もう五年ほどでございますよ」

「お二人とも奈江さんを気に入っております」

「有り難いことでございます。私が来た頃は奥様が年上に見えたもんですけれど、最近は何やら奥様が娘に見えることもあるんですよ」

確か前に泊まった時も、この男とよく似た言葉を交わしたのではなかったか。

「あれはいつまでも、いつまでも、あのままですから」

ああ、そうだ。今回も同じやりとりが繰り返されている。

「奥様はいつから生きて来られたんですかねえ」

「ずいぶんと昔からですよ」

「いつまでも若くて、美しくて、良いことですなあ。人は子供時分を過ぎれば、あとは若さを無くすためだけに生きているといいますのにねえ」

「それを知っても崇めもせず、恐がりもせずお仕えする奈江さんは、とても貴重なお女中です」

不老不死といった言葉を知らない訳ではない。妖異の類いだと畏れる気持ちがないでもない。

「だって旦那様も奥様もお優しいでございますよ。私にはそれだけでじゅうぶんなんで」

「そう考えてくれる人間はおりますが、口を堅くして仕えるとなるとなかなか難しい」

奥様があのまま歳を取らないのなら、自分より先に死ぬこともないだろう。ならばこの先もずっと、自分が年老いるまで雇い続けてもらえるはず。その安心の方が畏怖やら不可解やらに勝るのだと言ったら、この美麗な商人はどんな顔をするのだろうか。

怪異など恐くはない。危害を加えない物の怪など怖れる必要はない。自分を脅かして来たのはいつも同族であるはずの人間と、その人間共の営みだ。

足腰の立つ限りあのお屋敷でお仕えしたい。そのために古の鬼婆様のように強くなりたい。知恵をつけ、力をつけ、今のくらしを守って行きたいのだ。

「奈江さんのそういうところを、あれはひどく気に入っているのでしょう」

この男もまた、奥様と同じように読心をする。気味悪くなどない。彼は里の人々と違うから。旦那様と奥様に仕えたい心をそっと読み取るだけだから。

「あのように歳を取らない方は、たくさんいらっしゃるのですかねえ」

奈江は常日頃からの疑問を、同宿の気安さに任せて聞いてみた。

「ええ、たくさんおりますよ」

「あちこちに、おられるのですかねえ」

「ええ、意外にどっさりと人の中に紛れて生きておりますよ」

「私は見聞きしたことがありませんですが」

「波風たてずに人の間に住んでおりますからね。優れた嗅覚で人を健やかに生かし、宿主に寿命が来たら次の宿主に宿る。人に紛れてひっそりと長く生きるだけの極めて無害で毒気のない生き物です」

「ええ、ええ、確かに奥様には毒気も俗気もまるでございませんよ……」

「あれを取り巻く人間共が勝手に崇めたり、畏れたり、気味悪がったり。そして人の都合やら時の移り変わりがあれらをねじ曲げたり、脅かしたりするのです」

「まあ、何かあったら、なるべく私がなあ」

言いかけて奈江は言葉を飲み込んだ。自分がお二人を守りたいのだと、やはりおこがましくて口に出して言えはしない。

「東方さんは」芯まで醬油を吸い込んだ筍をつまみながら、別の言葉をかわりに紡ぐ。「たくさんの歳を取らない人達を相手にしているのでございますかねえ」

「南から北から、辻褄のあう戸籍をかき集めて細々と売りさばいております」

筍を口に含んだまま、細々、という言葉選びにまた少し笑う。身につけているものは見るからに高価で、絵の好きな旦那様のために外国の分厚い画集などを高く売りつけているというのに。目の前には童子人形のような美麗な顔。うっとりと見惚れてしまうけれど、そこに色香の欠片もなく、間違えても惚れた腫れたの気持ちは生まれそうにない。

東方がぐい飲みに注いだ濁酒を差し出した。

「少しばかりお酒などいかがでしょうか。倒れるような量でもありません。万一の時は奈江さんをここに寝かせて私が部屋を移ればすむだけの話」

青黒い釉薬の杯に白濁した酒が注がれている。勧められるままに飲み干すと熱い液が喉を焼きながら胃に流れ落ちて行った。

「お酒はきつくありませんか？　ご気分が悪いようでしたらおっしゃってください」

黒雲母の瞳が間近で奈江を見つめていた。瞳も虹彩も真っ黒でその境目が全くわからない。きめ細かい肌が殿部屋の薄昏がりに、ぽぅ、と浮かび上がり、艶やかな唇が白い酒に濡れていた。

「なんともないでございます」

顔を近づけられても嫌悪など湧いて来ない。かといって官能の焔もかき立てられはしない。旦那様ともまた違う。小さな子供に頰を寄せられた時のような、その程度の気持ちしか起こさない。

「もう一杯、よろしければいただけますかねえ」

「ええ、喜んで」細い徳利をつまみ上げ、とくとくと白い酒を奈江のぐい呑みに注ぎ込む。「お屋敷でもお酒を召し上がることがあるのですか？」

「ごくたまに。旦那様がありがたい杯をくださることがありますから」

「住みやすい奉公先なのですね」

男が細い声を潜めて耳元で聞く。

「それはもう……」

「戻るのは明日でしょうか？」

「ええ、明日、一日だけ早く」

「そしてまた、奈江さんは、あれらを覗くのですか？」一段と密やかに尋ねられた。

「ええ、ええ、そうなるでしょうねえ」奈江も秘密めいた声音で答えた。明日の夜を思い浮かべると腹にも声にも熱がこもる。

「納屋の陰に隠れ、ひそんで？」

「ええ、風向きを見て納屋の中か、お風呂の釜の裏側か」

従の間の揚げ戸が、がたり、と音を立てて外から閉じられて室内に一瞬、視覚を奪う暗がりがたれ込めた。

「今日、新しい肉を、私がお届けしておきました」

「それはお二人が喜ばれたでございましょう」

「恐ろしくはないのですか？」

「恐ろしく感じた時期もございますよ」

「もう今では平気に？」

「うふふふ」奈江の喉から含み笑いが漏れる。「ええ、ええ、平気でございますよ。お優しい旦那様と奥様がなさることですから、ちっとも恐ろしくなんかありませんですよ」

「奈江さんは貴重な使用人です」

「平気でございますよ、ええ、本当に平気でございますよ」

平気どころではない。あの屋敷で見る風景に、えもいわれない愉悦すら覚えている。

「奈江さんは、本当に良い使用人です」

繰り返す東方の言葉が、ゆらゆらとした酔いを招く。宿の爺さんが戸口近くに小振りな火屋ランプを、ことり、と置いて立ち去ると、半開きの引き戸の隙間から黄色い灯りが漏れ入った。

「私は丁字袋を持っていた方がいいのでしょうかねえ」

「いいえ、奈江さんはそんなものを持つ必要もないでしょう。丁字の匂い袋はあれに気持ちを嗅ぎ取られないためのもの。奈江さんはお二人に隠しごとなどするつもりはないでしょう」

白く濁った酒をもう一杯、飲み込む。喉から胃に落ちる熱気が心地良い。

「奥様はねえ、ずっと旦那様と一緒にいても子を産みませんなあ」

「あれはまぐわいはできますが、人間との間に子孫は残せませんので」

暗がりに馴れた目に男の顔が白々と浮かび上がる。薄く開いた引き戸の外はとっぷりとした昏がりに冒され、ランプの灯が細く室内に差し入っていた。

「私と同じ石女で、同じように肉を喰って、それでも奥様はかわいがられていなさいます。それを見ていると救われるのですよ」

「失礼ながら妬みではなく、救いを、感じるのですか？」

ふふふ、と声を漏らして笑うと、自分の吐息に混じる酒の匂いが顔のあたりに淀んだ。

「妬みなど同じ身分の人間にしか感じませんですよ。奥様は観音様のようなお方。石女で肉喰いという繋がりがあるからって、妬む訳はないんでございます」

「あれが何を喰っていても、奈江さんは仕えてくれると」

「もちろんでございますよ。家仕事の合間に文字や体術を教えてくださる旦那様と、静かでお優しい奥様に巡り会えて、里帰りのたびに観音様に感謝のお参りをするんでございますよ」

ふらりとした酩酊が身を巡り、東方の白い手が奈江の肩を支えた。

「奈江さん、ここから駅に向かう道に、赤い屋根の観音堂がありますよね」

耳元で囁く声が心に沁み入った。

「救世観音様でございますねえ。行きに帰りに、いつもお参りしておりますよ」

「その観音堂のすぐ裏の楢の木の陰に、もうひとつ小さな子安観音堂があるのです」

「恥ずかしながら、そちらは知りませんです」

「一度、お参りしてはいかがでしょう。拝む者もなく崩れかけているお堂ですが」東方の囁きが、くるくると渦巻きながら意識に溶けて行く。「邪教とか言われて廃れた宗派のご本尊で。前は鞆屋の観音様と呼ばれておりました。今は子安観音と言われて、どんな女にでも赤児をもたらすとか」

「赤児を授けてくれるのですか？　石女にも、旦那様と奥様のようなお方にも？」

「さあ、本当のところは知りません。ただそう伝えられているというだけの話で」

ゆらゆらとした眠気が身体を包む。長旅をして、少し酒など飲んだせいだろう。

「今夜はこの座敷でお休みください。私は奈江さんのお部屋を使わせてもらいますから」

座布団を枕に横たわるとかいまきが肩にかけられ、首元がぬくぬくとした体温で覆われた。立ち去る東方の足音と境の襖が静かに閉じられる音がする。

明日の午後にはお屋敷に戻ることができる。今時分は西側から風が吹く。だから東側の物置の陰に潜むことにしよう。そうすればお庭がゆっくりと眺められる。それから、駅に行くまでに鞠屋の子安観音もお参りしなくては。寝入りばなの夢に旦那様と奥様が過り、奈江は幸福な眠りを貪り始めたのだった。


温い風が南向きへと流れを変えた。遅い日暮れを待って奈江はお屋敷の北東の納屋に身を隠す。今夜もあの儀式を覗き見たいから、一晩早く戻って、旦那様にも奥様にもわからないように物陰に潜むのだ。

高い、高い竹塀の中。小振りな庭に枝を広げる松の木の下のまな板石。そこに横たえられているのは腹を裂かれた真新しい肉。優しい奥様のために旦那様が包丁を入れると、白い皮がしゅるしゅると縮まって桃色の肉が晒されて、真っ赤な血がとろとろと流れ出す。

奥様が素手で生肉を摑んで白い歯で嚙み破って微笑む。

普段はけだるげな無表情なのに、この時になると花が咲くような艶やかな笑顔を浮かべてくれる。奥様がぐるりと首だけを後ろに回して旦那様の方を向くと、ぞっぷりとした黒髪が、どろどろと腰元に揺れた。

まな板石の上にあるのは腹を裂かれた人間の赤ん坊。柔らかかっただろう耳たぶと唇は、すでにごっそりと喰い千切られ、こぽこぽと吹き出した血液が小さな歯形を埋めていた。針のような松葉が、細い陰を死骸の上にちらちらと踊らせている。濃緑の針葉がきらめくと、血液の赤色がいっそう鮮やかに、そしてどす黒く見えるのだ。

初めて見た時は歯を鳴らして震えた。隣の村にいる巡査に伝えられなかったのは、ただ足が竦んで動けなかったから。

けれども赤桃色の肉を頬張った奥様の笑顔を見せられたとたん、恐ろしさは全て消し飛んでしまった。故郷の救世観音にそっくりの微笑みはただ神々しくて、そして尊く清らかで、そのためならば人の肉くらいは食べてもいいのだと思ってしまったのだった。

犬を喰わされた自分。せせら笑いながら人を殺した自分。奥様の笑顔を見たくて人喰いを見過ごしても、落ちる地獄はそう変わらないに違いない。

正月でもない時に暇を出されたら、いつも一晩、早く戻る。そして物陰から二人の宴を覗き見る。奥様が微笑み、旦那様が刃物を振るう。片隅で垣間みていれば自分も美しい外道に堕ちられる気がする。

上空に淀んだ凪が、さらさらと東側からの風に乱されて、納屋から庭の方へと向きを変えた。鉄線葛の葉の匂いが、ゆらゆらと臓物の臭気を風下に流して行く。肉を頬ばった奥様がふいと顎を上げて風を嗅いだ。お鼻の鋭い奥様が自分の匂いを感じ取ってしまう。そう案じた瞬間、物置の破れ目から覗く奈江の目と、喜悦に潤んだ奥様の目が、確かに重なった。見ているのよね、と瞳の色が物語っていた。知っていたのですか、と奈江は眼差しに感情を込めた。

「奈江さん、奈江さん」奥様が真っ赤に濡れた唇を開いて呼ばわる。「あたし、お水が飲みたいの。井戸のお水を汲んでちょうだい」

「奈江が恋しいのか?」

まな板石の前で諸肩脱ぎになった旦那様が眩しい。盛り上がった腕や、硬い腹の上で汗と血が薄桃色に溶けている。あの人は、ここを貫手で突いてみろと、手を取って鎖骨のあたりに触れさせてくれた。刃物を下げるあの手首が、自分の足首よりもまだ太いのも知っている。

「明日になれば戻ってくるから今夜はおとなしく俺と過ごそうな」

美しい絵を描く指が、今は真っ赤に濡れている。太い爪の間や、指関節に鮮血が細く、細く入り込んで皮膚の皺の一条一条を染めている。

「奈江さんはそこにいるの。頼めば井戸のお水を汲んでくれるの」

ことり、と物置の引き戸を奈江は開けた。

外には仄暗い闇。そして初夏の空からどんよりと照らし始めた月光。

「奈江さん、生水でいいの。持って来てくれたら、あたし、とっても嬉しいの」

唇を半円型に開いた奥様の笑顔。白い顎からたらたらと赤い雫が滴った。その麗しい姿を見ると、身体中を巡る血の中に熱い喜びが駆け巡って行く。

「奈江、やっぱり知っていたんだな……」

「気づかないふりなどしていて、申し訳ございませんです」

旦那様が驚く様子はない。怒る気配もない。覗き見していた自分でも嫌われない。ただ黙ってお仲間にも加えてくれるのだ。

月光の中、半身をはだけて血塗れた肉切り包丁を掲げる旦那様もまた、美しい。そして愛おしい。日焼けした皮膚の下に息づく、膨れた筋肉の手触りを自分は知っている。胸筋の狭間や水月（みぞおち）の窪みにも触れている。透明な汗を含んだ髪の匂いも嗅いでいる。

最初に見つけた宴の残滓（ざんし）は、まな板石に残された小さな血糊だった。次は包丁の柄元にこびりついた血痕。やがて庭の紫陽花の根元の小さな埋め跡を見つけて、夜中にそっと掘り起こしてみたのだ。

　まな板石も包丁も束子で削れるほどに洗い直した。赤ん坊の残骸は遠くの山に埋め、紫陽花の側には腐臭を隠すという樒を植えた。土中に死骸があると紫陽花が赤色を濃くするというから、時々、近隣の紫陽花の根元にも煮干しやら鼠やらを埋めるようにしている。

「ただ今、お水をお持ちいたしますよ。奥様の大好きな青磁の湯飲みに。それとも番茶の方がよろしいでございますかねえ」

「うふふふ」花がほころぶような、それでいて哀しい笑顔で奥様がせがむ。「そうね、赤ちゃんのお肉には番茶があうかも知れないの。できればぬるめが嬉しいわ」

　黒ずんだ井戸のポンプを押すと、今日も井戸口に縛った手ぬぐいが水流を溜めて白く脹らむ。迸った水流が土を一層黒く濡らし込み、井戸まわりに遠い地下の水脈の湿り気が漂った。

「旦那様も同じ番茶でよろしいでしょうか。それとも濃いお煎茶にいたしましょうか」

「俺は煎茶がいいんだが」

　旦那様が真っ赤な手を手ぬぐいで拭きながら答えた。太い腕にも、厚い胸にも、透明な汗と薄まった血が飾り玉のように伝い落ちている。

「でもまあ面倒が増えるから俺も番茶でかまわんよ」

「いえいえ、それしきのお手間は惜しみませんですよ。先に旦那様にお煎茶をお淹れいたしますんで」

　奥様の長い舌が、ぺろぺろと赤ん坊の腹の洞に差し入れられ、肉色の細い筋を、ちゅるり、と啜った。こぼれ髪が、血の赤と肌の白の上に真っ黒な筋を作る。

「知らないふりで、申し訳ございませんで」

再度、詫びると旦那様はため息とも笑いともつかない息音を漏らした。その顔は喜悦に潤んでいるようでもあり、どことなく面やつれしているようにも見える。

「奈江、恐ろしくは、ないのか？」

「まあ恐ろしいと言えば恐ろしいでございますがねえ」

「逃げ出したいとは、思わないのか？」

「思いませんですよ」

「そうか。心から……、奈江を大切に、俺は思うよ」

目の下に、じわり、と熱がこもったと思ったら、涙がぽたぽたと落ちていた。

「旦那様も奥様も奈江に良くしてくださいますから。それだけでじゅうぶんなんでございます」

だって殴りませんから。それに犯しませんし、罵りませんし、あばずれとも呼びませんもの。

読み書きも体術も教えてくださいますし、こうしてお仲間に加えてくださいますから。

「俺もスイも運が良い。有り難い女中がいてくれて果報者だ」

「いいえ、いいえ、旦那様と奥様が奈江にお優しいからでございます」

この程度のことに驚かない下女など、捜せば他にもいるはずですよ、と言いそうになる気持ちは飲み込んだ。折檻も強姦もしないで無事に過ごさせてくださるご主人様でしたら、人喰いの手伝いをする女はいくらでもいるのですよ、と心の中で続けて思いながら。

「お二人のすることには何でも従うつもりでございます。だから……」息を吸い込んで続ける。

「お湯が沸くまでお茶を少しだけお待ちくださいな。旦那様はお手が血まみれでございますから、まずは手水桶をお持ちいたしますんで」

くちゃり、くちゃり、と奥様が軟らかな肉を齧る。愉悦を浮かべるその顔は、石や木の観音像よりもはるかに温かく、麗しい。

「奈江さん、あたしのこと、怖くない？」奥様が尋ねる。

「怖いものですか。何を召し上がっても大切な奥様でございますよ」

「本当は気味悪いでしょ？　生き神様とか観音様って呼ばれていたのに、いつの間にか、こんな夜叉みたいな真似をするようになっちゃったの」

　奥様が目元に昏い陰を落としたけれど、白い指が唇に新しい肉を運ぶのは止まらなかった。

「奥様がされることは全部、麗しいですよ。奈江は奥様を崇めますんで、気味悪いなんて思いもいたしませんで」

　背後にまわって奥様の垂らし髪を軽くゆわえる。血塗れた横髪は晒し木綿で軽く拭くと、奥様がほんのりと笑いかけてくれる。観音様の顔に、美しい悪鬼の表情を浮かべて魅了する。

　ここに戻る前、子授けをするという鞠屋の観音堂にたちよった。

　廃れた宗派の観音像は朽ちて飴色に染まり、ひっそりと雑木に隠れたお堂の中にいた。奥様に良く似た柳葉のような目とぷっくりとした唇。髪をすっぽりと覆う薄布となだらかな肩に続くしなやかな腕。何よりも目を吸い寄せられたのは、露わになった豊穣な乳と、その腕に抱かれた丸々とした赤ん坊だった。

　嬰児のぷっくらした頬に、ひたり、と肉厚の唇を押し付ける観音像を、奈江は身動きもできずに眺め続けた。

　子授けをする観音様であるらしい。けれども奈江の目には、ふくよかで艶かしい女が生け贄の赤児を喰おうとする、その瞬間を切り取った像のように映ったのだ。

　それはなんと美しくて、禍々（まがまが）しいことだろう。極楽浄土に座っているよりは、現世に堕ちて血肉を啜ってみせる観音の方がずっと、ずっと有り難い。

お屋敷の庭に抜ける風が、ひゅう、と東から吹き、奥様の黒髪を西にたなびかせる。

東側の竹垣に絡むのは蔦。西側の垣に這うのは白々とした鉄線葛。一度、西に流れた風が庭に撒き戻り、少し饐えた血臭を運び去って行った。

「旦那様、奥様、風向きが東の時は、お家の中で召し上がってくださいな。風下にこの肉の臭いが流れるといけませんから」

飽食の笑顔を外道の慚愧で曇らせる奥様は美しい。ただ切なげに見つめ、淡々と刃物を振るう旦那様も愛おしい。

腹を裂かれた赤ん坊を、旦那様が手水盥に移そうとするのを奈江はひっそりと押しとどめた。

「手水盥は手伝いの男共が使いますから、蕪桶に入れるのが良いでございますよ」

力が強くて、学があって、まるで侍のように威厳のある旦那様が、水屋器具の扱いに戸惑う様が、ぞっとするほどかわいらしい。自分がこうして二人を守るのだと思うと満ち足りる。この方達のために生きられるなら、人の世の禁忌などせせら笑って捨て去ってやろう。

「奈江が仕切るようで申し訳ないでございますが、どうぞお屋敷の中へ」

二人が家に入った後は線香を持ち出して庭で焚く。死体の臭いを消す線香は、ひどく高価な品だ。沈香と伽羅の煙がもくもくと立ち上り、上空の風にとろけて庭の外に流れ出て行った。

「さしでたことですまないのですが肉の臭いがするのだと、風下の者共に言い募られては面倒でございますんで」

「お肉の臭いが消えちゃうのね」

奥様が真っ赤な唇を舐めて切なげに呟く。

「お肉を召し上がるのは風のない夜になさいませよ」

「臭いと一緒にあたしの罪業もお線香で消えたらいいの」

旦那様が赤い手で、奥様の黒髪を抱く。

「罪業は消えない」旦那様が囁いた。「だからせめて、今だけはまわりに知られないように」

「私がお二人を守りますですよ」

奈江が二人に告げた。

まな板石の上には肉がこびりついた小骨が数本。まだ喰われていない手足が四本と腹が洞になった胴と産毛が濡れた頭がひとつずつ。そう、奥様はいつも耳を喰って、鼻を齧って、それから指をしゃぶって、その後に腹を開いて臓物を啜る。

「今日はもうお腹がいっぱいなの」

観音様の笑顔。唇も歯も、ねっとりとした血に濡れ、双眸の昏さが今夜は一段と深い。それでも慈母のような、幼女のような、穢れない微笑みであることに変わりはない。

「お風呂を沸かしましょうかねえ」

「ああ、二人で風呂に入って身体を洗い流そうじゃないか」

今夜、旦那様は肉を喰って眠り込んだ奥様の枕元で、またあの麗人を眺めるのだろう。いつもより切なげに、哀しげに、障子の外にも聞こえる吐息を漏らしながら。

これから二人は湯殿で甘い声でもつれ合う。自分は風呂釜の側にしゃがみ、火吹き竹に唇を押し込んでその気配に混じる。巨大な月が天空を這い上る。短い夏の夜がいつまでも明けなければ良いと、奈江は遠い鞠屋の観音様に祈るのだった。

四

村人達が生き肝売りと噂する東方がやって来た。

旦那様と奥様が自動車に乗せられ、遠い街まで出かけた翌々日のことだった。ほろほろと白い雪が降り、池に銀鼠（ぎんねず）の薄氷が張り始める頃だった。

童唄に唄われる生き肝取りのように、竹の背負い籠に生きた赤ん坊をぎっしりと詰めて来る訳ではない。干した子供の手足を束にして腰にぶら下げてもいない。彼は、ふにゃふにゃとした赤児を大きな西洋鞄に入れて、馬に揺られたり、自動車に乗ったりしてやって来るのだ。

彼が持って来る子は薬草を嗅がされてすうすうと眠り続け、奈江に頸動脈を破られるその時まで、声を上げることも、むずかることもしない。

「貧しい土地で赤児を得ることが、まだ何とかまかり通ります」

ぱっくりと開いた鞄から、白布に包まれた赤児を取り上げて東方が語る。

「子供には金鳳花（きんぽうげ）と芍薬（しゃくやく）の根などを混ぜた粉を乳に混ぜて飲ませます。するとほれ、このように静かに眠り続けますし、肉もしっとりと、ねっとりと柔らかくなるのです」

口角を頬の半ばまで吊り上げた笑顔で美麗な男が語る。

奈江は障子際の下座で押し頂き、藁を敷いた桶にそっと寝かせた。冷えると肉が硬くなるから小振りな湯たんぽを入れ、風邪をひかないように綿入れを被せる。獣肉や魚なら雪の軒下に吊るす。けれどもこの肉は火鉢のある部屋でほこほこと慈しんで保たなければいけないのだ。

「お優しい奥様は、なぜこのような業に取りつかれてしまったのでしょうねえ」

柔らかな和毛（にこげ）を撫でながら聞くともなしに呟いた。

「奈江さんが、ご興味をお持ちなのですか？」

　下女は寡黙な者がいい。何の詮索もしない方が好まれる。馬喰宿で差し向かいに食事をした気安さを引きずってしまった自省にうつむくと、東方がすまなげに言い継いだ。

「失礼をいたしました。お知りになりたいのでしたら、わかる範囲でお教えいたします」

「いいえ、よろしいのですよ。私なんかが知ってもしかたがございませんから」

「知っていただいてもよろしいかと思います」湯飲みの蓋を音もさせずに閉じた男が、ひそひそと、けれども明瞭な声音で語り始めた。「以前、私はあれが長命な生き物だと言いました。守ってくれる人間に憑いて、宿主が死ねば次の人間に移るのだと」

「はい。お聞きしました」

「あれはね、前の宿主の肉を喰ったのですよ」

「前の宿主？　それは奥様の、前の旦那様？」

「もっともっと昔です。あの通り無害な生き物ですから村に住んでいた人間と仲良く馴れあって。観音様だの千里眼だのと呼ばれて敬われておりました」

「ええ、奥様は本当に邪気のない方ですから、どこに行っても好かれましょうよ」

「けれどもあれの言葉……、託宣などと呼ばれていたものが、土地の長者の利害を妨げてしまったのです。洋行した技師が川に最新の橋を架けたがり、長者は橋で儲けたがり、橋などなくてもいいとお告げをしたあれは邪魔にされ、宿主と一緒に穴に埋められ、飢えて、生き延びるために死んだ宿主を喰ってしまったのです」

　飢餓で食人する話など、貧しい土地にはいくらでも転がっている。

　豊かな餡泉郷では人を食べたりしなかった。けれども山間の貧しい土地では飢饉のたびに死人の肉を捌き、育てられない嬰児を親同士が取り替えて喰っていた。水子地蔵や鬼子母神は堕胎や流産で死んだ胎児を供養するだけの仏ではない。親に殺された赤ん坊を弔う仏でもあったのだ。

「あれは長く生きる分、膨大な知識が蓄えられるはずなのですが……」色白の男が珊瑚色の唇で淡々と語る。「残念ながら多くのことを覚えてはいられません。古いことから順繰りに、ぽろり、ぽろり、花びらを散らすようになくすのです」

「思い出を全部、落としながら生きて行くのですか」

自分が死んで、旦那様が亡くなって、それでも奥様がほんのりと覚えていてくれればと願っていた。けれどもやがては奥様の心からも消え果てるものらしい。

「あの生き物が決して忘れないこともあるのですが」

「忘れられずにすむ方法が、あるのでございますか？」

「忘れないと言うのは正しくありません。傷痕になれば消し去れない、と言うのが適当でしょう」

首を傾げる脇で赤ん坊がもぞもぞと身じろぎをして、頬に添えた奈江の指をちゅうちゅうとしゃぶり始めた。産まれて数日ほどの子だろうか。皺めいていたはずの手足に丸みがつきかけて、亜麻色の産髪から桃色の地肌が透けている。指を咥えた小さな唇に、自分はかわいらしさを感じているのか、それとも歯ごたえを見いだしているのか。

「人間に寄生するあれらにとって、宿主を傷つけるのは禁忌なのです。それをしてしまったら命に関わります。生きるためとは言え宿主を喰らってしまった傷が心の奥に深く刻み込まれ、今も思考や行動に真っ黒な陰を落とし続けているのですよ」

「前の旦那様を食べてしまったから、赤ん坊の肉を食べるのでございますか？」

「あれが欲するのは人の肉。赤ん坊を好むのは……」商人は少し言葉を切り、麗雅な口元を吊り上げて微笑んだ。「それはもう、柔らかくて、水気が多くて、甘いから」

　赤ん坊の歯茎が奈江の指を噛む。爪にか弱い圧がかかり、この子が喰われる前に人間を喰おうとしているのかと、ふと思う。

「傷になりさえすれば、奥様に覚えておいていただけるのでございましょうか？」

「人間も一緒でしょう。あまりにも辛い目にあうと、その思い出を薄めるためによく似た行為を繰り返す。嫌なことも度重なれば馴れるとでもいうように」

「カヤ姉……」

　ふいにその名前がこぼれ落ち、桶の中の子が歯のない歯茎できゅうきゅうと指先をしごいた。

「え？　お姉様、ですか？」

　東方が、めずらしく怪訝なおももちで見つめ返した。

「いいえ、辛い目にあって、自ら同じことを繰り返していた娘を今、思い出してしまいまして」

「ああ、おかわいそうに」静かな声で男があいづちをした。「人間もあれらも同じなのでしょう。酷い目にあうとそれを日常化しようと繰り返し、泥沼のような所業にはまり込んで行くものですよ」

　カヤ姉の、涙に濡れて桃色に染まった目元が艶めかしさを帯びて思い出される。慈しんだ者は忘れられても、作られた傷は遥か先々まで心に残してもらえるのだ。

　赤ん坊を撫でながら思案する奈江を、東方が見て微笑む。それは見なれた静謐な笑顔ではなく、唇を半円に吊り上げた妖しい喜悦の笑みだった。

静かな午後が過ぎて行く。このかわいらしい肉が喰われるのは明日の夜だろうか。それともその次の夜だろうか。お二人が留守の間に家中をきれいに磨き上げよう。お布団を火鉢で乾かして、新しいぬか袋をこしらえよう。肉は暖かい部屋に置き、薬草を飲ませて添い寝をしよう。

「あのですね、奈江さん」

宴への想いを、少し陰鬱な商人の声が遮った。

「はい、何でございましょう？」

「旦那様には以前からお話ししておりますが、今までのように年に二度ほど赤ん坊を納めるのが難しくなって行きそうなのです」

「え？　それはまたどうしてでございますか」

「このところ巡査の目も厳しくなりまして。こういった品を」と言って男は桶の中に目をやった。「堂々とは運べなくなりました。役所も戸籍も細かくなり、産婆法などもややこしくなり……。今のうちから何か代わりを考えておくのがよろしいかと」

「何とかならないのでございますか？　たまに召し上がらないと奥様が切ながりますんで」

「世が変われば我々はそれにあわせて商売をしなくてはなりません。できることなら……、あくまでもたとえばなのですが……」商人の唇の両端がまた、きゅう、と頬を裂いて持ち上がる。

「そう……、何とかして、こちらのお屋敷で作るなどできれば良いかとも」

「兎や鶏ならともかく、人となるとどうやって作ればいいのやら……」

陰鬱な沈黙が落ち、桶の中では赤児が眠る。透明な唾液が丸い口から垂れて、黄色い藁を茶色に染めた。外には大きなぼたん雪。この子の骨は天火では干されない。水屋の竈でじりじりと炙って乾かそう。

故郷に伝わる童唄を思い出す。

白い小枝は乾かして、砕いて、叩いて、すり潰す……
枝はさらさら白い粉。きれいな花を咲かせましょう……

今夜、この子がむずかったら、この唄を聞かせてあやそうか。

人売りの商人は日暮れ前にお屋敷を出た。雪が降って来たからと一泊をすすめたけれど、女人一人の家には泊まらないと断られた。きっと今夜は一人で馬喰宿に行くのだろう。

裏木戸から東方が出る時、辻の陰々から近隣の者達が覗いていた。何やらひそひそと話していたようだけれど、陰口を言われても、敬遠されても、最近は気にならない。

　そう言えば奥様に痛風の治し方やら、胎児の性別やらを聞きに来る村人が減った。旦那様の実家が近くに洋風の薬屋など出したから。医者のいる治療所などができたから。そして、千里眼や神通力よりもそちらの方が確かだと役場の者や若い衆が言い出したから。

　小柄な商人が大きな西洋鞄を引きずって雪道を歩き去る。繊細な顔の男が極貧の山村で乳児を買い取る姿が思い浮かばない。広い野原に生えた大木から、ぷちり、ぷちり、と赤児の実をもぎ取るような、そんな絵面しか浮かばないのだ。

「ひとつ摘んでは父のため」竹垣の開き戸を閉じて奈江は唄う。「ふたつ摘んでは母のため、みっつ摘んでは人の世の……」唄いながら、鞠屋の町にいた飴色の聖母を思い出す。また板石の上にはぼたん雪。木桶の中には赤ん坊。赤児の味は飴の味。

　雪を含む風が白く吹く。夜にかけてきっと寒くなる。火鉢を増やしてあの肉を温めるため、奈江はぱたぱたとお屋敷に走り込んで行った。

ひゅうひゅうと北からの風が吹き、薄く積もった粉雪を霞のように吹き上げている。

今年はそれほど寒い冬ではなかった。けれども決して暖かくもなかったと思う。

もうじき春が来る。もう目立った降雪もないだろう。東方はやって来るけれど肉を持って来ることはなく、小振りな頭を深々と下げて謝罪される。

「最近はこのあたりもうるさくなりまして、巡査が荷物あらためなどをしているのですよ」

「人が子を売ることもない、良い世の中になって行くあかしなのでしょうけれど」

などと言いながら。

「旦那様」その日、奈江は障子の外から思い切って声をかけた。「大切なお品が届かないようでございますねえ」

「ああ、困ったものだ」

冬の間は庭に出られない。雪道は危ないから、旦那様の実家から二人を連れに自動車が来ることもない。奥様は短い午後をうとうとと眠って過ごし、旦那様は火鉢に灰絵を描いたり、難し気な書物を読んだりして過ごしている。

旦那様は今日、白い和紙に絵筆を当てている。描かれるのは螺鈿の文箱に収められた男装の姫君。鬼婆に育てられ、鬼婆に看取られたという美しい人の顔をそのままに、写し姿には黒い燕尾服を着せていた。旦那様の描く絵は妖しく、美しいから、紙に線描して淡く色づけすると東方が高値で買い取って、どこぞの買い手に引き渡してくれる。

「俺の絵はまがい物さ」旦那様はよく自嘲的に語る。「この写真の人が描いていた絵を思い出して、ただ真似しているだけだ。俺自身の技巧や発意など何もありはしないんだよ」

「旦那様のおきれいな絵を拝見するのが、奈江は好きでございますよ」

褒められると、旦那様は無精髭の散らけた武者顔で嬉しそうな照れ笑いをする。それを見ていると内奥が熱くなる。自分の言葉ひとつで、いかめしい方が少年めいた含羞を浮かべるのだから。

「お美しくて、つややかで、神々しくて、見ていると拝みたくなるんでございます」

旦那様が描く絵は、実際の奥様や写真の姫君とそっくりではあるけれど、どこかが違う。それは多分、紙に映し出される姿は旦那様の哀しい目に吸われ、切ない心を通り、熱い指を抜けたものだから。和紙に移された女人は男の情念を吸い取って、実物とは異なる艶を帯びたのだ。

奥様は座布団を枕にうたた寝をしている。この頃は微笑むことが少なくなった。黒髪を畳の上に流してぐにゃりと横たわる姿は、まるで岸に打ち上げられて生気を失った人魚のよう。

「春になれば東方さんはいらっしゃいますでしょうに」

「鹿なら近場の猟師が持って来てくれる。ただ、あの肉は難しくなるだろう」

「役場も駐在も整えられまして。妊婦の登録などを始めた土地もあるそうでございます」

「人さらいは廃業に追い込まれるな。良い世の中になったのだろうが」旦那様は言葉を切って苦笑して、そして続きを言い放つ。「俺やスイのような物の怪は住みにくくなるだけだ」

「物の怪、でございますか……」

私は物の怪に混ぜてはいただけないのでございますか、と聞きたかったけれど聞けなかった。そのことが哀しくて、寂しくて、前掛けでそろりと目元を拭う。

奥様の気鬱が目立つ。年に数回あの肉を食べられないと知って、陰鬱がしんしんと心を冒しているのだ。外道の食肉を嫌悪しながらもやめられない。あのカヤ姉が犬を見ると狂態を示し、自分があばずれと罵られると無意識に奥歯を噛み鳴らすのと、きっと同じ。

奈江は座敷の外から尋ねてみる。

「奥様のために……、私が孕むことはできますでしょうかねえ？」

「奈江が？　一体何を言い出すんだ？」

旦那様が問い返す。驚いて目を剝く顔は、長者の子が持っていた凧の武者絵に良く似て勇ましく、それだけに戸惑う色が混じると異様なほどにかわいらしい。

「奈江は奥様のためにできることがしたいのですよ。単なる下女ですが旦那様が弄んでくだされば、奥様のおためにもなるかと思うのです」

永劫に奥様の心に残りたいのですよ。物の怪のお仲間になりたいのですよ。そう言いたい言葉は呑み込んだ。

数年前、自分を石女だと信じて痩せこけていた頃、優しい奥様が言ってくれた。

「石女じゃないの」と。下女でしかない奈江の足元に膝をつき、腹に鼻を埋め込んで奥様は囁いてくれたのだ。

「奥様、下女の腹にお顔など触れてはいけませんです」

慌てふためく奈江に、奥様は言い続けた。

「お相手が違えば何人でも丈夫なお子を産めるの。悪いところなんか、どこにもないの」

奥様の小さな鼻が着物越しに臍に埋まると、下腹部に熱い至福が湧き上がった。

あの後、奥様に縋って泣いたのを忘れない。この先、嫁ぐあてなどないけれど孕む力があると言われて救われた。千里眼と言われる方の言葉なら信じられる。いや、石女だった自分に奥様が女としての力を授けてくれたかのようにすら思えるのだ。

「忠義に仕えてもらえて俺達は果報者だ」紅い絵の具に染まった絵筆を置いて、旦那様が言う。

「でも俺はスイ以外に手をつけたりはしないよ」

それならばその手許にある、気高い麗人は何だと言うのだろう。

「ああ、これはね」奈江の目線を辿りながら旦那様が語る。「もうわかっているだろう？　俺が餓鬼の頃に恋い焦がれていた親戚筋の人だよ。異様に若く見えていたが俺の親父より年上だ」

「その方は旦那様の、その……、前の奥様などではなく……？」

大きめの口元に皮肉めいた、苦渋に満ちた笑いが浮かび、ぱらぱらと散った髭が四角い顎や頬の輪郭を黒く、昏く暈(ぼか)した。

「これはスイの昔の宿主だ。俺は寄り添う二人に見とれるだけの坊主だったのさ」

旦那様は文箱の中から、もう一枚の写真を取り出した。清楚で端麗な姫君に、今のままの姿の奥様が寄り添っていた。縁が黄ばんで撓(たわ)んでいる。撮られたのはどれほど昔なのだろうか。

想い人はやはりこの姫君なのですね、と言いかけて差し出がましいことかと口を噤んだ。「この人はな、ずいぶんな歳になっても不気味なほどきれいなままで、いつも側にスイがぴったりくっついていて、身震いするほど美しい灰絵を描いていたものさ」

傍らでうたた寝をする奥様が、丸い腰をひねるようにして、ころり、と寝返りを打ち、旦那様がその肩に分厚い綿入れを着せかけた。

「俺がスイをこの人から取り上げたのは……」旦那様が独り言をするように語り始め、奈江は鉄瓶の湯をそっと益子の湯冷ましに注いだ。「確かにスイに惹かれていたせいもあるのだが……、今にして思えば、スイを通じてこの写真の人と交わりたかったのだと思うよ。何しろ絶対に許されない、罪深い想いだからな」

でも奥様はきっと匂いで知っている。そして旦那様もそれをわかっている。

「俺がスイと仲良くするのを、この人は恨みのこもった凄まじい目つきで見ていた。足腰が立たなくなって、年取った美貌に恨みがましい眼がぎらついてた」

奈江は考える。凛とした姫君も年取って物の怪に堕ち、幼かった旦那様を異界の暗がりに引き込んだのだろうと。毒気も悪意もない奥様のまわりに人は昏い想いを淀ませて、そこにひっそりとした外道の住処をこしらえあげるのだ。

「怨嗟の眼で睨まれるとなぜか俺は嬉しかった。浅ましい話だな。あの世でも俺を忘れずにいてくれて、心の底から呪ってくれるのかと思うと、泣けて来るほどありがたかったのだよ」

この人もまた刻まれた傷を保ちながら生きていた人なのだと噛み締める。

「そのお方は、とうの昔に亡くなられて……」

「生身の人間だからな。若かった俺はあの人の年取って寝付いた姿を正視できなくて、鬼婆に預けて、スイを奪って逃げたのさ」

背後で季節外れの寒風が、薄く降った粉雪を吹き上げた。冬の残り香のように落ちて来た今日の雪も、半月後には温もる日差しに駆逐されるはずだ。

「お寒くはありませんか？」

奈江が聞くと旦那様は巌のような背中を丸めて首を横に振った。細筆を置いた大きな手が額にかかる黒髪をうるさ気にかきあげる。旦那様がぽつぽつと語った。衰えた姫君を看取ったのはスイではなく、忠義者の鬼婆だったと。

「離れで息絶えた死体を、鬼婆がまるで生きた人間にするように世話していたのさ」

「亡くなった方のお世話をしておられたのですか？」

「死体に涌いた虫を鬼婆が一匹一匹、箸でつまんで、熱湯を入れた茶こぼしに捨てていたのさ。

幸せそうな顔をして、昔の子守唄など唄いながらね。人間が蠕動する小虫の群れに喰われる様を見ながら思ったのだよ。俺も虫になればあの人を喰ってあげられるのに、と。俺が子供の頃、その人はスイのもので、成人した時分には鬼婆のものになって、死んでからは卑しい小虫にたかられていた。俺は鬼婆に喧嘩術を仕込まれてきたけれど、恋やら老いの前で強さなど無力で、欲しい人を力で摑み取ることすらできなかったのさ」

　この旦那様も、と奈江は思う。人の肉を喰うような感触を過去に確かに味わっていたのだと。

「でしたら旦那様、なおいっそう奥様に肉を作ってさしあげてはいかがでしょう。私が奥様に与える肉を孕めば、東方さんが途切れても奥様は笑いかけてくださると思うんでございます」

「奈江、それはいけない。人としてやってはいけないことだよ」

「やってはいけないことって、何なのでしょうね。ずいぶんと酷いことがまかり通りますんで、奥様に新しいお肉を与えるくらいは許されるんじゃあありませんかねえ」

「人として……、ねえ……」旦那様が思案顔に目を閉じると、浅黒い下瞼の上に黒々とした睫毛が被さった。「人として、と言われるなら、俺もずいぶんと踏み外しているよ。血縁の男を慕い続けて、弱った想い人から女を取り上げ、あげくの果てに人肉を捌き……、今さら、人の道とか言うのもおかしいのかも知れないなあ」

　旦那様が文箱の姫君を、もう一度しげしげと眺めた。「昔はスイも馬肉やら猪肉やらで微笑んでくれたものだ。東方が赤ん坊を与えてしまってから、獣の肉では薄笑いくらいになって。確かに人の道などとうに踏み外しているのだなあ」

「なら旦那様、どうぞ奈江の腹を試してくださいまし」

「俺はただ、あの人に恋い焦がれて、憧れて、スイを微笑ませたかっただけなのにな」

奥様がもう一度、ころり、と寝返りを打ち、茜色の綿入れで目元を覆って泣き出した。

「ごめんなさい。気味悪いものなんか食べちゃいけないって、わかっているの、ちゃんとわかっているの」

着物の裾が乱れて白い脛が剝き出しになり、畳の上に黒髪が波打った。

「起きたのか？」旦那様が聞く。

「あたしは悪い物の怪だから、そのうち食べられるの」奥様がぼそぼそと答える。「大昔、人魚を食べたらしいの。今は人を食べているの。だからいつかいらなくなったら海に流されて、竜宮城で人魚や乙姫様に生きたままお腹を裂かれるの」

「知っているよ。その時まで俺が生きていたら、お前が生きたまま喰われないよう、首を折って死なせてやる。できなかったら俺も一緒に喰われてやる」

半眼に潤んだ瞳が旦那様を見上げ、そして膝に縋って啜り泣く。

しんなりとした奥様の首を、旦那様が大きな手でへし折る時のか細い音を想う。がくりと折れ曲がった首の奥様を、もし自分が食べられたらどれほど嬉しいだろうとも考える。

越前和紙の障子の向こうで、庭が静けさに浸されている。池にもまな板石にも竹垣にも白い雪が被さっていた。全ての音を吸い込む氷雪の中、炭火が燃える音と奥様の啜り泣きだけが微かに響き続けているのだった。


山桜が咲きしきるのは黄金山。

春の朝日が真っ先に金色の光をまき散らす山だから、このめでたい名前がつけられた。

　ここいらの山桜は、他所の山に比べてひときわ赤味が強い。特に厳しい冬の後は、山桜の花芯がいつもより濃い赤に染まる。それは厳寒に耐えて色を蓄えるからだとも言われるし、凍死した獣を滋養にして赤味を強めるからだとも聞いている。

　今年も奈江は山に入り、山桜のほころぶ山峡に白い、白い灰を撒く。塵除けの手ぬぐいを被って柄杓で手桶の中の粉を掬い、山風に含ませるようにして空中に飛ばすのだ。

　冬の間、石臼をごろごろと挽き続けて灰白色の粉をこしらえた。喰われて残った骨をからからに乾かして、平らな石の上で砕く。次にすり粉木で細かくしてから石臼に入れ、粉末になるまで繰り返し、繰り返し、すり潰すのだ。

　山に登れる季節になれば山腹に灰のような粉を撒き、木立に隠れた谷にはらはらと散らして捨て始めてから何年たっただろう。山桜がずいぶんと濃い桃色になったと感じるのは気のせいだろうか。

　桃色と緑が斑になった稜線が霞み、重たげな空気の中に山鳥が細く鳴いていた。雨燕は青空の下を滑空し、黒い筋めいた残像をこしらえる。

　桜の茂る春山で白灰色の粉を撒けば、まるで自分が花咲か爺になったよう。

　遠い郷里に伝わる童唄を、奈江は少しだけ変えて口ずさむ。

　白い小骨は乾かして、砕いて、叩いて、すり潰す……

　骨はさらさら白い粉。きれいな花を咲かせましょう……

　細い歌声が淡く霞む山中に消えて行く。この骨が山々の滋養になり、木の実や山芋や筍になればいい。そしてそれを人々が採って食べれば、この土地の者が皆、同じものを喰うことになる。

　山を渡って里に降りる風に乗って、粉が霞のようにたなびいて薄桃色の山に消えて行った。のったりとした山風の中に白灰色の粉が溶けると、自分達の咎が少しばかり薄まるような、あるいは外道と常道が入り交じるような、そんな安寧に満たされる。

奥様は以前ほど頻繁に笑わなくなったけれど、今では気鬱になったりはしない。

そして、時々、少年のような商人が訪れて、奥様の微笑を見ては、にたり、と笑う。

竹垣の側の紫陽花も赤味を増して、今では曼珠沙華に近い色になった。村の者達が不気味だと噂しているのも知っている。巡査が時々覗き込んでいるのも知っている。洗濯婆さんも作男も、訪れる機会が減っている。

以前はこの粉を近くの川に流していた。水流を白く濁した骨粉は下流に運ばれ、川岸の淀みに澱をこしらえる。そして緩い水流に攪拌されて、されこうべに似た丸い模様を作り上げるのだ。竹竿でかき混ぜると、澱は崩れてさらに川下に流されて行くけれど、翌日には別の淀みに浮遊物が溜まって幽鬼のように蠢いてしまう。

だから粉は山に撒くことにした。細かな骨粉を入れた手桶を下げて、奈江は脹らんだ腹を庇いながら今日も春山に登る。

さらさらと風にたなびく粉は、まるで仙境の霞。深緑に埋もれるようにして咲く桜が、草葉の陰に供えた桃色の落雁に重なった。幼馴染みの墓は山の草に埋もれてしまっただろうか。あの娘の骨も土中で腐ってほぐされて、虫に喰われて土に溶けたのだろうか。嬰児を抱いた飴色の子安観音は、鞠屋の土地で今も静かに朽ちかけているに違いない。

今日は朝早くお屋敷を出た。蓋付きの手桶が、以前よりずしりと重く手のひらに喰い込んで、休み休みでないと山道を目指せない。

山の中腹で振り返ると、遠くに見えるお屋敷を何人かの人間が取り囲んでいた。

それぞれの人影ははっきりとわからなかったけれど、口髭の巡査の姿だけが微かに見て取れる。黒い帽子の鍔の上、帽章が春の陽に、ちらちらと瞬いて、威丈高な声が何やら叫んでいるのが遠くから流れて聞こえて来た。

山からお屋敷の方に、強い風が吹きつけている。この山に満ちた花や草の薫りを奥様は嗅いでいるのだろう。けれども、風下から近寄る人々の臭いを知ることはできなかったに違いない。

あれらが門を叩く。でも大丈夫。お屋敷には何もない。

みんな乾かして、砕いて、粉にしてあちこちに散らばしたのだから。

奥様は脅えるだろうけれど、賢い旦那様が上手に言いくるめてしまうに決まっている。

だから奈江は手桶の中の粉を山中に少しずつ、少しずつ、撒き続ける。これが草木の滋養になればいい。巡り巡って人の口に入れば良い。足元に落ちた粉は土の湿り気を吸い込んで黒ずんだ。土と同化するそれを藍の鼻緒の草履で踏みしめながら、奈江は上へ上へと進んで行くのだった。

三章
白濁病棟

一

庭の桜の枝がもこもことした花びらを吹き上げる夜だった。

生暖かい風が心を浮き立たせ、土臭い湿気が肌を撫でていた。だから、つい夜の桜道に歩み出た。暗くなったら一人で屋敷の外に出てはだめだと戒められていた。明るい時間でも、外では使用人がつき従っていた。

それは出来心。巨大なおぼろ月と噴き上がるように咲いた桜に魅せられて、凜子はついふらふらと屋敷の外に出た。十四になった祝いに着せられた桜の振り袖が大好きで、帯を解く前にこっそりと夜桜並木を歩きたかっただけ。屋敷を囲って何間も続く黒い板塀。次の目板で引き返そう。ううん、まだ早いから街灯までは歩いてもいいんじゃないかしら。

唐突に振り袖をまとった腕を、ぐい、と背後から引かれたのは、まだ四〜五間も歩いていない時だった。

体勢を崩すと、紅色の鼻緒が足袋の指叉に、きゅう、と深く喰い込んで来る。

汗ばんだ手できつく口元を塞がれた。次に抗えない力で抱きすくめられた。そしてそのまま男達の手で窓の壊れ落ちた廃屋の中に運び去られたのだった。

破れ窓から重たい満月が廃屋を照らし込んでいた。頬を撫でていたあたたかい春風が、むきだしにされた乳首にはひんやりと冷たかったことが忘れられない。泣いた覚えもなければ、助けを呼んだ記憶もない。震えたり、怯えていたりした気もしない。ただ、何もできずに、ただ、されるままになっていただけだ。

男達が囃し立てる声の中、貫き破られる激痛に悲鳴が喉を突いた。うるさい、と殴られて、眼に火花が散った。血の味が広がって、次に股間から内臓を抉るような痛みが貫いたのだった。

痛みに顎を仰け反らせて喘いだら、男共が息を飲んで、声を上げて、そして喜んだ。

目尻からぬるい液体がだらだらと流れ落ちて黴びた床板を濡らす。高ぶった笑い声。穿ち続けられる肉の痛み。ぞっとするような、濃い汗の匂い。

四つん這いにされて、口の中に熱を帯びたものを差し入れられた。嘔吐（えづ）いて口を閉じたら、また殴られた。歯を立てるな、と頬を打たれ、髪の毛を掴まれて口のなかに押し込まれた。その間も、背後から別の誰かが尻を押し広げて突き裂いていた。

うす桃色の花びらが、はらり、はらり、と舞い込んで、凛子の上で蠢く男の肩や、側で囃し立てる男どもの髪にはり付いていた。

破れ窓の中を月が過り、星が流れ、そして灰金色の朝陽が差し込むまで、それは延々と続けられたのだった。

あれ以来、家の者達は凛子を祟り神か何かのように扱う。

一日中、布団の中にいても許される。学校を休んでも咎められないし、箸をつけないおかずは女中にそそくさと下げさせる。たくさん食べないと大きくなれないよ、丈夫な赤ちゃんを産めないよ、と母に諭された時は食卓に嘔吐した。赤ちゃんを産むために、婿と呼ばれる男の前で裸にされて口や尻に何かを突き入れられるのかと思ったら、胃液が枯れるまで吐き続けるしかなかったのだ。

桜が散り去って、馬酔木(あしび)の枝を壺型の花がみっしりと埋める頃、一人で立って歩けるようになり、手洗いでも血膿を見なくなった。気晴らしにと女中を従えて外出してみたら、久々の外は光が目に痛いほど明るく、清々しい。けれども目抜き通りに出たとたん、人々がこそこそと言い合う様を突きつけられた。

「かわいそうに」という囁き交わしが響く。

「傷物にされた嬢ちゃんだ」と耳打ちする唇の動きが示している。

隠れるように小間物屋へ飛び込むと、顔見知りの隠居婆さんが心配そうに語りかけて来た。

「嬢ちゃん、むごい目にあいましたのう。早く忘れてしまいなさいまし」と。

商いで栄えているとは言っても狭い町だ。四代前の不始末が昨日のことのように語られ、知り合いの知り合いは全て知人になるような土地なのだ。老舗の娘が流れ者の男共に夜通し辱められた話はあっという間に知れ渡ったのだろう。

「嬢ちゃん、これをどうぞ。手前どもからのお見舞いでございます」

走りよった和菓子屋の主人から穢れ払いの純白の守り袋を手渡された時、屈辱と羞恥に目が眩んだ。「ありがとう」とは言えず、「いらない」と突き返すこともできなかった。ただ、守り袋の白さに陵辱者が脱ぎ捨てたシャツの色が重なった。そして、ふいに耳の奥底に男共の声が蘇る。

「本当は乙姫様の方が良かったんだろう」

「乙姫様はこの嬢ちゃんみたいに御開帳しねえんだよ」

背の高い男だった。差し込む月光の中、脇腹に小さな筋彫りの乙姫様が微笑んでいたことが、今、思い出される。

天地が、ぐらり、と反転して、凛子は小間物屋の店先にしゃがみ込んだ。歯が音を立てて鳴る。うつむいた目頭からぼたぼたと涙が落ちて、膝を包む薄紅色の布地に濃い染みをこしらえていった。

まだ具合が悪いんだねえ、あんな目にあったからなあ、という哀れみの声がさざ波のように押し寄せる中、凛子は続けて思い出す。あの夜が明け、きらきらと朝陽が差し込む中で誰かに助け起こされた後のことを。

裸身に乾いた布をかけられて連れ出されると、外には人垣ができていた。

まだ十四だって……。

よってたかって一晩中だと……。

人々の瞳に宿る同情と、憐憫と、そして、ぎらぎらとした好奇心。小間物屋からよろめき出た時も、呼んだ自動車に押し込まれる時も、人々の目が追っていた。哀れむ声が丸めた背中に刺さり、噛み締めた唇ににじくじくと血が滲んでいた。


「ただいま、凛子」

和らぐ日差しの中から兄が呼んだ。

うぐいすが突き抜けるような声で鳴き、藤棚から零れる花粒が障子に蠢く模様を作り上げていた。

「久しぶりだね。風邪、ひいたんだって？」

朗らかな兄の声の中に微かな作為。

「寮から戻って来たんだ。お土産に大人気の淡雪羹を買って来たよ」

杏色の和紙に包まれた箱が手渡され、兄の細い指に自分の指先が触れた。その温かさが嬉しくて、忘れていた笑顔を浮かべようとすると、口元の皮膚がきしきしと強ばった。

「思ったより元気そうじゃないか」

大好きな兄の手が髪を撫でた。優しい兄。自分とそっくりの顔立ち。ふわふわの髪は同じ赤湯色。男雛と女雛などと呼ばれて育って来た。並んで座れば双子雛とまで言われた、自分の半身のような兄だ。

唇に微笑が浮かび兄にしがみつきそうになった時、その臭いがひっそりと鼻腔になだれ込んだ。それは兄が腕を伸ばした腋のあたりから漂う、わずかばかりの汗の臭気。

春にしては暑い日だった。誰しも、少しばかり汗ばんでいた。自分もじっとりと汗をかいていたのかも知れない。ただ兄の分泌したほんの少しの汗が、あの夜の男達の獣じみた臭いに重なったのだ。

瞬間、内股に穿たれるような痛みが蘇り、唇の周囲や内股に溢れ出た液体のぬめりを思い出す。だから兄を突き飛ばした。憎かったのではない。汗の臭いが怖くて、ただ両手で押しのけただけだった。ひゅう、と淀んだ空気を突き抜けるように、十六にしては小柄な兄の身体が障子を突き破って縁の外に転がった。

苦痛の声と血の臭い。この血はなんてさらりとした臭いなのかしら。自分の股から流れ出た血は内臓のような、排泄物のような異臭を放っていたのに。

喉をびりびりとした波動が貫いた。獣めいた叫びを発しているのが自分だと気づいたのは、どれほど吠え続けた後だったのだろうか。

あの時、自分は叫びたかったのね。そう凛子は感じた。悲鳴を上げて暴れたかった。手足を振り回して男達を振り払いたかった。けれども、何もできはしなかった。壊れた人形のように四肢を開かれて、様々な位置から何かを突き入れられるままになっていただけなのだ。

「嬢ちゃんが狂人になっちまったよぉ」

絶叫の合間に誰かの声が聞こえた。

「ならず者に犯されておかしくなったんだ」

「正気を失った方が幸福かも知れんぞ」

遠巻きにした使用人達の言い交わしが、ひしひしと耳を冒した。

そうなの？　自分は狂ったの？　正気をなくした方が幸福なの？

和紙を練り込んだ壁に頭を打ちつけてみると鈍痛が走る。それでもあの痛みにはほど遠い。もう一度、叩きつけると瞼の中に流れ星に似た火花が咲いた。

「凛子！」

兄の声。壁から引きはがし、抱きしめる兄の腕が熱い。そしてまた、男の汗の臭い。

恐怖にかられて兄の腕を噛んだ。犬歯の先がなめらかな皮膚を、ぶつり、と破る。口中に広がる鉄錆の塩味が恐ろしくて、また一段と強く歯を立てると、兄の悲鳴がびりびりと鼓膜を打ち震わせた。食いちぎった皮膚が舌に張り付く。だから吐き出して、また吠えた。

なだれ込んで来た使用人達に押さえつけられ、ほどけた細紐でぎちぎちと身体を戒められる。

頭を振り回して咬み先を捜すと、透明な涙が瞳から迸り、ゆっくりと中空に散って行くのが見て取れた。

　口の中に布の塊をねじ込まれるまで、どれほど叫び、暴れ続けたのだろうか。視界のすみが捉えていた。血の気を失った母が障子の桟を摑んで震え、泣きながら座り込んでいるのを。女子衆が遠巻きにして、化け物を見る目で眺めていたのを。

　庭で遊んでいた小さな妹はどこかに連れ去られたようだ。兄ももう側にはいない。

　そして凛子は、閉め切った半地下の座敷から出してもらえなくなったのだった。


　天井付近の高窓から濃厚な土の香りが流れ込む。見上げてみると堅固な網戸に散って黄ばんだ辛夷（こぶし）の花びらが張り付いていた。桜の花はもう終わり、辛夷が咲いて、散って、花弁が地面で傷められる季節になったのだ。

「暖かくなりましたがお元気でしょうか」

　少年のように澄んだ声の男が尋ねる。

　さらさらとした黒髪に色白の、年若い商人だ。薬学や香草学の心得があるとかの触れ込みで、父と商談した後はこの座敷牢を訪れて話し相手をしてくれる。

　彼は女一人の座敷には上がり込めないからと中には決して入ろうとはしない。だから寝乱れた姿を半開きの襖に隠したまま、当たり障りのない会話を交わすことができるのだ。

「相変わらずよ」

　虚勢を張ってみせても座敷には万年床。皺じみた寝間着のまま、裸で風呂に入るのも拒んでいるから、自分はひどく汚れているはずだ。

「薬茶を持って来ました」白く華奢な手が、襖の隙間から花模様の魔法瓶を差し入れた。「お気持ちが静まってよく眠れますから」

「私、気持ちを静める必要があるように見えるかしら？」

つっけんどんな声が出る。

「じめじめした日が続いていますから、寝苦しさを避けるため春宵茶(しゅんしょうちゃ)、と呼ばれるこれをお持ちしたのです」

食事は残すし、医者の薬は受け付けない。けれどもこの男が持参する干した果実やらお茶やらは口にできる。分厚い網戸を張った高窓から風が吹き込み、室内の空気を襖の向こうに流し出していた。

「気晴らしに何かお入り用なものは？」

尋ねられて、少し考えてから答える。

「きれいなお菓子や食器の写真が見たいわ」

「それは和菓子？　洋菓子？　それとも珍しい南洋の菓子？」

「色がきれいで甘そうならなんでもいい。食器は白くて薄くて、お花の模様」

「承知いたしました。一緒に日持ちのする彩り豊かなお菓子もお持ちしましょう」

「そうね、食べ物はお菓子だけあればいい」

栄養を摂らないと身体が戻らないとか、肉や魚を食べないと大人になれないだのと、そんなくだらないことをこの男は決して口にしない。襖の向こう側からの距離を縮めようともしない。

「嬢ちゃん」男が忍びやかに告げる。「お静かにくらしていなさいませ。そうすればもっと、のびのびとできますよ」

「今でもじゅうぶん静かだわ。違う？」

穏やかさに甘えて攻撃的な物言いをするけれど、自分が静かでないことなど知っている。夜中にうなされて叫び出す。触れられると爪を立てて振り払う。医師が来た時は自分の首に腰紐を巻き付けて、近寄ったら縊り死んでやると吠えて遠ざけた。

「嬢ちゃんはとても静かな方」

男は何事も否定しない。いつも黙って聞き、少女じみた細い声で同意を示すだけなのだ。

「暖かい夜に窓を開けて眠ると、風に乗って花の妖精が訪ねて来るかも知れません」

凜子は声を出さずに嗤った。正気を失った人間は幼児扱いされるのね、と。同時によく見る夢を思い出す。

「嬢ちゃん、あたしと遊びましょうよ」

それは白い月光を背負って、高窓から天女が囁きかける夢。

「嬢ちゃん、お窓を開けて欲しいの。そしたらあたし、そこに降りていけるの」

懐かしさと安らぎを誘う声だった。瞼を開くと掻き消えてしまいそうな、とても朧ろな夢だった。

「私が言いたいのは」襖の向こうの男が言葉を探しながら語る。「窓を開けて夜風を入れれば心地良いと、その程度の意味でして」

「そう、笑ってごめんなさいね」

ずいぶん久しぶりに謝罪を口にした。座敷牢の狂人だから礼儀などとうに忘れたはずなのに。

「夜に窓を開いて眠るのも、いいかも知れないわね」

とは言っても、どれほど背伸びしてもあの高い窓には届かない。

半開きの襖が、すぅ、と閉じられて男が辞去して行った後、凛子は呟いた。東方さん、もっと側にいて、ずっと一緒にお話しして、と。

すがりつけば哀れまれるだろう。何かの拍子に狂い出さないとも限らないから。けれど引き止めたり会話を長引かせたりしない。彼はたった一人だけの、以前と同じに接してくれる人間。嫌なことには触れず、ねっとりした同情も、ぎらつく好奇心も示さない。また来てくれるかしら。いつ来てくれるのかしら。その時、自分は吠えたり暴れたりしなければいいのだけれど。

窓に張り付いた花びらが腐臭と紙一重の芳香を放つ。手を伸ばしても届かない。庭に咲く様を見にも行けない。流れて来る花の残滓を愛しむだけしかできないのだった。

二

襖の外に置かれていた汁粉と煎茶を引き入れて、畳に這いつくばったまま、ぺちゃぺちゃと凛子は舐める。箸は危ないから添えられない。陶磁器は割れるからと樹脂の椀しか使われない。汁粉のどろりとした舌触りに嫌悪が蘇るけれど押さえつける。考えてはいけない。思い出すと叫び出す。着物を引き裂いて、下履きを破って、恐怖と嫌悪に絶叫して暴れれば、また縛られて座敷の柱に繋がれるのだ。

騒がなければ襖の外で番をする女中の気配が緩む。襖を薄く開いて人の気配の消えた廊下を覗くと、躙(ふみにじ)るつま先が汁粉をこぼして足指が濃い小豆色に濡れた。夜は冷えるから廊下には火鉢が据えられている。そこに歩みよって、熾火を掘り出して息をかけ、炭火を燃え上がらせて火箸を焼いた。あれから何ヶ月たったのだろう。花が桜から白木蓮に移ったけれど、まだ経血が落ちて来ない。

突き入れられて、流し込まれたものが腹の中に巣食っているに違いない。おぞましい赤児の形になって、むくむくと太り出しているのだ。けれども、細長いものを陰部に突き入れて掻き回せば、それは流れ落ちるとか。乳房に膿んでいた歯形が消えた。裂けた唇も、ぐらついていた歯も元に戻った。だから腹の中も浄化すれば少しは清らかになるはずだ。

舐めた指先で火箸に触れると白く唾がはぜた。着物の裾を割ると下腹部がしらしらと暗がりに浮かび上がり、穢れた茂りが淡くけぶる。火箸を逆手に握り直して思う。痛みなど我慢できる、と。もっと大きなものをたくさん挿れたんだもの。細い火箸に耐えられないはずがないの。熱が、じわり、と股間に伝播し、浄化への期待が恍惚を呼ぶ。じりじりと毛先が焼けた時、ふいにその声が降って来た。

「嬢ちゃん！　嬢ちゃん！　お願い、こっちを見て！」

いつか聞いた声。あれは夢の中で聞いた天女の声。目を上げると梔子色（くちなしいろ）の月光を背負って、束髪にした女が高窓の中に見て取れた。ずっしりとした髪が、ぞよぞよと揺れているのは夜風のせい？　それとも女が必死の形相で窓にすがりついているから？

次の瞬間、細い指が貫手で藺草色（いぐさいろ）の網戸を破った。腕がくねくねと忍び込んで錠を外し、固く閉じられた堅固な窓枠を開いたのだった。

薄桃色の爪の足指が狭い高窓をくぐり、豊満な下肢が突き入れられて、すとん、となよやかな女の身体が降りて来た。

まるで月の女神様が濁った沼底に降臨したみたい、と思う中、火箸が叩き落とされた。

あら、困ったわ。これではお腹をお掃除できないじゃないの？

困惑したまま手のひらを眺めていると、柔らかな腕が、きゅう、と強く抱きしめた。

「嬢ちゃん、嬢ちゃん、そんなことはしないでちょうだい」

女の甘い体臭がくるむ。ぬめるような黒髪が肩に被さる。

「お身体を傷つけちゃだめなの。危ないことはしちゃあいけないの」

思い出した。何度かこの女を見ている。確かにこの声も聞いたことがある。彼女は奥座敷に飼われている生き神様。神通力と引き換えに知恵を失ったとか、男を誑かして子供を喰うとか、不穏な言い伝えがつきまとう怪しげな女だ。

「邪魔をしないでちょうだい」抱きしめられたまま、毅然とした声を出す。「あたし、中をきれいにするんだから」

「そんなことしなくても、嬢ちゃんはとってもきれいなの」

吐息が温く耳朶に触れる。黒髪から伽羅がくゆる。そしてその首筋から放たれる女の汗の匂いに、ゆるゆるとした安堵を誘われた。

「孕んでなんかいないの」

声が、心に染みた。親に何を言われても泣くしかできなかった。触れようとする医師は吠え猛って遠ざけ、女中達には物を投げつけて追い払っていた。けれども生き神様の声は、乾いた茶葉を開かせるお湯のように心を和らげる。

「もう少したつとわかるの。今はそっとしておくのがいいの」

女が発する芳香が、じわじわと鼻腔を満たす中、藺草の焦げる臭いが漂って来た。目線を落とすと、真っ赤に焼けた火箸が黄ばんだ畳をじゅうじゅうと黒く焦がしていた。

「嬢ちゃん、治っていくの。心配ないの」温かい手が、凜子の髪を背中へと撫でおろし、細い声が低められた。「じきにお身体は前の通りなの。そうしたらあたしに、またお肉をちょうだいね」

「治っていく……？」

「そうなの。だから今夜はあたしと一緒にぐっすり眠りましょうよ」

女の声と香りがもたらす安寧にすぅと目を閉じる。

「あたし、わかってるの。嬢ちゃんは悪くないの」

「私、悪くない……？」

「悪くない。嬢ちゃんは淑やかで、きれいで、清らかなの」

「私、きれいじゃない」

「ううん、とってもきれいで清らかなの」

じっとりと湿った布団に寝せられると、忘れていた静かな眠りが漂って来る。横たえられた下腹部に頬ずりをしながら、ふくよかな女が囁いた。

「嬢ちゃんはお淑やかで上品なまんま」

「淑やかじゃない」夢うつつで凜子は呟く。「私は狂人。傷物って呼ばれてる」

「狂人じゃない。傷物じゃない。嬢ちゃんはこんなに愛らしくて、無垢なの」

女が抱きしめるように添い寝する。たわわな胸にしがみつくと、こぼれ落ちそうな肉に指も頬もめり込んだ。

「かわいい嬢ちゃん。清らかな嬢ちゃん。奈江さんと同じ匂い。そっくりな赤湯色の髪……」

甘い囁きが懐かしい子守唄に重なる。夢から覚めたくないと思う。この世の中で生き長らえるより、柔らかな肉に埋まって死んでしまえたらいいと考えながら。

生き神様が座敷牢に住み着いた。家人はしばらくそれに気づかなかったようだ。襖の外に置かれる洗面器一杯のぬるま湯を使って二人で顔を洗い、お互いに髪を梳き合い、一人分の膳を分けて食べ、そしてあとは静かに綾取りなどして過ごしていたのだから。少しは騒ぎになったのかも知れないけれど、手に負えない狂女と知恵の足りない生き神様を一緒におけば手間がかからないと、じきに悟られたようだ。

「夜風にのって妖精が来ましたね」

座敷に上がり込むようになった東方の語りかけに、凛子はゆるく笑って応じただけだった。今日、差し入れられた極彩色の画集には弓矢を構えた天使が描かれていた。

「この天使は何をしているの？」凛子は尋ねる。

「人間を射っているのですよ」東方が教える。

「天使が、人を傷つけるの？」

「罪深い人間を退治しているのです。溶岩で焼いたり、雷で打ったり、水に溺れさせたり」

凛子は美しくて凶暴な天使を凝視する。そして、責め苛まれる人間の姿に、ふと陶然とする気持ちを覚えた。

「悪い人間を罰する天使に惹かれますか？」

「そうねえ」凛子は言葉を濁す。「酷い絵はちょっと怖いけど」

「残酷な絵を辿るのも、歴史のお勉強になりますよ」逡巡を嗅ぎ取ったかのように少年の声が続ける。「少し生々しいですが人が人に加えた刑罰の絵図などお持ちしてみましょうか。人間がどのようにして憎い者、邪魔になる者を消し去って来たのか。それを知るのも立派な学問です」

「そうね……、お勉強になるのなら見ておきたいわ」

「嬢ちゃんは聡明です」

「学校に行かないから聡明じゃない。私は人のいる所には出してもらえない」

「そんなことないの」姉や、と呼ばれるようになった生き神様が声をあげた。「嬢ちゃんはとても賢くて、こんなに淑やかなのに」

「ええ、嬢ちゃんはどこに出しても恥ずかしくない上品なお方です」

異口同音に聞かされて凛子は寂しく笑う。

「なぐさめてくれなくていい。私、嫌なことがあると叫ぶし、暴れて人を噛んだりするのよ？」

「それは当たり前ですよ」

「当たり前……？」

唇を半開きにして小首を傾げると、結い上げた総髪が、さわり、と顔の片側に垂れ、伸び切った前髪が瞼の上に揺れた。

「嫌なことがあったら逆らうのは当たり前なの」姉やが言葉を継いだ。「暴れたい時は暴れていいの。叫んだ方が心に良い時もあるの」

「ううん、暴れたらだめ。叫んだらみっともない」

「叫んでも暴れても、あたし、嬢ちゃんが大好きなの」

「私が、好き……？　暴れても、叫んでも？」

「怪我をして痛かったら泣きますね？」東方が言葉を挟む。「熱が出たら唸るでしょう？　それと一緒で当たり前のことなのです」

一対の男女が言う意味がよくわからないけれど、貶しめられていないのはよくわかる。

「苦しい時はお手当しなきゃ。嬢ちゃんは何ひとつおかしくないの」

「嬢ちゃんはとても清らかで聡明な方。嫌なものは嫌なままでいいのです。ただ周囲の方と無難に接する術を学べばいいだけのこと」

東方が薄い唇を吊り上げて微笑み、姉やが少し怪訝そうに真っ黒な瞳を見開いた。

大きく開かれた高窓から夾竹桃の花がぱらぱらと吹き込んでいた。畳まれた布団の脇に白く溜まる花びらが白粉めいた香りを溜める。

「今度は花の精油もお持ちしましょうか」

白い花びらをつまみ上げて言い残し、男は半地下の座敷を後にして行った。地面に近い網戸には忘れ雪にも似た花がこんもりと吹き溜まっている。


「姉ちゃのお菓子、美味しい。白蔵屋のカステラよりずっといい」

焼き菓子を頬張って妹の琴乃が褒める。

「東方さんが持って来たケーキの粉をね、牛乳で溶いて焼いただけ。離れにこっそりはいって作っているのは秘密よ」

微笑みかける笑顔に、幼い妹は咀嚼を忘れて見惚れている。歳の離れた妹の髪は真っ黒な癖っ毛で、肌は健康的な小麦色。肌も髪も色薄い自分とはあまり似ていない。

「姉ちゃ、お菓子屋さんになれば？」

元気で屈託のない琴乃はいつも大きな声で話す。容姿を褒められることは少ない子だけれど、朗らかさや利発さは誰からも愛される。

「お菓子屋さん？　お客様のお相手は疲れそうね」

「疲れる？　まだ少し病気だから？」

「病気？　そうね……。もう……、平気よ」

姉の茶色い瞳に昏い陰を読み取り、幼い琴乃がするりと話題を変えた。

「庭池で掬われ残ったおたまじゃくし、小さい蛙さんになったね」

蛙がやかましいからと、庭師達がおたまじゃくしを掬っては捨てている。取りこぼされたものは蛙になって、けろけろと控えめな歌を響かせる。

「琴乃は蛙が気味悪くないの？」

「殿様蛙は大きいから嫌。緑の雨蛙はちょっと触れる！」

凛子がくすくすと笑うと、琴乃もきゃあきゃあと笑った。早々に焼き菓子を食べた姉やが、池の縁石に腰掛けて、淀んだ庭池に素足を浸してぱしゃぱしゃと泥の水しぶきをあげている。南天の生け垣は姉やの座り丈よりも高い。きっと母屋の方角からは彼女の姿は見えないに違いない。

賢い琴乃は何も言わないけれど、雄弁な瞳がその心を映し出していた。大人のくせに変な人、小さい自分だって池に素足を突っ込むなんて、あんなお行儀の悪いまねはしないのに、と。

「姉ちゃは蛙は触れないけど鳴き声は好き」

「蛙がいっぱい鳴くと亡霊が来るって。女子衆が言ってるよ」

蛙の声で眠れないと、この豪商の主が使用人に朝まで回遊池の水面を細竹で打たせていた時代があった。疲れ果てた手代が落ちて死に、亡霊になって女中を誑かすとまことしやかに語られている。継母に疎まれた美青年が身投げして、彼を愛した乳母が死体を腐るまで抱いていたとの言い伝えもある。とにかく不穏な話には事欠かない、蒲の穂やら葦やらが茂る池なのだ。

いわくつきの池と離れには誰も近よらない。琴乃も姉がいない時は近よりもしない。聡明な兄だけは、幽霊などは存在しないと言い張って、堂々と蛙取りをしていたけれど。

凛子が避けるから兄は離れに近づこうとしないけれど、母屋との間を仕切る南天の生け垣の遠い向こうに、今日も彼の白いシャツが小さく浮き上がって見えた。

「兄ちゃ、一緒にお菓子を食べようよぉ」

小さな手を振って、大声で誘う妹を姉がたしなめた。

「男の子は甘いものを好かないのよ」と。

母屋の庭から、兄も大きな声で返す。

「これから勉強だから二人で食べてくれ」

大きな男の子と女の子は一緒に遊ばないのよね、と琴乃がつまらなそうに呟いた。

「姉ちゃ、隠れんぼしよう」

わざと幼稚な遊びに誘うのは、姉を子供の側に繫ぎ止めたいからだろうか。

「いいわよ。姉ちゃが鬼をやるから、琴ちゃんは隠れなさい」

「だめ。じゃんけんで決めるのが平等なの」

「平等？　琴ちゃんは難しい言葉を知ってるのねえ」

妹が時々、言う。私は姉ちゃのようにきれいじゃないし、淑やかでもないけど難しい言葉なら覚えられるんだもん、と。

「じゃあ姉ちゃ、じゃんけんぽん！」

大きな声を出して、こぶしを振り上げると袖が揺れて脇が大きく開いた。身ごろの隙間から幼児のきめ細かく清らかな肌を垣間みて、凜子はその眩しさにふと目を逸らした。

「じゃんけんぽぉん！」

小さなこぶしが、目の前で勢い良く振られる。自分も同じしぐさを返そうとしたけれど、手が固まったように動かない。

「姉ちゃ、何してるの。ほらぁ！　じゃんけんぽぉん！」

甲高い声を張り上げて手を振り回す妹。そして突然、自分の全身を襲う細かな震え。

「姉ちゃ？　じゃんけんぽん、だってばぁ？」

愛くるしい瞳をきらめかせて握りこぶしを振る妹。そのしぐさに、すぅ、と血の気が失せて行くのがわかる。

びゅう、と風を切って自分の青白い手が飛んだ。手のひらがふっくらとした幼児の頬を殴打すると小さな身体が池の上に舞い、その顔が池石に打ちつけられた。妹は声も上げない。ただ紅い血が青黒い池水に混じっていくだけだった。

暗転しかけた視界の中には、妹に走りよって抱き上げる兄。そして、異変を聞き取って駆けつける者達の足音。

姉やが自分を抱きしめている。温かい柔らかい胸にしがみつきながら、凜子は自分がわめく声を聞いた。

「じゃんけんをしていたのよ！」琴乃を呼ぶ兄の声に自分の叫びが混じる。「順番を決めるって、男達が笑いながらじゃんけんをしていた。私を殴った同じ手でじゃんけんをしていた！」

兄のシャツにじくじくと血の色が広がっている。妹は泣くこともない。ぐったりと垂れた指先から、血がぽとぽとと落ちて、赤黒く池水に溶けて行った。

「殺してやる！　あいつらを殺してやる！」

怪鳥のような叫び。これも自分の発する声なのだろうか。

「嬢ちゃん、嬢ちゃん、男達を殺したいの？　やっつけたいの？」姉やが耳元に甘い吐息で囁いた。「だったらあたしがお手伝いするの」

伽羅の燻る絹の身八つ口に、じくじく、じくじく、と自分の涙が染み込む。

「わかっているの。嬢ちゃんが悪くないってこと、ちゃんと知ってるの。殺したい人がいるなら、あたしが手助けするの」

震える指が絹の着物を通して乳の中に沈み込んで行った。声を上げて凜子は泣いた。それは獣の咆哮でもなく、理性のない者の叫喚でもなかった。凜子は人間の声で号泣し続けたのだった。


物陰の談話室で薄茶色い椅子に腰掛けた。姉やは消毒薬の臭いに顔をしかめて口元から手を外そうとしない。

病室で包帯を顔に巻かれた妹は、姉の姿を見ると泣き出し、自分とよく似た顔の母が目を背けたまま言い放った。

「ここには来ないでちょうだい。家から出ないようにして」と。

漆喰の壁が白い。病室の布団も白い。看護婦の衣服も白い。行き交う人々の衣服の彩りが、ここでは異質な陰のようだ。

妹の顔には傷が残るかも知れない。左目の視力の回復も危ぶまれている。自分がもたらす禍いが大きくて、できるならどこかに消え失せてしまいたい。

「あらまあ、奥様でございますか？」

突然に、聞き慣れない声が降って来た。うつむいて見る床の上には茶色いスリッパと白い分厚い靴下を履いた細い足元が見える。

「来てくださったのでございますか？」

「ごめんなさい、人違いでは……」

顔を上げて言いかけて、目の前に立つ老女にふと懐かしさにも似た既視感を覚えた。

小柄な女だった。細くて、色が白くて、結い上げた白髪の下のうなじの肌が、ぞくりとするほどきめ細やかだ。

「おやおや、ご一緒の嬢ちゃんもなんてまあ大きくなって。奈江の若い頃にそっくりでございますよ」

「嬢ちゃん」が「じゃっちゃ」にしか聞こえない。独特の訛の、不思議な言葉まわしだ。

「旦那様もどれだけ喜びなさるか。少しでもお声をかけて差し上げてくださいましよ」

隣に座った姉やが、ふらり、と立ち上がり、止めようとする間もなく、ゆらゆらと老女について歩き出していた。

病棟を繋ぐ渡り廊下を抜け、白い通路を通ると消毒薬の臭いが強くなる。

きしきしと白茶けたリノリウムがこすれる廊下の先の個室には、白いカーテンに囲われた寝台があった。

「旦那様、旦那様、奥様でございます。取り上げられた子も、生き延びて大きくなられまして」

白い寝台の上に、萎びた年寄りが横たわっていた。今では様々な白さに目が馴れて、白い布団の皺がくっきりと銀鼠になって見て取れる。

木乃伊（ミイラ）、という単語が浮かんだ。骨の上を血の気の失せた白い皮膚が覆い、頭部には刈り込まれた白髪がぱさついている。

「声をかけてやってくださいましよ」

「こんにちわ」

反射的にありがちなあいさつが口をつく。

「手を握ってやってくださいましよ」

老いた女が白い掛け布団をめくって、鞣（なめ）し皮をかぶせた骨のような手を引き出した。揉み解して曲がった指を開こうとしても、固まったそれは開こうとしなかった。

黒く開いた口腔の奥から、ぐぅ、ぐぅ、と音が漏れていた。それが呼吸なのか鼾（いびき）なのか、それとも何か苦痛を伴う呻きなのかが凛子にはわからなかった。

「泰輔ちゃん……」

背後で姉やが呟き、老爺の口中で干涸びてしぼんだ舌が、ひくり、とわなないた。

とすん、と崩れる音に振り向くと、姉やが床の上に座り込んでいた。

「ああ、奥様、申し訳ございません。椅子も何も出しませんで」

皺だらけの付添婦がひょこひょこと丸椅子を運び出したけれど、姉やは床に尻を落としたままうつむいて震え続けるだけだった。

艶々とした結い髪が頼りない肩の上に揺れ、膝の上に、ぽとり、ぽとり、と涙が落ちた。

「怖い……」姉やが呟く。

「なあに？　何て言ったの？」凛子が尋ねる。

「怖いの……」姉やが繰り返した。

座り込んで落涙する姿が、いつか小間物屋の店先で踞った自分に重なった。

「ごめんなさい。目眩を起こしたみたい」

咄嗟の嘘が口をついた。

「あれまあ、季節の移り目は奥様もいっつもだるがってましたもんなあ。そんな時は横になってもらって奈江が水菓子を運ぶんでございますよ。今は肉も手に入らなくなって、もう作ることもできませんで」

白々とした病室の中で老女の肌も透けるほどに白い。すぅと伸びた細い鼻筋や色淡い二重の目元が、もしかしたら母に似ているのかと考えた。だから初対面で懐かしい既視感を持ったのかも知れない。

「奥様、付添婦用の簡易寝台で横になれば良いでございますよ」

「ありがとうございます」座り込んだ姉やを支え上げながら凛子が答えた。「さっきから、ええとお見舞いなどで、ずっと病院にいるから……。あの、一度、外の空気を吸えば良くなると思います」

「そうでございますか。奥様、お大事になさってくださいませ。また来てくださいましよ。さしあげられるものがございませんが、待っておりますからねえ」

声に色などありはしない。けれども彼女の声までもが白味を帯びているように感じるのはなぜだろう。

病室の外に立った老女が、いつまでも二人を見つめていた。

そして姉やが聞こえるか聞こえないかの声で囁き続けていた。

「泰輔ちゃん、泰輔ちゃん……、奈江さん……」と。


「あの男は」庭歩きをしながら立ちょった離れの縁側で、金平糖を差し出しながら東方が言った。

「姉やの亭主だった人間です」

「まさか。あのお爺さんが若い頃、姉やは赤ちゃん？　ううん、まだ生まれてもいないはずよ」

父に聞いたら「あれは警察沙汰を起こして身内の恥になった男だ」と言い捨てて終わった。母に尋ねようとしても、ただ自分を見ると怯えて「知らない」を繰り返すだけだった。使用人達に問いただそうとしたけれど、誰もが狂女を怖れて近よろうとしない。

妹はじきに退院できると言う。顔に傷が残っても成長が止まれば手術で消せるらしい。視力を失うこともないようだ。家の中は以前と同じに動き出し、自分だけがひっそりと弾き出されている。

「嬢ちゃんも言い伝えを聞いておりましょう」

「家に憑いて来た生き神様のこと？」

金平糖の刺が舌を刺して、唾液に混じって丸く解かされた。雨ざらしの縁側には男が持ち込んだ数冊の本。一冊は神話を描いた画集。もう一冊の表紙には花びらのように果物をあしらった西洋の家庭菓子の写真。以前、お菓子を作りたいと言ったから、ガス式の天火の目録まで持ち込まれている。

「あれは歳を取らないと」東方は庭池で鯉を弄ぶ姉やにちらりと視線を向けた。「そして、慰み者として母屋の若い男が差し出されていると」

「迷信でしょう?」

　生き神様は大昔に人魚を食べたから死なないとか。何代かに一人、本家の若い男を与えると精を吸って若返るとか。生け贄の赤ん坊を生きたまま喰うと神通力が冴えるとか。どこまでが本当なのか迷信なのかわからない。ただ、広大な商家の隅の奥座敷には常に巫女が囲い込まれ、折々に託宣を授けていることは知っていた。

　あれは単なる占い師、こっそり代替わりして化粧でごまかしているんだ、と利発な兄に教わるまで、凛子は本気で奥座敷の生き神様を畏れていたものだった。

「あながち迷信と言い切ることはできません」

「まさか、あのお爺さんは本当は若いのに精を吸われたとでも言うの? それに年を取らない人間なんて考えられないわ」

「人間ではないかも知れません。誰もあれの幼い姿を見たことがありません。ずっとあのままの姿で子を産むこともないと聞きます」

「じゃあどうやって、増えて来たの?」

「わかりません。ただ哺乳類のような雄と雌との繁殖行動は行わないとか」

「あら、すてき」

　ふと漏れた本音に凛子自身が驚いた。

「ずっと一緒にいれば、あれの不老がわかるはずです」

「でもねえ」伝承など鵜呑みにすることもなく、凛子は憂いを口にする。「いつまで一緒にいられるのかしら。大切な生き神様が狂人と一緒じゃ困るわよね。姉やをお嫁にしたい人が出て来るかも知れないし」

「心配ありません」切れ長の瞳をさらに細めて男が穏やかに言い放った。「あれは自分の好いた人の側にしか居着きません。今、好いているのは嬢ちゃん一人。そうなると不思議なことに他の者は寄り付かないのです」

「好きになるならご亭主になりそうな男の人の方がいいはずなのに。どうして姉やは、こんな私を好きになってくれるのかしら」

「ああ、それはですね」唇を完璧な半円形に微笑ませて、独り言を唱える口調で男が言った。「嬢ちゃんが、あれに忠実に仕えていた女に似ているからでしょう。あれの食べる肉をこしらえて、目の前で産んでみせていた女にね。嬢ちゃんにもきっと同じ血が流れていて、同じ匂いをさせているのですよ」

意味が飲み込めない気まずさに膝元の画集を開くと、弓を持つ半裸の処女神が描かれていた。側では鹿に変えられた男が女神の猟犬に襲われて血を流し、今にも噛み殺されようとしている。

美しいけれど気味の悪い絵。兄も妹も傷つけて、穢れ切った自分だからこんな不穏な絵画に惹かれてしまうのだろうか。

「この男は噛み殺された後どうなったの？」

男の肉に喰い込む犬の牙をなぞりながら聞いてみる。

「神話に続きは記されておりません」

「死体は埋葬されたのかしら」

「女神達に食べられてしまったのかも知れませんよ」珊瑚色の口角が、きゅう、と蠱惑的に吊り上がり、幼さを残す瞳に艶情に似た色めきが宿った。「死ぬ間際の一瞬、強い恐怖を与えるとですね、獲物の肉は震えるほど良い味になると言いますから」

「そんな……、女神様が人間の肉を食べるなんて」

「生き神様も男の精を吸うと言い伝えられているではありませんか」

見つめ直すと濡れて光っていた瞳は静謐な風情に戻り、口角がすぅと下がって人形じみた端麗さを取り戻していた。

「嬢ちゃん、いっそあれと二人で住めるよう、この離れを整えてはいかがですか？」

「二人で住む？　姉やと私が？」

「お父様に頼んでごらんなさい。あれは隙があれば奥座敷から逃げ出しますし、人目につけば男共が勝手に血迷って騒ぎを起こします。嬢ちゃんと一緒だと大人しく居着くのですから、大人達にしてみれば、どれほどありがたいことか。嬢ちゃんが物静かに、かわいらしくおねだりすれば誰も嫌とは言わないでしょう」

　家業が傾いているとか、使用人を減らすとか両親は話している。けれど、ここの改装くらいはできるのではないかしら。自分を座敷牢に隠すより、父や母の後ろめたさも減るはずだ。

「姉や」凛子は池に向かって声を張る。

「はあい、嬢ちゃん」鯉師が置き忘れた竹のタモ網を握り、姉やが物憂げに振り向いた。

「この離れをきれいにしたら、私と一緒に住んでくれる？」

　とたんに、きゃあ、と細い声をあげて姉やが喜んだ。

「嬢ちゃんと一緒にくらせるなら、あたし、とても嬉しいの」

　掬い上げた網の中には鱗をぬめらせた真鯉がびちびちと跳ねている。魚を持ち上げて、姉やははしゃぎながら、舌で、ぺろり、と墨色の鱗を舐めた。生きた女の紅い舌を見ると、白い舌苔に埋もれた老爺の舌をふと思い出す。

姉やがぱくぱくと広げられる鯉の口に指を入れ、赤く覗く鰓に舌を這わせ始めた。魚をくるむ粘液が女の白い頬に移って、木漏れ日にてらてらと輝いている。

「薄気味悪いでしょう？」東方が、また口辺を半円型に歪めて笑う。「あれはですね、生きた魚に齧りつきたいのですよ。生き神様は男の精は吸わないけれど、生の肉を喰いたがる。かわいそうに、今は嬢ちゃんの前だから遠慮しています。でも、こうして見ると実に気味悪いと思いませんか？」

「気味悪くなんかない！」

「おや、あんな奇怪な姿を見せられても、嬢ちゃんは平気なのですか？」

「姉やのこと、気味悪いなんて言うわけない！」

だって気味悪いのは私の方。すぐに叫んだり暴れたりするから閉じ込められて、哀れまれて、人を傷つけて来たんだもの。そんな自分を好いてくれる姉やを、気持ち悪がるはずがない。

「さすがは嬢ちゃん。こんなに情の深い方といられて、あれは幸せ者です」瞳をすぅと凜子の側に流して東方は褒める。「奥座敷に閉じ込められて鬱々と過ごす時間も終わりました。ひとつ、お教えしておきましょう。あれは時々、ああして生の肉を食べたがります。一緒にくらし始めたら、そうですね、年に一度ほどでいいので与えてやるのが良いでしょう」

「生のお肉って血の滴るビフテキ？　それとも馬刺？」

「一緒にいれば、じきにわかって来るでしょう」

姉やの紅い舌がひらひらと黒い鱗を撫で、尾鰭に白い歯を立てて、そして凜子の視線を感じて、ぱしゃり、と魚を池に放した。

「姉や、お魚が食べたかったの？」

柳葉形の目に、少しだけ陰りを見せて女が、こくり、と頷いた。はるかに年上の女が自分に庇護を求める眼差しを向けている。

「食べたかったら食べちゃっていいのよ」

「生の鯉を齧って嫌われたら怖いの」

「私は姉やのことを嫌わない。何をしたって、絶対に嫌ったりしない」

「嬢ちゃんは優しいの。でもね、本当はね……」

「なあに？　何のお肉が欲しいか正直に言って」

「ええとね……、そうね、あたし、本当はね……」

黒々とした瞳が凛子を見つめ、そしてすぅと横に逸らされた。

「嬢ちゃん、あたしね、青味魚のお刺身とかがあったら、嬉しいの……」

縁に腰掛けた東方がひどく嬉しそうに、くすくす、くすくすと笑ってそれを聞いていた。

「嬢ちゃんの側に来て、まだ日が浅いから遠慮しているのでしょう。じきに本性に沿った振る舞いを始めます。そうしたら望むのものを与えてあげればいいのです」

広げられた画集をめくると、裸の女が蛇に巻かれて紅い木の実に唇を寄せていた。湿った風が池を渡る。一年中、赤黒いままの紅葉がぱらぱらと濁った水面を汚し、話を終えた姉やが網で水面を叩いて遊んでいる。

離れに住むという未来に胸が躍った。けれども狂人の戯言と思われてしまったらおしまいだ。危なっかしいと懸念されないように。理性的に、叫んだり暴れたりせず、無害に見せて。同時に哀れな病人の雰囲気も身につけてなくては。

画集をさらにめくると裸の女が楽園を追われて泣いていた。私は追われるのではないの、と凛子は思う。狂女が静かにくらせる場所に進んで行くだけなの。もう暴れたり叫んだりしない。姉やと静かにくらすため、大人しくてかわいそうな病人を演じてみせる、と心に誓うのだった。

外は紅葉やら銀杏やらが色づく秋なのに、病棟の中は初雪のすぐ後のように白い、と今日も思う。妹の病室には花だとか、子供らしいおもちゃやら動物の模様の毛布などがあった。この老人の部屋には白色以外と言えば無数の管に繋がる機械の灯りだけ。

「旦那様、ありがたいことですねえ」

見舞いにと渡したジュースを腰の曲がった、懐かしい面差しの付添婦が押し頂いている。

「今日は奥様は？」

老女が真っすぐな眼差しで問いかけると、薄茶色の瞳に映る自分の顔が、ゆらゆらと揺れた。

「今日はその……、用事があって家を出られなくて私だけが」

「使用人やら出入りの商人の首検分でございますか？」

「そうなの。奥座敷の用事がとても忙しくて」

姉やが怖い怖いと怯えるから、連れて来られなかったとは言えなかった。

あそこは怖いの。屍臭がいっぱいなの。死ぬはずの身体が無理に息をさせられる場所なの。そう呟いて姉やは震えていた。消毒薬が刺さるの、死なせてもらえない人の苦痛の臭いが幽霊みたいにゆらゆらしているの、と言っては震え、連れて行こうとする凜子の胸にすがりついて拒んで、啜り泣いていた。

「死んだ人の側にいるのは怖いの。大切にしてくれた人の気配がするの。でも生きてるのか死んでるのかわからない、怖い臭いがするの。だから怖いの。行きたくないの」

いつも凛子に従う姉やが初めて逆らった。だからどうしても連れてくることができなかった。

「そうでございましょうねえ」付添婦は問い詰めることもせず、ただ寂しげに、同時に少しばかり誇らしげに頷いた。「奥様のお鼻の嗅ぎ分けは衰えていないのですねえ」

泰輔爺ちゃ、と呼びそうになる言葉を飲み込み、凛子は呼称を変えた。

「あの旦那様……」へりくだった女中言葉がごく自然に出た。「良かったら……、お心付けの果汁でも飲んでくださいまし」

老女の言い回しをまねたつもりはなかった。声をこしらえたわけでもない。けれどもその訛も、声の響きも、目の前の付添婦のそれに驚くほど良く似ていた。

「ありがたいことでございますねえ。本当にありがたい」皺に埋もれた白い手が拝むようにすりあわされた。「でも、すみません。旦那様はお心付けを召し上がれないんでございますよ」

東方から聞いている。この老爺はもうずっと横たわったままで、自力ではもう立つことも食べることもできないのだと。

「少しだけ舌に垂らして味わわせてやってくださいまし」初めてなのに妙に言いやすい田舎言葉で凛子は話す。

「いえいえ、旦那様の舌はもう固まってしまわれてましての」年老いた声が返す。

食べなきゃ元気になれないの。無理でも少しだけ食べてちょうだい。春の桜の頃、そう言われていた言葉を思い出す。起き上がれもしない口元に粥や重湯を流し込まれ、ごぼごぼと涎とともに吐き流していたものだった。

「旦那様はお腹に直接、とろとろのご飯を入れてもらってるんで、お口には何も入れてはいけないんでございます」

「ほんの少しでも無理ですか？」

東方が持って来た本の挿絵が目に浮かぶ。悪事を働いた人間を縛り付け、口に漏斗を差し込んで腹に大量の水を流し入れる絵だ。

「お腹にですねえ、小さな穴を開けてるんでございます。だからお口も舌も使わないんでございます」

「お腹に穴を開ける？」

「お食事の時間になると、そこに管を差し込んで栄養を流し込んでいただくんで」

ぞわり、と背筋を冷気が駆け抜けた。

「あの、それは、美味しい？」

白い歯並びを見せながら、ふわふわとした笑顔を老婆が浮かべた。

「舌に触りませんのでお味はないんですよ」

「味がわからず食べているのですか？」

「そうですねえ」老女が語彙をまさぐるような間をおいて、そして話した。「お口で味わってはいませんですがお腹は膨れて、栄養を摂って、身体は保たれるんでございます。旦那様はそうやって生きてこられたんで」

ずっと陽光を浴びてはいないのだろう。不透明な白さを湛えた老人の身体には何本もの生白い管が繋がれ、あるかなしかの呼吸に胸元がゆるく波打っていた。

「泰輔爺ちゃは」言いかけて呼び名を直す。「旦那様は……、お腹が空くとご飯を入れてって言うのでございますか？」

老女の小さな顔によるべない笑顔が滲む。

「喋る力もなくしまして、このままだと餓死するからと、お医者様がお腹に穴を開けたんでございます」

粥を口に入れられて吐き流していた自分をまた思い出す。あの時、医師に気を許していたら、着衣をはだけられて腹に穴を開けられていたのだろうか。

「お腹に穴を開けなかったら、旦那様はどうなっていたんでしょうか？」

「とうの昔に仏様になっておられたでございましょうよ」

固まった指の関節に触れる。ひんやりとして皮膚の下にある血の流れすら感じることができなかった。生きているはずなのに体温が希薄で、まるで木彫りの仏様に似た固さと冷たさだった。

「舌の上に果汁を垂らしたら、喜んでもらえますでしょうか？」凛子は問う。

「難しいでございましょうよ」薄い眉の下でしなびた瞼が垂れて、白い睫毛に被さった。「間違って一滴でも肺臓に入ったら命を失くすそうでございます」

「食べなくても死んでしまうし、食べても死ぬと……」

「それにですねえ、舌が乾いてしまって果汁の味が痛いかも知れないんでございますよ」

老女の色素も血の気も感じさせない指が、黒く開かれた唇をそっとなぞった。干涸びた皮膚は押されても窪むこともなく、ただ喉の奥からぐぅと音が漏れ、強ばった顎がかくかくと閉じようとする蠢きを見せただけだった。


こんこん、こんこん……。離れから釘を打つ音が響く。

「離れの改装が終わったら凝ったお菓子を作るわ」凛子が話す。

「朝晩のご飯は、あたし、作れるの」姉やが返す。

「引っ越したら最初に何をしたい？」

「りんごのお菓子を焼いて欲しいの」

「お刺身やお肉を取り寄せましょうね」

「庭の山柿は種ごと食べるの。栗も皮ごと齧って嬢ちゃんに食べさせてあげるの」

座敷の高窓から秋にしては温い風がそよそよと流れ込んだ。背中に垂らした凛子の髪が風に揺れて、吹き込んで来た白い屑花を飾りのようにほつれ込ませる。

「嬢ちゃんの髪は茶色くて柔らかくって、ふわふわ」姉やが唄うように褒める。

「姉やの髪は烏の濡れ羽色」艶やかな黒髪を凛子は羨む。

高窓の外の風向きが大きく変わり、乾いた土ぼこりと枯れた松葉を吹き入れた。

こんこん、こんこん……。釘打の音がふたつに増えた時、ふいに姉やが小鼻をひくつかせて顔を上げた。

「嬢ちゃん、怖い」凛子の淡い毛先を指に絡めたまま、突然、姉やが震え始めた。「嬢ちゃん、あのね、悪いことをした男が、そこにいるの」

「え？」

「気をつけて。あたし、臭いでわかるの。嬢ちゃんに酷いことをした男が側に来てるの」

全身に泡立つ悪寒が走った。乳首に蛭が吸い付き、両手を押さえつけられて内奥を抉る激痛が揺り戻す。口元を押さえると、喉奥にごろごろと胃の中のものがせり上がって来た。

「姉や、姉や、何を言い出すの？」

「悪い男が、側に来て、何人かで嬢ちゃんをいじめた時を思い出して、喜んでいる臭いがするの」

「どこに、いるの……？」叫ぶものか、暴れたりするものか。自分は離れの女主人なのだ。「姉や、その男は、どこに、いる？」

「嬢ちゃん、無理しないで。怖いことからは隠れて、逃げるのがいいの」

「逃げるもんか！」押さえた手の中に、低い声が籠る。「どこにいるの？　教えなさい」

二度と狂ったりするものか。静かな住処を守るため、大人しい嬢ちゃんでいなければ。だから狂いの種を知り、そして可能なら排除しなければならないのだ。

小刻みに震える手で、衣装行李をふたつみっつと重ね上げて、高窓から地面をのぞき上げると、近場で煙草を吸う若い職人の足元だけが見て取れた。

「あの男……」

姉やがわななきながら指差して呟いた。

目の前の地面から乾いた土が巻き上り、さらさらと額を汚す。

あの夜、穢された衣類は全て裏庭で父が焼き捨てた。その煙が西風に乗って奥座敷に流れ、生き神様は凛子に起こった災厄を全て嗅ぎ取ったという。

不安定な行李の上でつま先が揺れる。金槌の音が遠くに響く。間近に座って煙草を吸う、若い見習い職人の顔を見たことがあるような、ないような。暗かったから。目は開いていたかも知れないけど何も見て取れていなかったから。

ただ、面長の顔の脇に、たらりと垂れていた福耳を覚えている。何度ものしかかって、びたびたと腰を打ちつけるたびに、耳たぶが振り子のように揺れる様が焼き付いている。耳介に楕円形の黒子が盛り上がっていたのも思い出す。

「思い出した。あの男よ」

奥歯が噛み締められてぎりぎりと鳴った。

もう叫ばない。暴れない。震えたりもしない。そのために歯を食いしばる。血の味が舌に広がり、気づいたら唇を噛んでいた。

「嬢ちゃん、あの男を遠ざけてあげるの。奥座敷であたしが言えばあの男は二度と来ないの」

姉やの舌が、ぺろり、と唇の血を舐め取ると、傷の痛みが引いた。

「遠ざける？」静か過ぎる自分の声が遠い金槌の音に絡む。「遠ざけたってだめよ。それだけじゃ、足りない」

「足りないの？　あたしは嬢ちゃんが望むことをするの」

「もう狂いたくない。叫んだり暴れたりなんか、もうしない。だから病気の元をなくさなきゃいけないのよ」

元をなくすには消せばいい。消し去って、葬り去ってしまえば、もう近くに来ることはない。悪事の記憶も二度と反復されなくなるはずだ。

姉やを見つめると、深い漆黒の瞳が見つめ返していた。大丈夫。二度と狂わない。半裸の女神が男を猟犬に咬み殺させたのと同じことを、自分もすればいいだけ。

金槌の音がまたひとつ増えた。離れが小綺麗に整えられて行く。啄木鳥の打音にも似た響きが、秋枯れの庭に通り渡っていく。

座り込んだ男が立ち上がった。だから凜子は覚える。男の背格好や髪型や歩き方を。忘れずにいれば活かせるはず。そしてきっと断てるはず。そう決意する横顔を、姉やが眺めてくれているのが心強かった。

くすくす、くすくす、と姉やが午後の光の中で笑った。

「何がそんなにおもしろいの？」凜子が尋ねる。

「この風向きだと着物にお菓子の香料が移ってしまうの」姉やが答える。

「いけない臭いを消してくれるからいいじゃない」

「これくらいじゃ消えないの。よおく乾かして、細かく引き裂いて竈にくべるの」

顔を見合わせて、また笑う。

昨日もまた、温い雨の降る夜更けにそっと二人で外に出た。

「ちょっと嗅いだだけじゃよくわからないの。でもね」と姉やは言う。「悪いことを考えたり、思い出したりした時に出て来る嫌な臭いははっきりとわかるの」

街全体を濡らす雨の夜、姉やがしなしなとすり寄ると、男は誰でも疑うこともなくついて来た。

少しだけ川の側を歩いてみたいの。一人だと怖いからお酒の前に一緒にお散歩して欲しいの。

姉やが囁きかけると、どの男もにたにたと笑って喜んで、どこまでもついて来る。少し距離を置いて、男物の合羽を羽織った凜子がついて行く。

暴力の片鱗すら見せず、女の機嫌を取るようにへつらう姿がひどく奇怪で、愚鈍で、物陰で見守るだけですぐに叩きのめしたい激情が渦巻いていた。

川原には数本の巨大な幽霊柳。お化けが出る、というのは夜に人を近よらせないための方便だ。別名、逢い引き柳。訳ありな二人が、あるいは夜の商売をする男女が、土手向こうの街から見えることのない、巨大な幹の洞に潜るらしい。

　安っぽい蛇の目をさした姉やは艶笑を湛えた目つきで男を見上げて、幽霊柳の陰でしなだれかかり、そして汗の玉が光る首筋を紅い舌でちろちろと舐め上げる。

　丸い腰に手をまわす男の表情を知っている。自分の上で腰を蠢かせる時も、あの顔をしていた。虚ろな目つき。醜い半開きの口。けれども姉やが鋭利な犬歯で頸動脈を破る時だけ、誰もが一瞬、不思議そうな顔をする。次に驚愕し、垂直に血を噴き上げ、目玉がこぼれ落ちそうなほど目を見開くのだ。

　おっとりとした姉やだけれど、この時だけは燕のような身のこなしで飛び退る。決して返り血を浴びることもない。悲鳴を上げる前に隠し持った石を男の口に叩き込む所作が、流れるように美しい。腐り落ちた古い小屋の残骸に隠れた凛子は、雨中の殺戮に見惚れ、恍惚に身体を火照らせながら、いつも身震いをする。

　赤い血が夜闇の中で赤銅色に陰る。噴き上がる血は降り落ちる小糠(こぬか)雨に当たってけぶり、透明に薄まって、地に吸われて消えて行く。

　二人で殺戮を繰り返したのは四回。姉やが嗅ぎ当てて男をつけて、幽霊柳の根元に誘い出して葬った。

　首から血を吹き上げても男が逆らう時は、凛子が刺身包丁で手のひらと足の甲を地面に打ち付ける。それは深窓の令嬢が持つとは考えにくい鋭利な刃物。欲しいと言えば持って来てくれる者がいる。口が堅く、決して用途を尋ねることもなく、使い終われば淡々と持ち去ってくれる端麗な面立ちの商人がいてくれるのだ。

　男が動かなくなったら犯され続けた自分を見ていた目を、錐で抉り出して姉やにしゃぶらせる。

陵辱した性器は千切り取って男の口の中で叩き潰す。

時々、思う。人はずいぶん簡単に死ぬのね、できるならもっと苦しみ続けて欲しいのに、と。

そして、その時は必ず、白濁した管に繋がれて生かされる老爺のことを思い出してしまう。

死んだ男の身体から姉やが喰い取るのは、まず柔らかい耳たぶと唇、そして内股と二の腕の内側。次に腹を破って中を啜る。雨に濡れた姉やが生肉を咀嚼する姿は美しい。冒瀆者の肉でも、姉やに取り込まれて血肉になれば愛おしく変わるのだ。

「男のお肉はちょっと硬いの」と姉やは言う。

「どんなお肉なら柔らかいの」と凛子は問いかける。

「柔らかいのは赤ちゃんのお肉。お乳に金鳳花や芍薬を混ぜて飲ませた子が、とってもいいの」

姉やが後ろめたげに打ち明けてくれたのは、確か二度目の殺戮の後だったはずだ。

細雨が強雨に変わる夜を姉やは正確に嗅ぎ当てる。人を家に籠らせる雨。様々な痕跡を洗い流す雨。じゅうぶんに喰ったら男の身体を流すだけ。棒きれで川の中央に押し出せば暴れ川が川下へ川下へと流し去ってくれる。河口に辿り着くまでに、長い糸状藻がひしめく深い川溜まりがいくつもある。水底に茂る藻に絡め取られれば人も動物も、水面に上がることなく、青黒い水中に繋がれ続けるのだ。川には魚もいれば貝やザリガニもいる。河口に辿り着いたとしても、全ての肉は喰い去られ、顔も身元も曖昧にしてくれることだろう。

どんなに濡れても寒くはない。身体の芯から熱が湧き上がるから、むしろ雨の冷気が心地良い。

凛子は肉を喰う姉やの腹にいつもそっと触れる。満たされた胃のあたりが少しばかり脹らんで、その丸みが泣きたくなるほど愛おしい。姉やの平鑿（ひらのみ）に似た犬歯に舌を触れると、甘い唾液と血の味が深い恍惚をもたらしてくれる。

「嬢ちゃん、ごめんなさいね」初めての夜、姉やが詫びた。

「どうして謝るの？」凛子は聞いた。

「今は違うけど、最初は嬢ちゃんが、食べたかったの」

「あら、私を食べるの？　どうして？」

濡れた乱れ髪から紅い雫を落とし、姉やが躊躇い、そして話す。

「昔、食べた赤ちゃんのお肉と、嬢ちゃんはとても良く似た匂いだったの。あたし、ずっと奥座敷に閉じ込められていたでしょ？　そこで嬢ちゃん達を食べたくて匂いを嗅いでいたの」

ごくたまに座敷から抜けることはできても、家族の住む場所には鍵がかかっていて入れなかったのだと姉やは言った。凛子が住居から離れた半地下の座敷に入れられていたから、やっと近よることができたのだと恥ずかしそうに打ち明けてくれた。

「姉やに食べられるなら、すてきなのに。どうして食べなかったの？」

「食べられなかったの。嬢ちゃんは傷ついていていてかわいそうで。苦しんでいる匂いが、前にあたしに優しくしてくれた女の人によく似ていたし。それにね……」

言い淀むのを促して、何を聞いても嫌わないと念押しをしたら、やっと姉やは、ぽそり、と言葉を落とした。

「苦しみ過ぎた人は、おいしくないの……」

「今も私はおいしくなさそう？」

「嬢ちゃんを食べたりしないの。だって、あたしに優しくて、かわいらしくて、もう、食べるための人じゃなくなってしまったの」

「いいのよ。私が先に死んだら姉やが食べていいのよ」

凛子は動かなくなった自分が姉やに喰われる様を想う。そして、腹の中を啜られる感触を想起して愉悦に身震いをした。

川面に雨が溶けている。視界の端に肉塊が流されて行く。

大丈夫。誰も自分達を疑わない。着物は小さく裂いて燃やす。消し切れないものは、端正な容姿の男が黙って持ち去ってくれる。短い間に雨粒が大きく脹らみ、顔を上げると雨滴が打擲した。濡れた笑顔で姉やが見つめる。濡れそぼった姿は地上に這い出た乙姫様を思わせる。

歩くたびにじゃらじゃらと、凛子の背中に背負われた金具が鳴った。これを洗って、あとはあの商人に渡せばどこぞで始末をしてくれるはず。

滑らないように気をつけて、二人は土手を越えて人気のない家路を辿る。小綺麗な離れに戻ったら二人で湯船に浸かる。そして、翌日は濡れた着物を乾かして、切り裂いて、最後は古い竈に火を焚いてくべるだけなのだ。

三

「優秀な方で大学の奨学金も早々に自力で返し終わったんですよ」

「この街に戻ってご両親のお墓を守りながら商売をしたいんですって」

近くの呉服屋の女将が滔々と喋る。傾いた商家の傷物の狂女と、優秀とは言われてもやや歳が行き、父親がこの商家から追放されたという過去を持つ極貧の出の男。見合い婆さんにとっては腕の見せ所だ。この難件をまとめあげれば寄り合いでの地位が上がるはずだ。女将を勤める呉服屋は洋品店に押されてばかり。けれども、これを祝言に持ち込めれば縁談目当てで訪れる客も増えるに違いない。

凛子に嫌と言う余地など残されていなかった。見合いという名の顔合わせに、家族一同が盛装して雁首を揃えているだけなのだ。

奥の作業場で作られていた薬や化粧品は、昨今の量産品に押されて売り上げを落とし、古い職人達は次々に去って行った。生き神様の託宣を聞きに来る者も、最近は滅多にいない。

跡取りの兄は家業を放棄して精神科医になると言い放った。まだ十代の妹は顔に薄らと傷がある。狂った自分の所業が、我が身に跳ね返っているとしか思えない。

婿になるという男の見た目は、きっとそう悪くない。鋭角な顎に三角形の眉。笑うと右の口角だけが上がるあたりを人は今風だとか都会的だとか呼ぶのだろうか。

「先輩はね」兄が誇らしげに口を挟んだ。「頭もいいし運動もできるんだ。小さい頃、この街に住んでいたからしきたりもよく知ってるし、うちの出入りの商人達とも、もうずいぶん懇意になっているんだよ」

自分とそっくりの兄。ふわふわとした赤湯色の髪に薄い色の瞳。明るくて、賢くて、今では背が伸びて、自分と並んでも双子雛とは言われないだろう。

着せられた和服の袖口を見ると手の甲までが蒼白だ。血色が悪いわねえ、と呉服屋の女将に控えの間で頬紅をはたかれた。油臭い口紅もつけられた。両親は強ばった面持ちで頷いてばかりだけれど、重たいセーラー服姿の妹は惚れ惚れとした目つきで凛子の振り袖を眺めている。

「私もきれいな着物が着たい」

髪を結われていた時、妹の琴乃が母にせがむ声が響いて来た。

「若い娘は人目を引く格好をしちゃいけません。不良に目を付けられたら大変なことになるのよ」痞症な母の声も届く。

「人目を引いたり、不良に目をつけられたりするような美人じゃないもん」

言い返す琴乃の健やかな声だけが、陰鬱な母屋の中で明るい。

錯乱した姉に傷つけられたことを妹はもう覚えていないのだろうか。時々、屈託なく離れにやって来てはお菓子を食べたり、凛子が職人達の見よう見まねで調合した化粧水をつけてみたりなどしているのだから。

「姉ちゃは何でもできていいよね。きれいだし、読書家だし、お菓子も化粧品も作っちゃうんだもん」

僻むこともなく妹はいつも真っすぐに姉を羨望する。自分は妹の健やかさを妬みにも似た気持ちで眺めているというのに。

「ねえ凛子さんってば」

女将からひときわ高い声をかけられて、慌てて目線を上げると、婿になる男が健康的に日焼けした顔で笑いかけていた。

「最近テニスも始めたんですってよ。今度、教えていただいたらいかが？」

「いえいえ、僕は教えられるほどの腕ではなくて」

男の中音域の声。たぶん、悪くない声。でも、どこかで聞いたような声。

「わあ、嬉しい！　私もテニスやるんですよ」

会話の空隙に、琴乃がするりと入り込み、ぴりぴりとした空気を纏った母が無言で慌てふためいた。

婿取りならこの朗らかな妹に、と凛子は思う。左目の脇に残る小さな傷は目立たない。化粧をすれば全く見えなくなるだろう。上目遣いに場を見ると、姉婿になるはずの男が笑うたび、琴乃が艶やかな頬をほんのりと染めていた。

女中がかしこまった手つきでお茶を換え、黒々とした練り羊羹を並べると、見合い相手の男が茶碗を片手で持ち上げて一口に飲み干し、細い黒文字に羊羹を突き刺して、かぷり、と端を噛んだ。

粗野なしぐさに父と母があからさまに眉を顰め、琴乃はいっそう頬を赤らめている。

「堅苦しいお行儀なんか抜きにするのが現代風よねえ」女将が咄嗟に取り繕う。「男の人は豪快に食べて丈夫にしているのが一番よ」

「おっと失礼」男が白い歯並びを見せて恥ずかしそうに笑った。「根っからの田舎者で作法がわからず、すみません」

そつのない少しおどけた言いぶりに兄と妹だけが、また笑った。

うつむいたままの見つめる朱塗りの菓子皿は宵の紅月に似ている。男が品なく噛み取った羊羹にはくっきりと歯の形。上顎と下顎の正中線が一致しない、やや受け口の歯並び。それをどこかで見たような。異様な既視感と、何やら気味の悪い感情がこみあげる。

動悸が激しくなって胸苦しい。振り袖の襟を緩めようとすると、指先が、そわり、と鎖骨を撫でた。

頭の中で何かが弾けた。

自分が十四の春、乳首のまわりに噛み跡が膿んでいたことを思い出す。破線の円。左右非対称な歯形。黒い練り羊羹に刻まれているのは、あれと良く似ているのではないかしら。全身に古い痛みが幻出した。叫び出さなかった理由はわからない。ただ単に確証がなかったからだけなのかも知れない。

それでも見合いという名の戯れ事は粛々と進み、誰も凛子に喋りを求めることなくその席は終了してしまったのだった。


「姉ちゃ……」

母屋から枝折戸を抜けて来た琴乃が呼びかける。

黒く太い三つ編みが暗色の普段着の上で揺れている。この娘も老舗の嬢ちゃんなのに明るい色の服を一切、着せてもらえない。華美な格好をすると悪い男の人に狙われるからと母が言うのを何度も漏れ聞いた。十五、六を過ぎる頃から、きれいな着物が欲しい、かわいい服が着たいと言わなくなったのは、誰かに姉の身に起きたことを知らされたためだろうか。

「姉ちゃ、お嫁さんになるの？」

朗らかな妹におずおずと聞かれると、自分の顔から血の気が失せる。

「姉ちゃは祝言なんかあげたくないのよね？」

姉やが網をいじる庭池には巨大に育った真鯉が泳いでいた。昔は緋鯉が多かったのに、今は墨色の背びればかりが水面を滑る。昔は澄んだ引き込み池だったと言うけれど、今は青味泥に淀んだ巨大な水たまりだ。外の清流に繋がる小川は泥に埋もれて、みっしりと紫の花菖蒲に埋められている。

「姉ちゃ、私が代わりになろうか？」

「え？」

意味が飲み込めず、丸顔の若い妹を見つめ返した。

「だって姉ちゃはお嫁にはならないって、いつも言ってるから」指先をくるくるとこね合わせながら琴乃がしどろもどろに言葉を繋げた。「その、私はきれいじゃないから自由恋愛なんか無理だし。お見合い相手の人と私ならテニスができそうだし、それに……」

妹の若々しい頬が真っ赤に火照って行くのがひどく眩しくて、そして禍々しい。

「だめよ」自分の強い声が遮った。「琴ちゃんにはまだ早いわ」

「早くないよ。もう卒業だし、姉ちゃはお嫁にならないって、ずっと言ってたじゃない？」

若く健康的な肌を羞恥に染める匂やかさに凛子は感嘆した。同時に、あの婿がこの妹を穢す様がまざまざと目に浮かぶ。

「お婿を取るのは私。家業のためだから」

「だから私が代わりでも……」

「だめよ。琴ちゃんは絶対にだめ」

悪意はないはずなのに、拒絶の言葉は思いのほか厳しく、妹の大きな瞳に、じわり、と透明な雫が盛り上がって行った。

「姉ちゃはいいよね」素直なはずの妹が、固い声を絞り出した。「美人で賢くて手先が器用で。いつも好きなように遊んでくらして、学校に行かなくても怒られないし、きれいな着物も好きなように着られるし、すてきなお婿さんももらえて！」

自分が不思議そうな顔をしているのがわかる。妹の中にくすぶる激情に火がついたのが空気に乗ってひりひりと伝わって来る。

「大嫌い！」妹が叫ぶ。「お嫁になりたくないとか言っておいて、相手が格好良いとすぐに気を変えちゃうなんて、はしたない！　下品よ！　見損なっちゃった」

くるりと後ろを向き、琴乃は枝折戸を開けて駆け抜けて行った。薄茶色の突っ掛けが踏み石を蹴る音が響き、驚いた姉やが池端で網をぽとりと取り落とした。

暖簾を引き継いで事業をしたいだけの男は、相手が妹でも異論は唱えないに違いない。

走る琴乃の背中を艶やかな三つ編みが叩くのを眺めると、何かに絡めとられて動けない胸苦しさがこみ上げて来る。また、白濁した管に繋がれた男の姿を思い出す。死臭を漏らしながら生き続ける姿は、今の自分に重なるのだった。


何年も前に自分を穢した男の人数など覚えてはいない。ほんの数人だったような気もするし、次から次へと数十人の手にかかったかのような覚えもある。

葬ったのは四人。一年ほど前を最後に、姉やが陵辱者の臭いを捕えることはなく、殺戮は途絶えて波風のない日々が続いていた。

あの男は取りこぼされた。他の土地に移り住んで難を逃れたのだ。

古いしきたりに則って奥座敷で首検分を仰いだ時、生き神様が御簾の陰で昏倒した。介抱されて目覚めた彼女が、あれは嬢ちゃんを穢した男だと泣きわめいたけれど、兄は迷信だと断言し、父は凛子かわいさの方便だと決めつけた。だから、御簾の前に座らされた男は、凛子の婿として迎え入れられることになったのだ。

「生き神様の神通力も軽く見られるようになったものです。これも世の流れなのでしょう」

離れで泣きくらす女二人に東方が淡々と言ってのけた。

「ものは考えよう。婿取りなど労働の一種だと思えばいいのです」

「労働……？　何であんな男と……」

涙で袖口を濡らしたまま見つめても、男は顔色ひとつ変えずに零れる前髪を象牙色の肌の上でかき上げただけだった。

「人は食うためにあくせくと働くもの。失礼ながら家業も順調ではなく、将来は嬢ちゃんも労働せずには生きては行かれないのでは？」

「でも知っているでしょう？　私、男の人は……」

「存じ上げておりますよ」画集や薬茶を勧める時と同じ声色には、共感も哀れみも含まれていなかった。「一緒にするのは心苦しいのですが、歓楽街の娘は毎晩、何人もの男を相手にしています。嬢ちゃんの婿はたった一人。実に軽微な労働ではありませんか」

「私、また狂人になってしまう……」

「なりはしません」さらりと言い切って、男は蒔絵の手許箱やら八角の貝桶やらを広げ始めた。「子供には辛い労働も、大人ならこなせましょう。いろいろと修羅場をくぐった嬢ちゃんなら、正気を保つ強さなど、もう身につけておられるのでは？」

男の唇が歪みのない円弧を描いても、濁りのない白肌には笑い皺ひとつ浮かばない。

「家のための婿取りです。ここに乗じてこの先、生きて行けるだけのものをいただいてしまえばいいのです。万一、家の財産が失せても嬢ちゃん達が二人つましく生きて行けるようにね」

「何もいらないの。嬢ちゃん、あたしと一緒に逃げましょうよ」と姉やが涙声を上げた。

「逃げたら琴乃嬢ちゃんが代わりになるだけでしょう」

東方の平坦な物言いに、ごめんなさい、ごめんなさい、と姉やが嗚咽した。

「私は平気よ」と凛子は答えた。

衣桁にかけられた白無垢が、あの老人が着せられた病衣に重なった。身動きできないまま生きる姿も、また自分と似通っている。

清浄と死臭が入り交じった病室をまた訪れてみようと考えた。一対の老人達は今も白い部屋に繋がれているのだろうか。色白の付添婦は奥様にあいたいと望み続けているのだろうか。

離れの外には冬の冷気。東方が小さな手のひらに息を吹きかけ、またひとつ、ふたつと嫁入りの小道具を並べ続けるのだった。


白い病室の中に、色鉛筆が紙をこする音がひっそりと響く。

白い割烹着に白い髪、透けるように白いうなじの老女が、淡い色使いの絵を描いていた。

「旦那様が絵を描いていたことを思い出しまして。私も付き添いの片手間に……」

年老いてはいるけれど可憐な座り姿。指が太くていかついのは、生家が貧しい農家で子供の頃からずっと力仕事をしてきたせいだと奈江は言った。

白い紙の上に描き出される絵姿は自分が良く知る姉やだった。

「奥様のお姿でございますね」凛子は尋ねる。

「ええ、本当に奥様はいつまでたってもお変わりなく、お美しいままで。絵などに残す必要もございませんでしょうが」

もう疑問になど思わない。姉やはずっと、あのままの姿で生きて来た。

白い寝台に縛り付けられた老爺と連れ添って、引き離されて奥座敷に閉じ込められて、そして今は自分の姉やとして過ごしている。赤ん坊を喰う物の怪でもかまわない。年老いない妖魔でも大切な姉やであることに変わりはない。

「旦那様の具合はいかがでございますか？」

病人に、というよりは健気な付添婦へと瓶詰めの飲み物を手渡しながら聞いた。

「いけませんよ」付添婦が寂しそうに微笑んだ。「話しかけても、聞こえておられるのかどうか。動けませんで。お話もできませんで。でも生きているんで、痰が出ます。喉に詰まると死んでしまいますんで、一日に何度か看護婦が痰を吸い取りに来た時、旦那様は声を上げるのでございます」

「声を出す？　何を言うんでございますか？」

「ああ、嬢ちゃん。言うのではございません。声なのでございますよ。喉に太い管を差し込まれて痰を捕られるのが苦しくて、唸るような、嘔吐するような悲鳴を上げるのでございますよ」

付添婦は声を途切れさせて、よるべなく肩を震わせた。

「このままずっと、治ることもなく……」

「ええ、治らないでございましょう。初めていらした時、奥様が震えていなさいました。奥様が旦那様を、生者と見なしていないのが、奈江にはわかりましたのですよ」

老女が取り落とした白い紙が、ぱらぱらと白濁したリノリウムの床に散らばった。

赤い紫陽花や紫の桔梗、ほんのりと微笑む姉やの肩を抱く大柄な男は、目の前に繋がれた老爺の若い頃の姿だろうか。

「そうでございますよ」凛子の目線を捕えて奈江が語る。「旦那様と奥様はそれはそれは仲良しで、お側にいられて奈江はどれほど幸せだったことか。奥様と引き離されても、旦那様に付き添わせていただいております……」

右手に色鉛筆を握りしめたまま、つらつらと奈江が昔話を紡ぎ始めた。

遠い昔、男一人と女二人の、この上なく平穏で、静謐なくらしがあったことを。三人は幸福に、穏やかに時を過ごしていたと。けれどもそれが破られる日が、やって来たのだった。

「村の者が、巡査を連れて踏み込んで来たのでございます」淡々と、それでも悲しみと慚愧を包む声が終末を語った。「生き肝取りから赤ん坊を買い取って喰っているという噂が流れたのでございますよ」

「知れて、しまったのですか……？」

「知れたのではございましょうけれど」奈江は秘め事を打ち明けるように語り続けた。「証拠、と言うのでしょうか？　後で家中を捜しても、何も怪しいものなど出はしませんでしたよ」

「ああ……」上手に隠していたのでございますね、と言いかけて凛子はその言葉を飲み込んだ。

「けれども大昔の巡査という者は、それはそれは乱暴で、何も言わずに奥様を攫おうとして、止めようとした旦那様と立ち回りになってしまったのでございます」

奈江はうつむきながら訥々と語り続けた。時折、横たわった老爺が真っ黒な口から、呻きとも唸りともつかない声を上げるのが、まるで冥界からのあいづちにも聞こえる。

村に赴任して来た巡査が踏み込んだのは、山桜が咲きしきる頃。奈江が一人で桶と柄杓を持って山に行っていた間のことだった。

生き肝取りが来る屋敷、赤ん坊を喰らう鬼の家。陰口を聞きつけて巡査がやって来た。大きな町で偉い職務についていたのが訳があって田舎の駐在にされた男だと、後に知らされた。取り調べをするだけだからと、スイの手を摑んで引き据えようとするのに泰輔は同意しなかった。スイを家の奥に隠し、巡査ともみ合いになり、そして、泰輔は闘った。

「闘ってしまったのですか？」凜子は驚いて尋ねる。「どうしていきなり？　取り調べだけなら……」

「嬢ちゃん、大昔は違ったのでございますよ。田舎にめずらしいきれいな奥様が狙われてしまったのでございましょうよ」

奈江が赤い色鉛筆を白い床に取り落とし、言葉を途切れさせて唇を震わせた。

当時の田舎巡査は素朴な良い男もいたけれど、粗暴なならず者あがりも数多くいた。大きな町から追われて来た巡査には田舎者など人と見なさない類いの者が多かった。

有罪でも冤罪でも、一度、引かれて行ったら、まず無事な身体では戻れない。押し込み強盗の疑いをかけられた奈江の従叔父が取り調べを受けたことがある。山ひとつ越えた町まで縄をかけられて運ばれて、尋問されていたのはほんの二日ほどだった。里の者達が山狩りをして、山窟に潜んだ下手人を見つけ出したから嫌疑は晴れたけれど、家に戻された時は拷問のために両足の脛と手の指が潰されていた。立ち歩きができなくなった彼は、その後も時折、夜中にうなされては奇声をあげ、生涯まともな仕事ができなくなった。女なら胡坐（あぐら）の形に足を組まれた姿で縛られて、足首と手首を括りつけて土牢に放り込まれる。あとは動くこともできないまま性悪の牢番達にいたぶられ続け、一人で立てなくなるほどに下半身を壊されるのだ。

自分の細い悲鳴が白い病室に響いて、奈江が語りを、ふつり、と止めた。

歯がかちかちと鳴り、身体が震えていた。両手を胴に回して、震えを押さえ込んだ。

「嬢ちゃん、どうされたのでございますか？」

奈江が怪訝な顔をして、うつむいた凜子を覗き込んだ。

「なんでもないの。ごめんなさい……。ただ、あの、巡査に連れて行かれた女の人は、縛られて……、その何人もの人に……」

「ああ、酷い話をお聞かせして申し訳ございません」薄い眉に憂いを滲ませて老女が謝罪した。「してもいない罪で引っ張られて、嬲り者にされた女は何人かおりましたですよ。もちろん今ではそんなことは決してございませんでしょう。遠い昔の、奈江が若い頃のことでございますよ」

「そうなの、そうなの……？　ごめんなさい。お話を止めてしまいまして」

「嫌なお話でしたらまたにいたしましょうよ」

「いいえ、聞かせてくださいよ。踏み込まれた後に何があったのか」

凛子は奥歯を噛み締めて、口腔の内側の皮膚にぎりぎりと歯を立てた。舌の上に血の味が迸り、喉の中に呑まれて行く。

「旦那様は奥様を守るために争ったのでございますよ」奈江はためらいながら、それでも凛子の視線を受け止めて話し始めた。「旦那様はお小さい頃から偉い鬼婆様に喧嘩術を仕込まれて来た方でございます。武器らしいものがなくても手近にある水屋の小道具やら農具を使って一度に十人くらいは楽に倒せるはずのお方でございます」

「奥様を守り通したのでございますか？」

「いいえ、いいえ……」奈江は色鉛筆を手放して、ゆらゆらと小さく萎んだ頭を振った。「旦那様は、倒れました。撃たれてしまったのでございますよ。鬼婆様に鍛えられた旦那様のお力も、銃を出されては無力でございました。撃ったのが巡査なのか、加勢に来た猟師だったのかは聞かされておりません。私は山にいてその場にはおりませんでしたが、今でも旦那様を撃った男の頭を石で叩き潰したいのですよ」

怪我人が十人以上も出たとか、撃たれた後も数人が絶命させられたとか様々な話が伝わっている。高い竹塀に囲われた屋敷は焼き払われ、負傷した泰輔と女二人は引き離された。泰輔の実家がいち早く異変を聞きつけて三人を引き取ったけれど、スィと奈江があうことは、それ以降、一度もなかったのだ。

「旦那様はお身体がうまく動かなくなりまして、私が付添婦のお役目を仰せつかりました。この病院に入れられるまではずっと、ずっと、私が田舎の小さい家で旦那様と一緒にくらして来たのでございます」

「ずっとお二人で過ごされたのですか？」

「奈江には孕んでいた子がありましたが、取り上げられて里子に出されてしまいました。その後、面倒ごとなどないよう旦那様も奈江も断種されて細々と生きて来たのでございます」

白い床に落ちた赤い色鉛筆を老女がそっと拾い上げ、十二色の揃った木の筆箱に納め、言葉を失った凜子に語りかけた。「たったそれだけ。それだけのことでございますよ」と。

「奥様は……、奈江さんにあいたかったのでしょうね」まだ震えの残る唇で凜子は言葉を返す。

「ずっと生き神様として、屋敷の奥座敷に閉じ込められて、奈江さんに良く似た匂いの人を求めていたのですよ」

「奥様は、今は嬢ちゃんのお側なのでございましょう？　幸福でいらっしゃるのですよねえ？」

「幸福……？」

頰を、つるり、つるり、と温いものが伝い落ちた。

怪訝を感じて指で触れると、それは幾筋もの涙だった。

「嬢ちゃん、ご不幸なのでございますか？　奥様も何か悲しんでおられるのでございますか？」

「いいえ、いいえ、大したことではございませんよ」声を出すと、口内の咬み傷がぱっくり開いて新しい血の味が喉の奥へと落ちて行った。「つまらないことですよ。嫌な男の嫁にさせられるだけですよ。喉を掻き切って殺したいくらいに憎む相手と祝言をあげるのでございますよ」

「めでたいとも忌まわしいとも、何とも言いようのないことでございますねえ」奈江が呟いた。

「でも、嬢ちゃん、それほどお嫌いでしたら、折りを見て殺しておしまいなさいませよ」

「折りを見て、殺す、のですか？」

「簡単でございますよ」奈江が忍びやかな笑顔を浮かべて、真っすぐな瞳で見つめながら言った。

「人など簡単に死にますんで。濡らした枕紙で寝ている方の鼻と口を覆うなどすればすぐに息絶えますよ。お酒などきこしめさせておけば万全でございます。覆い被さられて見つめられるのが嫌なら目を潰してさしあげればいいのですよ」

「そんな……、恐ろしい」

「いえいえ、すぐに行えとは申し上げませんですよ」素朴で、そこはかとなく品のある表情で付添婦が告げる。「耐え切れなくなったら殺すことができるのだと、目を潰すこともできるのだと、そう思うことが力になるのでございます」

「思うことが力になるのですか？」

「偉い鬼婆様のお言葉でございますよ。力など決まりごとひとつで無力に変えられると。でも隠しておけば機が巡って来た時に使えるものなんだそうでございます」

凛子は思い出す。顔見知りの商人が与えてくれたとろりとした水薬があったことを。

「いわゆる媚薬というものでございます」姉やが席を外した隙に、男は薬の瓶を手渡して言った。

「強い催淫の効果がありまして、これを婿様に使いますと嬢ちゃんは相当に過酷な目にあいましょう。その代わり、他の女に……、もし思い出の乙姫様に出会ったとしても、やがてはこの薬なしには手出しも難しい身体に成り果てていくかと」

男は薄い唇に笑顔を象りながら、続けて教えた。

「いいようにされていてはいけません。嬢ちゃんが力を持って強くなって、支配すればいいのです。そして、あれを守ればいいのです」

「嬢ちゃん、お願いでございます」目の前の老付添婦の声が、凜子を今に引き戻した。「お辛いこともございましょうが、何とか奥様がお幸せでありますよう、守ってさしあげてくださいましよ。嬢ちゃんがお強く、幸せであることが奥様の幸福なのでございましょうよ」

「守る……」

「奥様はあの通りゆらゆらとした弱い方。誰かが側でお守りしなければならないのでございます。嬢ちゃん、お強くなってくださいましよ。奈江が嬢ちゃんに、鬼婆様から伝わるものを少しばかりお教えすることもいたしますので、なんとか、なんとか奥様を……」

深々と頭を下げる彼女のうなじを、白い後れ毛がふわふわと撫でていた。

傍らの白い寝台からは、年老いた男の喉を抜ける枯れた空気の音。これは老爺の苦痛の呻きなのかしら。それとも女達の会話を聞き取って、なにかしらを懇願する声なのかしら。

「強くなりますよ」凜子は答える。「私は奥様にずっと助けてもらって来たので。これからは奥様を守りますよ」

「ああ……」奈江が頭を下げたまま、深いため息を漏らした。「嬢ちゃんがついていらっしゃるのなら、奥様がお幸せなのでしたら、奈江も旦那様も安心してここで生かされていきますよ」

白い病室の中、寝付いた男の喘鳴が通奏低音のように響き続けているのだった。

括られていた手首が疼く。血が滲む肩口に紗綾模様の寝衣が擦れ込む。過ぎたばかりの一夜を思い出して凜子は叫びかけ、そして震える口元を血の気の失せた手のひらで押さえ込んだ。

労働だと割り切って婿として据えられた男を受け入れた。彼は狂人でも嫁にする男。その父親はこの家に仕えて生き神様に追放された人間だ。

筒型の電気行灯（あんどん）の照らす中、婿になった男に名前を呼ばれても、全く声が出なかった。遠慮がちに背後から肩に手を置かれ、その感触にぞわぞわと全身の産毛がそそけ立った。

反射的に手で振り払う。そしてまた、狂った叫びが喉を裂いて迸ろうとする。けれども昨夜、寝室に絶叫は響かず、喉を抜けようとする悲鳴はくぐもった濁り声になって口中にこもるだけだった。

「凜子さん」婿になった男が、顔を近づけてもう一度、名を呼んだ。「俺だって知ってるんです。大勢に無理矢理犯されてから、叫び出す発作が起きるって」

口元が男の手できつく塞がれて、喉の奥に悲鳴が震えていた。

「初夜で暴れられると困るんです」

のしかかった男が笑うと、遠い記憶の中の陵辱者の嗤いに重なった。右側だけが上がる唇。上顎と下顎の正中線がずれた、独特の噛み合わせ。

「我慢してくださいよ」男が続けた。「自分で会社を作るには資金がない。何しろ親父が生き神様に追放されて落ちぶれた無職者だったから」

手が外されて口腔の奥深くに布を詰められた。次に床柱に両手を縛り付けられた。身動きできない眼前で、婿と呼ばれる男が、ばさばさと衣服を脱ぎ捨ててゆく。

「脇腹に大きな火傷の痕があるんですって」

「お嫁さんが見つかりにくかったのはそのせいだって、ここに出入りする美男の商人さんが言ってたわ」

見合いが終わった後、呉服屋の女将がまくしたてていた口上を思い出す。

露わになった身体には、左の胸元を覆うように赤く引き攣った火傷の痕。凛子はそこに目を据えた。男の顔よりも赤黒い引き攣れを睨みながらの方が耐えられそうだったから。

火傷痕の縁に、天女が覆う薄い被帛(ひはく)が棚引いたように見えた。幻視だとしても、美しい天女が舞う様が見えるなら陵辱も屈辱もやり過ごしやすいだろうか。あのひらひらとした布は姉やが奥座敷に呼ばれる時、肩にひらめかせていた薄絹にとても良く似ている。

どうして今、あの柔布が見えるのかと訝って目をこらすと、それは男の肌に彫り込まれた、入れ墨の断片だったのだ。

ぐぅ、と喉が鳴る。

覚えている。見たことがある。

あの夜、あの廃屋の中で自分をいたぶり尽くした男の一人が、左の胸に筋彫りを入れていた。ちょうど火傷と同じ位置に、同じくらいの大きさの、ほんのりと微笑む乙姫様の姿絵を彫り入れていた。

ぐぅ、とまた自分の喉が鳴る。それは白く濁った病棟で老爺が漏らす空気音にあまりにも良く似た声だった。

床柱に手を括る布が手がぎちぎちと軋み、詰められた布の奥で呻き声が喉を壊した。彼女の視線を辿り、男がそれを認めて自嘲する。

「やっぱりわかりますか？」整った顔立ちを野卑に歪めて婿が言った。「縁談があったから大急ぎで自分で焼いて消したけど、端が残ってしまいました」

縛られた手と口を塞ぐ布に身動きが取れない。同じだ。今の自分は白濁した病棟で仏様になれずにいた老人と同じだ。

「ほんの子供の頃にさ、この家の奥座敷で親父を追放した生き神様に惚れたんですよ。若気の至りで絵姿を彫るくらい、いかれちゃって」

手足と首が、胴にぶら下がる棒のように脱力した。

「いたずら坊主だった俺は、あの藍色の御簾の中に忍び込んで、ちょっとの間、生き神様に遊んでもらったんだ。おそろしいほどきれいで、良い匂いがして、目が眩んでしまいました。抱きしめられて耳を甘噛みされて、首に歯を立てられて、うっとりしているところを侍女に見つかってひっぺがされた」

そう言えば、いつか姉やが言っていた。小さい子は、大人よりもずいぶん甘くて、皮も薄くて食べやすいの、と。

「あの乙姫様みたいな生き神様は先代？　あんまりきれいだったから、今でも夢にみるんだよ。凛子さんの兄さんに話しかけたのも、この縁談に飛びついたのも、あの生き神様が忘れられなかったせいかも知れない……。凛子さんを手込めにした夜も生き神様にあいたくて、この家に吸い寄せられたんですよ。たまに酒なんか飲むと、無性に生き神様が恋しくなってしまう」男はふと呆けた目を泳がせ、唇の片端を上げて言い繋ぐ。「わかっている。あの乙姫様は、もうとっくに婆さんになってしまっているんだって」

聞かせるでもない。独白でもない。男はうわ言に似た呟きを吐きながら、凛子の衣類を剝いでいった。

「乙姫様……」

思い出す。十四の自分の耳元で、そう呟いた男がいたことを。

「乙姫様はこの嬢ちゃんみたいに御開帳はしないんだよ」

嬲るだけ嬲った後、男は嘲るように言い放っていた。

姉や……

塞がれた喉の中で凛子は呼んだ。

抗いたい意志も嫌悪も、常夜灯の黍色の中に掻き消えた。そして、痛みも怖気も意識の奥底へと潜り込んで行った。

身体を差し出していれば、きっと食い止められる。こんな者の目に姉やを触れさせたくない。今度は姉やを自分が守るのだ。

「嬢ちゃん、お強くなってくださいましよ」

白い病室で話し続ける女の声を、今、思い出す。

組み天井に、黒い影が揺れていた。あれは自分を弄ぶ男の蠢き。この部屋は閉じられていて、あの夜のように花びらなど舞い込みはしない。数もわからない者共が順繰りに、あるいは同時に数人が責め苛むわけでもない。だから、少しも辛くなんかない。

凛子は微笑んだ。なんて楽な労働なの、たったこれだけで済むのなら自分はとても幸運で、ぞっとするほど幸福なのではなのかしら、と。

きらきらと弱い朝陽が忍び寄る頃、手首に喰い込む戒めも弛まった。休むこともなく絡み付いていた婿も、いぎたない寝息を立て始め、全身を濡らす唾液も乾いて行こうとしている。脱皮した蛇皮のような寝衣を羽織って、ずるずると壁にもたれながら離れに逃れると、姉やが薄明かりの中で啜り泣いていた。

ごめんなさい、ごめんなさい、とまた姉やが嗚咽した。いいのよ、と凜子は肩を撫でて呟いた。赤く剝けた手首の疼痛が強まる。遠い昔と同じ歯形が、乳の周囲に赤い花のようにちりばめられている。

あの男が欲しがるのは福々しい乙姫様。ならば隠してやればいい。自分が耐えれば守ることができる。

姉やが激しく咽び泣き、凜子はその漆黒の艶髪に頬ずりをした。

「姉や、心配しないで」割れた唇で青白い耳元に呟いた。「こんな労働、何ともない。馴れれば楽にやり過ごせるようになるはずよ」

姉やがまた、声を漏らして泣いた。

「姉や、何かを私に食べさせて。甘い果物を皮や種ごと私に与えてちょうだい」

黒檀の目が見上げた。濡れそぼった睫毛の陰で大きな瞳が涙で流れ落ちそうだ。

「私は大丈夫。それにね……」

続きを言わずに凜子は微笑む。

「月に一夜か二夜ほど耐え忍べばいいのです」端正な顔の男が妖しく微笑みながら言っていた。

「あとは跡取りを一人産んで与えてやれば終わり。心配などいりません。今はもう産で命を落とす時代ではありませんから」

紅珊瑚の唇が見なれた形に吊り上がり、白い歯の粒がちらちらとその奥に光っていたのを忘れない。

大丈夫。あのきれいな顔の男が良い水薬をくれたの。婿が自分の身体にむしゃぶりついても、やがてはこの薬なしには何もできなくなって行く薬。味も臭いもない優れた薬。酒に混ぜて差し出せば疑いもなく飲み下してくれる。

姉やが真っ赤な杏の籠を抱きかかえ、泣きながらごりごりと実を噛んでいる。紅い唇の中で、皮も種も潰されて甘い唾液と交じっているはずだ。

「姉や、またお引っ越しをしましょうね」咀嚼に蠢く頰に、血の滲む唇を寄せて呟いた。「お山の中にある洋館をもらったの。この家にはあの男が居着くから、私は月に数日だけ労働して残りはお山の家に隠れるわ。そして姉やはずっとお山にいて私を待っていてちょうだい」

姉やがぽろぽろと大きな涙の粒をこぼし、透明な雫が唇の端に溜まった。果実と唾液の甘さに少しだけ塩の味が混じるのだろうか。それが風味を引き立ててくれるだろうか。

「労働を重ねればきっと赤ちゃんができるわ。そうしたら姉やにあげましょう。家にも、あの男にも、くれてなんかやらないわ」

姉やが頰と唇を動かしたまま墨色に滲む瞳で見つめ、凜子は寝衣をはおり直して姉やの肩を抱きしめた。

漆黒の艶髪を撫でて姉やの唇に舌を差し入れると、とろける滋味が注ぎ入れられた。甘さに身体の痛みも薄らいで行く。この先は自分が姉やに与えられるものができる。その悦びと舌に触れる甘味が溶け合っていくのだった。

四章　藍色御殿

一

古い、幼い思い出は母の化粧部屋。女子衆の目を盗んで忍び込み、鎌倉彫の三面鏡をそっと開いてみた時のことだった。

縦長の鏡には、歳の離れた兄や姉、そして母にそっくりなきれいな女の子が映るはずだった。白肌に涼やかな目元。長い睫毛の奥の瞳の色は薄く、髪はつやつやの赤湯色。けれども照り返す鏡の中からは、色が黒くて眉毛の太い、ごわごわとした癖っ毛の女児が見つめ返していた。裸足で裏路地を駆け回る貧しい子供達と、悲しくなるほど見分けのつかない顔だった。

あれはみっつかよっつの頃だったろうか。鏡の中の自分はよだれかけをつけていたから、もしかしたら、もっと前だったのかも知れない。

とっくに二十歳を過ぎた琴乃は思う。大人の目で自分の容姿を眺めてみれば、ごく平均的で、飛び抜けて醜いということもない、と。けれども幼い日、三面鏡を開いた時に穿ちこまれた容貌への諦念は、今さら埋めようがない。

あの日、鏡台の端には洒落た化粧品の瓶が並んでいた。金細工で飾られた口紅や百合の絵が描かれた白粉箱の煌めきが、自分の凡庸な顔に不似合いで哀しかった。それらのほとんどが自宅の裏工房で職人達が作ったものではなく、遠い街の大きな化粧品会社から取り寄せた品物だと知るのは、もっと大きくなってからだったけれど。


琴乃はそろりと夜具の上に起き上がる。

隣に眠っているのは姉婿の航平。彫りの深い小麦色の顔。筋肉質な首元や腕はしなやかだけれど、威圧的なほどがっしりしているわけではない。汗に溶けた整髪料の香りが今朝も枕元にぼんやりとわだかまり、口元に付着した血が透明な涎に混じって乾こうとしている。脇腹に残る火傷の痕は、今夜も痛々しくて哀れで、だからこそ少しばかり愛おしい。

薄く開いた唇が、また寝言に別の女を呼んだ。

「乙姫様……」と。

いつものことだ。この姉婿は寝床の中で、深海に潜む女神の名前を呼ぶ。そして、寝酒にまかせてその女がどれほど匂やかで美しかったかを滔々と語る。

幼い日、ぎちぎちと秋蟬が鳴きしきる中、この家の奥座敷で乙姫様の膝に抱かれたのだと言う。淡藍色の御簾の陰、薄物をまとった女は水天神社で見た乙姫様にそっくりだったと。彼女は彼の耳たぶを唇に挟んで「坊やの柔らかいお肉を食べたいの」と甘く呟いたのだとか。

義兄が乙姫様と呼ぶのは、奥座敷に飼われていた生き神様。年齢から考えて、多分、先代の女だろう。

最後の生き神様が託宣を迷信と誹(そし)られて家を出たのが、十年近く前。祝言をあげたばかりの凛子に連れられて、山の家に移り住んでしまった。姉が実家に戻るのは年に一度かせいぜい二度。

スイという名の生き神様を伴うことは決してない。乙姫様に焦がれた航平は、守り神のいない広大な家屋敷と傾きかけた家業と、家に居着かず子も産まない妻だけをあてがわれて生きている。

横たわる哀れな姉婿の唇にそっと口づけしたいのか、それとも踵で寝顔を踏み潰したいのかが、よくわからない。口づけなどしようものなら、下品なことをするなと、また殴られるのだけれど。

障子の向こうには真っ白い満月。少し離れた自室に戻るため夜具の中から抜け出すと敷布がきしきしと忍びやかな音を立て、航平が薄らと目を開けた。

「凛子さん」

姉の名を呼んで自分の手を摑み、起きぬけの半眼で琴乃を認めて手を離した。

「もう戻ります」擦り傷のある肘を押さえてそう告げる。

「ああ、おやすみ」

引き止められることはない。眠りながら呼ばれるのは乙姫様、側に求められるのは姉の凛子。しかたがない。自分の容姿は平凡過ぎる。美しい姉の代替品にしては見劣りし過ぎるのだ。しかも、可責される時間は短くなっている。急速に飽きられているようにも思えるし、姉婿に不自然なほどの衰えがあると感じられる時もある。

きつく摑まれていた足首が黒ずんでいる。立ち上がりざま微かな痛みが走り、かくり、と片足が崩れた。

「丈夫なくせに倒れるな」義兄が言う。「凛子さんに比べたら、頑丈だけが取り柄なんだから」

いつも寝屋で嚙まれたり、打たれたりを繰り返されている。それでも衣服から出る場所には決して痕など残されることはないから、まわりの誰もが打擲(ちょうちゃく)に気づきはしない。

憧れていた姉婿に、初めて触れたのは何年前だったろうか。

抱きしめられた時は、恥ずかしくて顔を伏せた。「かわいい」と言われて身体が崩れ落ちるような幸福に眩めいたのを忘れない。唇で首筋を撫でられて、嬉しさとくすぐったさに声を漏らし、しがみついて身をよじったら、次の瞬間、平手で強く頬を殴られた。

あの時、姉婿は酒を飲んでいたはずだ。彼は潤んだ目で琴乃を見つめて言い放ったのだ。

「さかりのついた声を出すな。下品に抱きついたりするんじゃない」と。そして続けて言った。

「女は黙って動けずに、怯えていればいい」と。

泣くのはかまわないそうだ。嫌がったり痛がったりしてもいいそうだ。けれども声を出したり、悦んだりすると殴られる。そして、耳元で乙姫様の名を呼び続けられる。

最近は殴られるのに馴れて来た。腹は拳で、腰は平手で打たれる。そして最後に、姉に比べてつまらない、物足りないと繰り返されるのだ。

「凛子さんはね、何をされても身動きひとつしないからきれいなんだ」

「魚のように表情のない目を見開かれていると、いくらでも虐めてやりたくなるんだよ」

確かに姉はいつも、よろめきながら、寝衣に少しばかり血を滲ませて明け方の寝室から現れる。そして幽鬼のような姿で壁に縋りながら、よろよろと離れへと消えて行く。自分はまがりなりにも立って歩き去ることができる。夜明けまでいたぶられることもない。男は深夜には寝付いてくれる。だから自分が凛子よりつまらないというのは事実なのだろう。

この屋敷から逃げ出したいと思うのは、夜半の闇に紛れて自室まで歩く時。

いつかはここを離れて一人で家を借りたい。誰にも頼らずひっそりと生計を立てて生きて行ければと思うのだ。

陰鬱な通夜の席に姉の凛子が現れた時、集まった親戚達がざわめいた。覚束(おぼつか)ない足さばきで席に進む顔色が、二人の死人よりもさらに白かったからだ。

近くに住む伯父夫婦が揃って亡くなった。二人とも川貝にあたり、三日三晩、絶え間ない嘔吐と激しい下り腹に苦しみ抜いた挙げ句の死だった。

両親は凛子を呼びつけるために電報を打っていた。体調がすぐれないと返す姉に、戻らなければ迎えに行くとか、医者を向かわせるとか、無気力な父と母がめずらしく騒ぎ立てて呼び戻したのだった。

「具合が悪いのなら戻って寝た方がいい」

「通夜で倒れたら死人に引かれるから」

かけられる声に姉は掠れ声で「心配ありませんから」とだけ応じ、自分を呼びつけた両親にひっそりと背中を向けた。

「貝毒で死人が出たのは今年、三回目かねえ」

ひそひそ声が薄暗い座敷に広がっている。

「今年の川貝には、きっと何か良くないことが起こってるんだよ」

「以前なら生き神様が嗅ぎ付けて、人死にが出る前に託宣をくれたのに」

年寄り達が昔語りを始め、両親に気遣った者に軽く肘を打たれて話をやめた。

親族も近隣の人々も陰で言っている。薬種問屋が傾いているのは生き神様を粗末にしたからだと。知恵の足りない生き神様でも祀らなければ災厄をもたらすのだと。噂が聞こえるたびに両親と姉婿はいたたまれなげに肩をすぼめ、遠い街で医師になった兄は迷信だと鼻でせせら笑う。そして生き神様を連れ去った凜子は噂話にも陰口にも眉ひとつ動かさず座っているだけだった。

馬鹿らしい話だと琴乃は思う。古臭い薬種問屋など、新しい製薬会社や化粧品店に押されて消えていくのが当たり前だ。生き神様など何の関係もありはしない。

凜子が焼香のために立ち上がった時、ふらふらとよろめいて、ぱたりと畳に水晶の数珠を落とした。隣に座った姉婿の航平が細い肩を支えたけれど、姉は彼を一瞥もしないでその手を、ぴしゃり、と振り払った。そのしぐさに、側に座る人々が息を飲んだ。凜子は跪いて数珠を拾い上げ、もう一度立ちかけて、そして力が尽きたように座り込んだ。

「姉ちゃ、帰ろう。私が付き添うから」

姉の肩に手をかけると、自分の手の黒さや指の太さがことさら目立つ。

通夜で倒れられてはたまらない。この先、葬儀もあれば初七日の法要もある。今のうちに休んでおけと車を呼ばれたのは、ごく当たり前の成り行きだった。

「婿の航平さんがいなくても、丈夫な琴乃ちゃんがついてりゃあ安心だろう」

ありきたりな信頼の声が琴乃の耳に刺さった。

『丈夫』。この言葉が示すのは健康だけではない。少なくともこの街では、体格がいい、がっちりした、という女にとっては不名誉な意味も、ほんのわずかに含んでいる。細く華奢で色白な姉。色黒で少しばかり上背と肩幅がある自分。容姿など気にしないと決めてはいても劣等感は消し切れない。

「ちょっと琴乃ちゃん」産婆の千恵が、玄関で凜子の履物を揃える琴乃の袖を引いた。「あんたの姉さんねえ、ちょっと私に診せてくれないかしら」

五十過ぎの彼女は筋張った身体からひどく大きな地声を張り上げる。ひそひそと話しているつもりなのだろうけど、その声は座敷に届いていたに違いない。

「姉ちゃを？　これから？」

「後でもいいよ。産婆の目はごまかせないからね。早いうちに診せといた方がいい」

上背のある自分より頭ひとつ半ほど小さい女が、窪んだ眼窩の中から鋭い目つきで見上げていた。

この熟練した産婆と琴乃の家との繋がりは浅くない。薬種問屋が始めた今風の薬屋に管理者の名前を貸しているのが彼女なのだ。若い頃から才女と呼ばれ、遠い街の薬学校を出ていながら今は産婆に転身したという変わり種だ。暇な薬屋の店番に倦んだ琴乃が、この腕利きの産婆のもとに出入りするようになったのは数年前。今では助手見習い、などと中途半端な呼称を与えられて簡単な手伝いを任せられるようになっている。

「千恵さん、ご心配かけてすみません」上がり框に屈み込んだ姉が、静かな声を上げた。「でも大丈夫です。山からの長旅で疲れが出ただけですので」

「嬢ちゃん、寝てなきゃだめよ」千恵は譲らない。「後であたしがそっちに診に行くから」

「姉ちゃ、具合が悪いなら相談に乗ってもらおう」

言いながら琴乃は数ヶ月前の冬の姉を思い出していた。あの時、凛子は丸い腹と少しふくよかになった胸をしていたはず。おめでたなのかと聞くと、少し太っただけなのだと笑っていた。不自然な太り方だった。孕婦にしか見えない身体つきだった。

「いいえ、少し休めば治ります。お忙しい千恵さんにご足労かけるまでもありません」

きっぱりとした物言いだった。少なくとも琴乃ならそれに言い返せない。

「馬鹿言っちゃいけませんよ」海千山千の産婆が地力を含んだ声を上げた。「大事にしなきゃいけない時期ってもんがありますからね。今のうちに産婆に診せときなさい」

「ありがとうございます。それでは日を改めてこちらからうかがいますので」

血の気の失せた顔で毅然と言い放たれると、他者は物言いを封じ込められてしまう。そうでなくても少し肩をすぼめた姉の立ち姿は美しく、何やら気圧されるのだ。

呼ばれた車に凛子を乗せる時、千恵がまた琴乃の袖を引いた。

「蒸し暑いけど凛子嬢ちゃんには髪を洗わせちゃいけないよ。新聞なんかも読ませないように」

「え？　それって……」

言いかけた琴乃を車の中から凛子が呼んだ。

「琴ちゃん、早く乗ってちょうだい」と。

門前から車が走り始めると朱黄色の霊灯が遠ざかり、琴乃の肩に頭を乗せた凛子から麝香と乳の香りが漂った。

姉は他人に身体を診せる気などないのだろう。山の家に帰れば人の病を嗅ぎ取り、身体に良いものを選んで食べさせる姉やがいる。遥か後ろで黄色い点に窄まって行く霊灯の前に千恵が立ち続け、彼女の姿も後方にだんだん小さくなって行った。


母屋の広縁から枝折戸の向こうの離れを眺めると、凛子が寝室にしている八畳間からまだ黄色い灯りが漏れている。

「こんな時は馴れた場所で寝る方が落ち着くのよ」母屋に布団を敷こうとした琴乃に蒼白な顔で姉は言った。「何かあったら呼び鈴を鳴らすから琴ちゃんが来てちょうだいね」と。

母屋と離れの間に架けられた渡り廊下はもう使えない。古くなって、板が抜けて、茶色の結霜ガラスにはひびが入ったままだ。その下にあった小川は泥に埋まり、菖蒲と蒲の穂が流れの名残を象ってみっしりと生い茂っている。

　離れは気味が悪いと琴乃は思う。元は隠居用で、当然のようにここで何人かの年寄りが死んだ。妾の腹の上で死んだ爺もいたとか、死んで腐って全身に白い小虫を吹き上げていた男もいたとか。業病を煩った者を死ぬまで隔離した時代もあると伝え聞いている。真実なのかどうかは知らない。父や母は語ろうとせず、昔を知る使用人も辞めて行った。それでも凛子とスイがいれば居心地が良かったのに、今はただの廃墟にしか見えはしない。

　夜空には細くぼやけた月。葉だけになった桜の大木が春風に大きく揺れた時、離れの黄色い灯りが、ふぅ、と闇に溶けるように消えた。

　姉は今、休んだのだろう。ならば自分は通夜振る舞いの席に戻るべきなのだろうか。決めかねて、迷って、姉が苦しんでいないのを確かめてから通夜に行こうと、琴乃はそっと庭を抜けて離れの戸を開けた。

「姉ちゃ」小声で呼んでみるけれど、返事はない。「姉ちゃ、もう眠っているの？」

　寝室に敷かれた布団。休んだ跡はない。月の薄明かりの中、姉の姿は見て取れない。

　もしかして倒れている？　ふと頭をもたげた疑問にぱたぱたと座敷を走って横切った。

「琴ちゃん？」小さな水屋から声がする。

「姉ちゃ、どこ？　大丈夫？」

「来なくていい。平気だから」

　返答が弱々しい。体力を削がれた声は埃臭い昏がりに揺れて、そのまま冥界に消えて行きそうだ。

「姉ちゃ……」

「琴ちゃん、こっちに来ないで！　お水を飲んでるだけよ！」

姉らしくない、きつい声だった。その厳しさに異状を感じ取り、琴乃は小さな離れの中を走り抜けた。

「来ないでちょうだい！　来ないで！」

寝屋の八畳間を横切り、油石の土間を裸足で踏んで琴乃は駆け抜けた。

古い家屋にそこだけ不似合いな今風の台所器具。お菓子を作りたいと姉がねだって設えた当時、一番新しい様式と言われた水回りだ。

茅色のタイルを貼りつめた流しの前には、丸い乳房を両手で揉む女の上半身が浮かび上がっていた。

葡萄の房にも似たたわわな乳を流しに差し出しているのが姉だとわかるまで、何秒かの時間が過ぎた気がする。

姉ちゃは、ほっそりしていて、胸もそんなに大きくない人だったよね、と琴乃は考えた。

この水屋を改装した頃、白タイルがはやっていたけれど、まだ十四、五歳の凜子はあえて地味な茅色のタイルを選んだ。「姉やと二人でお手入れする水屋は汚れが見えにくい色にしたい」と、大人びたことを言ったとか。

タイルが白ければ気づかなかったかも知れない。姉の胡桃色の乳首から吹き出す乳の白さは、流しが茅色だったから見て取れた。

「姉ちゃ！」琴乃は叫んだ。

「来ないでって言ったのに」凛子が悲鳴に似た声を出した。

姉が肩に白い糯袢を引き上げると、胸元にじくじくと染みが広がり、甘い乳の匂いが漂った。

「何でもないの」声の静けさがことの異質さを際立たせていた。「ちょっとお乳の病気になっちゃっただけ。膿を出せばすぐに楽になるから」

「お薬は飲んでる？　明日、お医者さんに行こう」

「ゆっくり寝れば治るから」

「お医者さんに診せようよ。私が付き添うから」

言いながらあやまちに気がついた。凛子が病院に行くわけがない。姉やがいればいいのだと言い出すに決まっている。

「行かない。帰って姉やの言うことを聞いていれば治るはずよ」

「素人に頼ってちゃだめだよ。ね、病院に行こう」

言いながら琴乃はまた言葉選びを間違ったと悔いていた。

「姉やの悪口を言うの？」案の定、姉は言い返した。「素人ですって？　姉やをいらない者だって言う訳？」

「え？」話の流れが、摑めなかった。「スイさんがいらないとかじゃなくて……」

「今さら姉やより、医者を信じるなんて身勝手よ。生き神様とか言って祀り上げて、何年も奥座敷に閉じ込めて、いらなくなったら川に流すなんて許さない」

「姉ちゃ、川に流すって……？」

姉の言うことが理解できなかった。

ただ、記憶に刻まれたスイの繰り言が薄く、薄く、頭の中に浮かんだ。

「世の中の人がみんなお利口になったから、あたし、もういらなくなっちゃったの」

「そのうち川に捨てられて、海に流されて、藍色の竜宮城で人魚に生きたまま食べられるの」

姉の襦袢の胸元が濡れて行き、腹に向かって逆さの涙型の染みになった。甘い香りが広がる。

それは懐かしい乳の匂い。産婆の千恵に連れられて見舞いに行った、産後の女が放っていた初乳の匂い。

腕利きの産婆の言葉の意味が、頭の中で形作られる。

「髪を洗わないように」

「新聞を読ませちゃいけない」

それは産後の長血(ながち)に悩む女に与える忠言だ。

「姉ちゃ、もしかして、赤ちゃんを産んだ……？」

「そんなもの、どこにもいない！」

姉の双眸が水屋の暗がりでてらてらと光っていた。

「だってそのお乳は……」

「赤ん坊なんていない。いたら抱っこして連れて来るはずでしょう？　私の言うことを信じないの？」

白い唇に白い頬。結い上げた髪が幾筋もほつれて、ふわふわと襟元に揺れる。合わせ目から覗く深い乳の谷間に、椅子に腰掛けて中空に浮かせた裾。その様はいつか掛け軸の中に見た、古い幽霊画に似通っていた。

「姉や、助けて……」ふいに凛子が哭いた。「姉や、姉や……、こんな場所に来たくなかった。一緒にいたかったのに。せっかくお肉があったのに。お乳が痛いの。助けてよ」

駆け寄って、抱きしめた時、琴乃はあらためて背筋に寒気を感じた。

姉が子供を産んだなら、その子は一体、どこにいるの、と。

凛子が咽び泣く中、がたがたと母屋の玄関戸が開く音が聞こえて来た。

「ごめんくださいよお」

「嬢ちゃん、お手伝いはいりませんかねえ」

近くの者の声だ。通夜で凛子の不調を聞いて、様子を見に来てくれたのだろう。

姉の震えと嗚咽が、ぴたり、と止まった。

「琴ちゃん、母屋に戻りなさい」

胸元から離れ、乱れた髪を撫でながら凛子が命じた。それは聞き慣れた声だった。静かで気高くて、有無を言わせない声だった。

「ご近所さんに凛子は長旅で疲れただけと伝えて。不調法のお詫びもしておいて。そして、もう休んでいるかららって引き取ってもらってちょうだい」

豹変ぶりに呆ける琴乃に姉は手近なハンカチーフを渡して続けた。

「琴ちゃん、お胸のあたりが汚れているわ。軽く拭いて、何か肩に羽織って出なさいね。今夜は肌寒いから羽織ものをしていても変じゃないから」

呆気にとられる琴乃の耳に、また玄関からの声が届く。

「琴乃嬢ちゃん、帰ってますよねえ」

「何か変わったことはありませんかあ。入りますよお」

琴乃は慌てて母屋に走る。

頭の中を、今見たばかりの姉の姿がちらついた。そして数ヶ月前、姉の家を訪ねた日のことも、また思い出されるのだった。

最後に姉達が住む山の洋館を訪ねたのは、半年近く前。初雪が降り始める頃だった。

そこは琴乃達の家が豪商と呼ばれていた時代、保養地を作ろうとして頓挫した場所だ。小さな洋館の側には渓流と小振りな滝があり、いつも静かな水音が聞こえている。白い壁に藍色の瓦屋根が洒落ているけど住みにくそう、といつも琴乃は思う。薄い漆喰壁は寒気に弱そうだし、木枠の窓は風の日はがたがたと騒々しいに違いない。

この家を訪ねていいのは家族の中で琴乃だけだ。両親も兄も、そして姉婿さえも、決してこの家に招き入れられることはない。

「琴ちゃんにあうのは何ヶ月ぶりかしら」

あの日の姉は、確かにふくよかになっていた。

大きなストーブにたっぷりの薪。居間は暖かく、白い窓枠に区切られた歪みガラスは白濁した蒸気に曇っていた。

壁には葉書ほどの大きさの、額装された女人像が何枚も飾られている。背の高い竹塀の前だったり、桔梗の束を抱えていたりと季節を変え衣装を変えはしているけれど、描かれている女の顔はどれもスイだった。誰が描いたのか尋ねると「いつか琴ちゃんにも紹介するわ」とだけ姉は答えていた。

対面ハッチの向こうからは焼き菓子の匂い。姉が作る甘いものが好きで、子供の頃はよく離れに忍んで行ったことを思い出す。

「そろそろ焼けるかしら」

凛子が台所に向けて身体を捻ると、衣服の上に微かだけれど不自然な丸みが浮かび上がった。

「姉ちゃ、お腹が……」

なめらかな肩の上に淡い色の束ね髪が流れて、豊かになった胸の下、ふっくらとした下腹部が見て取れた。

「あら、琴ちゃん、どうしたの？」

「あの、姉ちゃ、おめでたなの？」

祝言をあげて十年ほど。姉が家に居つかないせいもあってか、まだ子宝には恵まれていない。

「琴ちゃん、ひどい。ちょっと太っただけなのに」

「でも、そのお腹は……」

「お菓子を食べ過ぎちゃった。最近、私が作る磁器を買ってくれる人が増えたから、忙しくてお散歩もできないのよ」

違う。女の身体は腹と乳だけがせり出すような太り方はしない。産婆の手伝いなど始め、近くの漢方屋に好んで出入りする琴乃にはよくわかる。

白い皿の上に切り分けた乳白色の泡菓子。この辺で取れるという野苺のジャムが真っ赤に振りかけられている。

大昔ならモダンと呼ばれたかも知れない古い台所からスイが小さな壺を持って現れた。

「嬢ちゃん、紅茶にあったかい牛乳を入れて飲むといいの」

「ええ、たくさん入れた方がいいのよね」

姉ちゃは紅茶に牛乳なんか入れる人だったかしら？　怪訝な思いで琴乃は、濃い紅茶の中に泡立つ乳を眺めていた。

「姉ちゃ、病院には行ってないの？」

あの時も自分はおずおずと聞いたはずだ。

「病院なんて、行く必要がないわ」

「お医者さんなんていらないの。嬢ちゃんには、あたしがついているの」

二人の女が同時に喋り、そして顔を見合わせて薄く、薄く、微笑みあった。

スイがべたりと床に腰を落として椅子に腰掛けた姉の膝にもたれかかり、凛子がその黒髪を撫でる。自分は見なれているけれど、この二人が寄り添う様を両親は薄気味悪いと言う。父は目のやり場に困るとぼやき、母は娘が生き神様の慰み者になったと嘆くのだ。

「姉ちゃ、一緒にお医者様に行ってみようよ。兄ちゃに紹介してもらってもいいじゃない」

「どこも悪くないのに？　姉やがいれば心配ないわ」

「あたし、嬢ちゃんを病気になんかしないの」

案の定、二人は違う言葉で同じ拒絶をした。

「スイさんは素人でしょう。身体のことはちゃんとお医者様に診せなきゃ正しいことはわからないよ」

思わずきつめの声を出すと、スイが丸い唇を少し震わせて目を逸らした。

「琴ちゃん、なんてひどいことを言うの」穏やかなはずの姉が叱責した。

「嬢ちゃん、しかたがないの。今はお医者様の方が偉いの。託宣なんていらなくなったって、あたし、知ってるの」

「そんなことない。姉やがいるから私は元気なのよ」

「でもあたし、嬢ちゃん以外の人からは、どんどんいらなくされてるの」

自分はごく当たり前のことを言っているはずなのに、この小さな家の中では異端に変わる。

「いらなくなったら、あたし、また川に捨てられるの」スイが凛子の膝に顔を埋めて嘆き、黒髪がとろとろと肩から背中へと流れ落ちて震え始めた。

「私がそんなことさせない」姉の細い指がスイの長い髪を解きほぐした。

「あたしね、川に捨てられたら、藍色の海の底に流されて、竜宮城で人魚に食べられるの」

「川に流されるなら、その前に私がちゃんと縊り殺してあげるから」

お決まりの会話だ。昔、生き神様呼ばわりされた女は時々、年寄りのように自分の存在の希薄さを悲しみ、川に捨てられるだの、人魚に腹を裂かれるだのと言い募る。そのたびに凛子は婆さん孝行の孫娘じみた口調でなぐさめる。

姉は言い出したことを曲げない。少し時間を置いて、頃合いを見計らって。そう考えてあの時は山の家を後にした。毎日の生活に取り紛れて、というのは言い訳だろうか。姉のことはそのままになり、そして伯父と伯母の死を迎えたのだった。

二

湿った風がとろとろと流れ込み、軒下の風鈴がころころと重たく鳴った。

蒸し暑い座敷で向かい合っているのは三人。兄と琴乃と、そしてひょっこり尋ねてきた東方という名の商人だ。

「このたびは御愁傷様で」

さらさらとした黒髪の小柄な男が白いうなじを見せてお辞儀をし、澄んだ声で悔やみを述べた。

両親と義兄は二七日法要の手伝いで留守だった。凜子は葬儀まで義理立てるかのように滞在し、早々に山に引き上げた。蒼白な顔で仏前に座る姿は凄絶で、琴乃もおせっかい焼きの叔母達もいたわる声すらかけられなかった。だから彼女が山に戻ると言い出しても誰もそれを止めはせず、むしろ初七日は凜子がいないから空気が和らいだとまで言われたほどだ。

琴乃は今日、些細な理由を口実に兄の慶太郎を実家に連れ帰り、二人で話す時間をこしらえた。早くから寄宿寮に入った慶太郎は、明晰で筋道だったことばかりを口にして、言い返せない親は彼を煙たがる。けれども琴乃は率直な物言いをする、美形の兄を慕っていた。

「医者嫌いか、困ったもんだ」話を聞いた慶太郎は端正な顔に苦渋を浮かべて考え込んだ。いざとなると男の兄に出産の疑惑は言い出せず、姉が病院に行こうとしない、と曖昧な相談だけで終わってしまったのだけれど。

「医者嫌いも当然かも知れないけどねえ」兄は眉を顰めて考え込む。「凜子は傷物にされた時、医者の診察でずいぶんその……、だから男の医者を嫌って……」

「うん、知ってる」

陵辱された姉を看護婦が三人掛かりで押さえつけ、男の医者が親の目の前で凜子の下半身をはだけて治療したと聞いている。まだ十四だった姉は裂けた喉から「いやよ、いやよ」と声を振り絞って泣き叫んでいたと言う。それ以降、彼女は医者が来ると吠え狂って遠ざけるようになったのだとか。姉が粗暴になり、琴乃を傷つけたりしたのは手込めにされたせいだけではなく、診察のためだと言う使用人もいたものだ。

「医者嫌いな人こそ、まず精神科に来て欲しいんだけどなあ」

「ちょっと兄ちゃ、その理屈は無茶でしょう」

　こんな時、兄の明瞭さが忌々しい。姉が今さら身内だからという理由で病院に頼るはずもないだろうに。

　兄が困り果て、妹が言い足りない相談事に言葉を失っている時に、からからと玄関の格子戸を開いて東方がひょっこりと現れたのだった。

「兄ちゃ、こちらは東方さん。時々、珍しいものを持って来てくださる方」

　座敷に上げて紹介すると兄の慶太郎が、凜子にそっくりの端麗な笑顔で微笑んだ。

「覚えていますよ。僕が寮に入る前、海外の絵本や玩具を持って来てくれた方ですね」

「お見知りおきくださいまして恐縮です」

　琴乃は対面する美男二人に目を奪われた。象牙めいた硬質な白肌の東方、血の色が薄桃色に透ける色白の兄。東方の髪の毛が烏の濡れ羽色なら兄は赤湯色の艶髪だ。いずれも人目を引くほどに整った容貌で、女の自分だけが悲しくなるほどみそっかすだ。

「僕は早くから寄宿学校に入れられたので、ここに住んでいたのは二十何年も前まででした」全く訛のない口調で兄が言う。

「ええ、慶太郎坊ちゃんは賢いお子様だったと。とても優秀で今はお医者様になられたとか」慇懃な口調で商人が応じる。

「東方さんは当時から全く変わりませんね。今も学生にしか見えません。僕が子供の頃、すでに大人だった人とは、とても思えませんよ」

「当時、出入りしていたのは父でございましょう。早くに亡くなって私がお得意様を継ぎました」白い指の商人が、東方朔(はじめ)、と書かれた名刺を差し出した。「ややこしくて恐縮ですが名前も父と同じです。いわゆる屋号のようなもので、代々この名前で皆様とお取引をしております」

「先代に家族があったとか息子がいたとか、僕も父も聞いていなかったはずです」

「お小さかったのに、よく覚えておられますね」東方が口角を高く持ち上げて微笑み、琴乃はその艶麗さに瞳を吸い寄せられた。「なにしろ北へ南へと渡り歩く商人。あちこちに立ち寄る塒などあったりいたしましまして、叩けば埃が出る、と言いますか……。おっと嬢ちゃんの前で失礼いたしました。坊ちゃん、どうぞお察しくださいませ」

少年でまかり通る男が生々しい生活感を垣間見せ、兄が無遠慮に聞き込んで行く。

「では当代の東方さんも港港に女あり、ですか？」

「ちょっと兄ちゃ、それは失礼よ」たまらずに琴乃がたしなめる。

「嬢ちゃん、お気遣いなく。情けないことに私は手のつけようがない甲斐性なしですから」

「女が放っておかない美男なのに？　ちなみに当代の東方さんはおいくつですか？　僕より、いや琴乃よりもずいぶん若く見えますすよ」

「恥ずかしながら遠い昔に三十を過ぎております。こう見えて慶太郎坊ちゃんよりずいぶん年寄りなのですよ」

「兄ちゃ、あんまりお聞きするのは失礼だってば」

はしたないと言われるのを覚悟で琴乃が横から、また口を出してしまう。

「嬢ちゃんにたびたびお気遣いいただき申し訳ございません」

「いいえ、率直すぎる兄でごめんなさい。それに私ったら、お茶を出したまま座り続けて……」

本来なら茶を出したら女は奥に引っ込まなければいけない。差し出た口は慎まなければいけない。考えてみれば、東方と対等に口をきける女は凛子しか、この家にはいないのだ。

「いえいえ、私は女の方とお話がしたくてたまらないのです。もちろん嫌らしい意味ではありません。何が欲されているのか、どのようなものが売れるのか、そういったことは家を取り仕切る奥様やお洒落なお嬢様、そして家事を生業にする女子衆にお聞きするのが一番なのです」

「そう言えば……」琴乃はふと思いついて口に出す。「東方さんは姉ちゃと仲良しでしたよね？」

「凛子嬢ちゃんは大切なお得意様です」

商人は十代と言っても通じそうな、あどけない笑顔を琴乃に向けた。

「山の家にも、時々、行っているはずよね」

「はい。お二人が必要とされる日用品やら書物やらをお届けにあがっております」

「東方さんは遣り手だ。世間知らずの女にふっかけてるんじゃないかな」

慶太郎が皮肉を言い出し、琴乃は兄を睨み、その膝を叩いてまた諫めた。

「凛子嬢ちゃんは賢い方。むしろ私がたじたじするほどで。最近は嬢ちゃんが焼かれた磁器を、頭を下げて買い取りさせていただいております」

「凛子が陶芸を？　それは知らなかった」

「趣味で始めたそうですが、瞬く間に買い取りたいという方々が増えてまいりました」

姉の焼く磁器は模様も何もない、ただ白いだけの茶器だ。見るからに素人の造形で器の厚みも不均一だけれども、えも言われぬ艶と手のひらに吸い付きそうな温かみがある。

「姉ちゃは、その、変わりない様子で……？」別方向に流れそうな話を琴乃が押しとどめた。

「この前に来た時、ちょっと具合が良くなさそうだったから」

「数日前は姉やと仲良く元気に過ごしておられましたよ」

「姉やというのは最後の生き神様と言われたスイ？」慶太郎が榛色の瞳を向けて東方に聞いた。

「ええ、凛子嬢ちゃんに忠義なスイさんです」聞かれた商人は淡々と答える。

既視感に淡い眩みを覚えた。似ている。この二人を女にしたら見た目が凛子とスイに重なるのだ。ただ、姉達は肌を溶かして肉ごと触れあうかのように融和しているのに、兄と東方は、明と妖、と言ったら良いのか、合理と古式、と呼んだら適切なのか。それぞれが放つ気配が違い過ぎる。会話も交わりそうにない。側に座っているだけで、微妙な空気の軋みすら感じられる。

「スイさんは何代目の生き神様になるのか東方さんは知りませんか？」

「さあ、部外者の私はそこまでは」

「先代の東方さんから聞かされていませんか？」長い睫毛の陰で兄の瞳が探りの色を帯びている。

「昔は生き神様にかなり金をかけていたはずですよ」

「生き神様のこしらえを納めるのは私どもだけではなく。スイさんが代々同じ名で呼ばれていたのは聞いておりますが、何代目になるかは坊ちゃんのお父様もご存じないかも知れません」童顔の商人は小首を傾げて沈黙を挟み、そして言葉を続けた。「この機会に慶太郎坊ちゃんが調べてみるなどいかがでしょう」

慶太郎が細い顎を親指と人差し指で軽くつまむ。それは彼が物思いする時の悩まし気な指癖だ。温い風が風鈴の影を畳の上に揺らめかせ、ころりころりと重たい音が奏でられた。

「まずは当代のスイさんの出生地を調べるなどして。調べ事など請け負う者もおりますし」

「なるほど……」

兄が顎をつまみながら、桃色の中指で自分の頬の輪郭をなぞる。これは思考が深まった時の仕草。こうなると何を言っても兄の耳には届かない。

「ああ、当主様のお留守にすっかり長居をしてしまいました」

にぃ、と笑って商人が辞去を述べたけれど、兄はおざなりに会釈を返しただけだった。

座敷の空気に粘度が増したのは年齢の読めない商人が発した妖しさのせいだろうか。それとも思考に没入した兄の放つ硬質な空気との対照だろうか。

「琴乃はスイさんとも仲が良かったはずだね？」

東方が立ち去った後、こぼれた前髪をかきあげながら兄が聞いた。

「そうね。姉ちゃとスイさんはいつも一緒だから」

「スイさんって何歳くらい？」

「え？　知らないの？」

「琴乃、僕はね」慶太郎は言い淀んで言葉を切った。「スイさんと言う人を見たことがないんだよ」

「何で？　同じ家に住んでいたのに？」

「正確に言うと遠目にちらっと、凜子とじゃれている女を見てはいる。でも顔かたちがわかるほど側では見ていないし口をきいたこともない」

背中をぞわりとした畏れが撫で上げた。

「僕は奥座敷に近よったこともない。託宣の時も、男の子だからと入れてもらえなかった。それから多分、航平さんも、スイさんを見たことがない」

「嘘！　航平義兄さんは子供の頃、生き神様に抱っこされたって……」

言いかけて気がついた。それは先代の生き神様。祝言の後、姉は山の家から一度もスイを連れ帰っていない。

「スイという女は本当にいるのかな？」

「いるよ！　私は一緒にくらして来たし、山の家に行けば姉ちゃと一緒だよ」

「なら、なぜ僕達は見たことがないんだろう？　航平さんは酒を呑めば必ず美しい生き神様だとか艶かしい乙姫様だとか言い続けている。古臭い因習でも、それほど崇めるなら家に馴染むかと、それでここの跡取りに適していると思ったんだが……」

　雄弁な兄が話を切った。言われなくてもわかる。通夜の席で姉に手を打たれる義兄。十年近くたっても産まれない跡取り。兄は知らないだろうけれど、彼は自室に義妹を引きずり込み続けている。家業は持ち直されることもなく、ずるずると坂道を転げ落ちるように下って行く一方だ。

「兄ちゃ、山の家にスイさんにあいにいこうか？」

「いや、僕が行っても凛子が入れてくれないだろう」

　義兄が山の家に押し掛けたことがある。両親が訪ねた時もある。山の家はいつも留守だった。

「来て欲しくない人は姉やが嗅ぎつけるから、二人で遠くに逃げるのよ」姉が可笑しそうに言っていた。「だからね、ここに遊びにきていいのは琴ちゃんだけなの。来る前には必ずお手紙で教えてちょうだいね」と。

「僕はスイという女のことを調べてみようと思う」

「じゃあ私は、昔の使用人に聞きに行ってみる」

　親に問う選択肢は最初からなかった。二人は何も教えはしないだろう。家業が傾き、長男は跡取りを拒み、傷物の娘の結婚生活は破綻した。手許で花嫁修業をさせようとした末娘は産婆の助手の真似事など始め、行き遅れになろうとしている。失意ばかりを重ねた両親は早々に老け込んで隠居を決め込み、残された資産を細々と食いつぶしながら温泉巡りばかりしているのだ。

四十九日の法要のため実家に戻って来た凜子の肌には艶が戻り、きめ細かい頰にも指先にも淡い血色が透けていた。腰の細さはそのままで、胸の膨らみ具合は着衣の上からでは確かめようもない。

姉は両親とおざなりに言葉を交わし、無表情のまま蛙が控え目に鳴く離れへと歩み去った。食事も母屋で摂ろうとしない。ご用聞きに少量の野菜やら魚やらを届けさせて、茅色の水屋で一人分か二人分をこしらえて琴乃だけを招いてくれる。

「これだけで足りるの？」ご飯のお代わりを繰り返しながら琴乃はいつも聞く。

「山の家でどっさり食べているから。ここらの野菜はあまり新しくないから食が進まない」姉はすぼめた唇に薄味の総菜を押し込みながら答える。

凜子とスイが小さな山に分け入って山菜や木の実を採り、沢で山葵（わさび）だのオランダ芥子だのを摘んでいるのを知っている。近場の農家から野菜や米が届けられ、山の猟師から肉を買っていると言うから、街場のしなびた食材は口にあわないのだろう。

琴乃はいつも思う。美しい女は食も細いのか、と。かまわない。大柄で吊り目で太い眉の自分は美女ではない。だから好きなように食べて丈夫でいるのが良い。

「琴ちゃんも山の家でくらせばいいのに」姉はいつものように誘う。

「だって山には洋品店も化粧品店もないんだもの」妹は断る。

それに千恵さんのところで覚えたいこともいっぱいあるし、と言いかけて止めた。

「着るものは東方さんに届けてもらえばいいのよ」妹の目に過（よぎ）った逡巡を読み取って姉は続けた。

「お化粧品は私が作るのを使えるでしょう？　焼き物も教えてあげるから」

姉は廃れた薬種問屋で打ち捨てられた化粧品造りの道具を、全て山の家に運び込んだ。そして古来の方法そのままに、薬研（やげん）で材料を潰したり、寸胴鍋（ずんどうなべ）を木篦（べら）でかきまわしたりして化粧水やら乳液やらを作っている。

「大きな町の大きな会社で作られる化粧品なんて嫌」姉は言う。

そこでは生きた兎の目をこじあけて液体石鹸を流し入れたり、白鼠の皮膚を破いてクリームを擦り込んだりして、安全かどうかを調べているのだとか。そして姉は言い添える。「姉やに嗅いでもらえば肌につけていいかどうかなんて、すぐにわかるのに」と。

「私も整髪料を凛子嬢ちゃんから買い求めておりますよ」いつか東方が言っていた。製造の許可など取っていないし、日持ちはしないけれどかぶれにくいからと、彼が買い取ってあちらこちらで密かに売り捌いているらしい。

「ねえ、兄ちゃんに整髪料をあげてみたら？　お店で売ってるのは臭くて嫌なんだって」

「あらそう」

何の感情も含ませずに凛子は答えた。姉はいつもそうだ。家族の話題になると声からも表情からも温かみが瞬時に消え失せる。

「欲しがるなら琴ちゃんが渡してあげて。次に来る時までに作っておくから」

「姉ちゃから渡してあげれば喜ぶのに」

「いやよ、面倒くさい」

姉の対応はにべもない。

「ええと……。スイさんは、元気？」

「ええ、とっても元気。一人だとかわいそうだから早く帰ってあげたい」

スイが凛子の姉に見えていたのはいつ頃までだったろう。今ではあの元生き神様は自分の妹に、いや下手をすると歳の近い姪に見えないでもない。

離れのまわりには、実をつけなくなった山柿が葉を艶めかせている。荒れた庭に、紫陽花が固い蕾を丸め、小川の跡に茂る菖蒲の蕾が割れて紫色の花びらが見え始めていた。

「ここの紫陽花は薄紫ばっかりねえ」凛子が呟く。「昔々、ある村に曼珠沙華のように真っ赤な紫陽花があったそうよ」

「真っ赤な紫陽花なんて見たことない。どこに咲いているの？」

「全部枯れてしまったらしい。見ることはできないけどお話なら聞かせてもらえるはずよ。琴ちゃん、一緒に聞きに行く？　もしかしたら絵も観せてもらえるかも知れない」

「行きたい！」

喜んで答えたものの、行き先が美術館なのか博物館なのか、あるいは園芸場なのかを聞けなかった。なぜなら凛子がそろりと箸を置いたから。それは楽しい夕餉の終わりの合図。姉妹だけの時間は過ぎた。姉は離れで湯を沸かし、一人で身体を流して夜の勤めに入るのだ。

「ごちそうさまでした」琴乃も箸を置いて箱膳に手をあわせる。

「お粗末様でした」凛子が返す。

白い頬に、もう和やかさは浮かんでいない。姉はこれから夜が明けるまでの義務を果たす。自分より華奢で小柄な姉の痛々しさを思いながら、琴乃は離れを後にして行った。

閉じられた襖の外に、琴乃は音を立てずに座る。

襖絵は花の丸。卯の花色の襖紙に花々が円形に鏤められて、内側の空虚を際立たせていた。襖の部屋側には愛らしい唐子が踊っている。早く赤ん坊が授かるようにと願いを込めたものだろう。

山の家に居着いた姉を母屋に戻るよう、両親が強硬に説得したのは祝言の翌年のことだった。早く跡取りが欲しいだの、孫の顔が見たいだのと言い募る父と母に対して、凛子は全く感情を含ませない声で言い放った。

「傷物がまともに子供なんか産めるわけないでしょう」と。

あの時、座敷の空気が固まった。姉だけが冷笑を浮かべていた。以来、誰も跡取りの話を口にしなくなり、琴乃がしつこく縁談を勧められることもなくなった。

ゆっくりと崩れて来た家は、あの時の姉の一言で毀れ切ってしまったのだと思う。

襖の向こう側から絹布団の擦れる音が聞こえて来た。

「乙姫様……」

姉婿の呟きが聞こえる。まるで同じ。自分をいたぶる時も、姉を責め苛む時も、あの男は遠い昔に魅せられた深海の姫様を呼び続ける。姉の声は一言も漏れて来ない。布団と寝衣の軋り、電気行灯が蹴られて畳に横たわる音、枕元の徳利が倒れて粘度の高い酒が漆盆に溜まって行く気配。

姉はここに入る時、必ず燗をした酒を運ぶ。風味を引き立てるのだとか言って、透明な液体を流し入れているのも知っている。

「いつも魚のような冷えた目をして」姉婿の囁きが聞こえる。「俺を軽蔑して、恨んでいるんだろう？　馬鹿にしているんだろう？　俺が惨めになればなるほど嬉しいんだろう？」

聞いていればわかる。姉婿が遠い昔、幼かった姉を辱めた男達の一人であることが。

多分、姉はそれを知って祝言をあげた。だから自分が代わりに婿取りをすると言った時に、理由も言わずに撥ね除けた。

そして、はっきりと覚えている。祝言の前、奥座敷で最後の生き神様が泣きわめいて昏倒した時のことを。

薄藍色の御簾が垂らされた奥座敷は、姉婿が言うように、まるで青い水の底のようだった。青磁の香炉からくゆりたつ煙が絵天井に当たって、丸く広がって行く様は水面の波紋を思わせた。

「だめなの、だめなの！」

甲高い声が静謐を破り、続いて生き神様の叫び声が響き渡った。

「あれはいけない男なの。嬢ちゃんを虐めたの。悪い男だから側によらせちゃいけないの！」

穏やかなスイしか知らなかった琴乃は、御簾の陰で髪を振り乱して絶叫する生き神様に恐れ戦いた。当時はまだ二人ばかり残っていた女子衆がばたばたと足音を立てて走り込み、錯乱する彼女を取り押さえた。

身にまとった薄物を乱し、結い上げた黒髪を崩して生き神様は暴れていた。裾が乱れて露わになった足が藍色の御簾を破って、二匹の白蛇のようにのたうっていた。

姉は具合が悪いと言い張って奥座敷に来てはいなかった。首検分に引き据えられた男はただ背中を丸くして座っているだけだった。

今、襖の向こうで、姉婿の唇が鳴る。姉の悲鳴が小さく響き、次に力任せにどこかの肌が打たれる音がする。

「下品な声をあげるんじゃない」聞き慣れた言葉。よく知っている言い回し。「女は黙って怯えていればいいんだ。大勢によってたかって犯された時みたいに、おとなしく痛めつけられてればいいんだ」

打擲の響きが、また伝わってきた。関節が軋る音もする。姉は今、不自然な形に手足を開かれて身体を歪められているのだろう。

耳を澄ませば姉が自らの唇を噛みしめる音も聞こえて来るだろうか。ばらけた髪の毛が掴まれて、力任せに何本か引き抜かれる痛みも感じ取ることができるだろうか。

「俺は乙姫様に喰われ損なって、生き神様に拒まれた婿だからな」男の呟きが、また聞こえる。

「だから人並みに優しくできるわけないいんだよ」

寝所で酒をあおった男は、いつも無惨な酔語を垂れ流す。

「若い頃は堅物の苦学生だったんだ。酒場で知り合ったごろつきと老舗の嬢ちゃんを襲うような男じゃなかったのに」

琴乃は耳をそばだてて冷笑する。男の慚愧が、憎らしく、同時に心地良い。

酔語と暴虐は夜が明けかけるまで延々と続く。自分に対しては、手を緩める時刻が急激に早くなった。けれども姉への苛虐はいつまでも止むことがない。嫉妬などは起こらない。ただ、姉が痛ましいと思うだけだ。

「乙姫様……」惨めな男がまた囁く。「あの時、俺を喰ってくれれば良かったのに……」

琴乃が最初に襖の外に座ったのは下卑た好奇心から。殴られるのは自分だけなのか、美しい姉は寵愛されているのか、それをどうしても知りたかったのだ。

一度だけのつもりだった。けれども窃聴するうちに凛子に同化して、不幸が薄まって、そして姉の美しさが自分に移るような気持ちに冒され始めた。ここに座って凛子の痛みを感じると、痛ましさに涙ぐみながら、身体の中にぼぅと妖しい熱が灯るのがわかるのだ。

泥が溜まった庭池で蛙がまばらにが鳴いている。

もやもやとした満月がゆっくりと西の垣根に落ちて行く。

もうじき責め苦も終わるだろう。だから琴乃は音をさせずに立ち上がる。やがて姉が喜悦に満ちた笑顔を浮かべてよろめき出て来るはずだ。なぜ姉が笑うのか、琴乃にはわからない。苦痛でもない、男に対する蔑笑でもない、姉は確かな喜びの表情を浮かべて襖の向こうから現れるのだ。

古い廊下は、歩けばぎぃぎぃと不穏な音を立てる。どこを踏めばいいのか、どこに触れてはいけないのかは熟知している。だから決して足音を立てることなく琴乃は立ち去る。

胡粉色にもやる月が威丈高な高麗門の陰にさしかかっていた。遥かな背後に襖がそろそろと開かれて、古い廊下が姉の白い足に踏まれて、ぎぃ、と悲鳴に似た軋りを上げた。

琴乃は自室に戻って離れに立ち去る姉を想う。そして布団に横たわり、輾転としながら小鳥の囀りを聞き始めるのだった。

「嬢ちゃん、お久しぶりでございます」

凛子の姿を見つけて、白い割烹着の付添婦が親し気に声をかけた。白い病棟の白い廊下にいた老女は華奢で小柄で色白で、折れそうに細い足に分厚い靴下を履いていた。

曼珠沙華みたいに真っ赤な紫陽花の絵を観に行きましょう、と凛子に誘われた。だから喜んでついて来た。それは四十九日の法要の翌々日のことだった。

明け方まで義兄になぶられた姉は呵責の痕跡などまるで見せていない。むしろ前よりも頬の桃色が鮮やかで、紅の下から唇の赤さが色めいていた。

「何ヶ月ぶりでございましょうねえ。奥様はお元気でございますかねえ」

「山の家でとっても元気でございますよ」

「この頃は雨が多くて奥様もだるがっておいでてでしょうに」

「奥様のおられる山はここより涼しいんでございますよ」

姉と老女の不可思議な言い交わしに琴乃は目眩に似た戸惑いを覚えた。凜子が嫌がる病院に足を踏み入れている。聞き慣れない訛の言葉をあやつる様も初めて見た。

「奥様は下には降りて来ないんでございますか？」

「俗な場所にいるより、お静かな山に籠っておられたいそうで」

凜子が使う土臭い訛音。同じ言い回しで喋る老女。共通点など何もなさそうな二人。けれども違和感が、ない。調和している。そして、二人の発する空気が溶けあっている。

「あら、嬢ちゃん、このお方は？」

ひとしきり季節の話題を交わした後、小さな老女が琴乃を見つけて問いかけた。

「あら奈江さん、すみませんねえ。こちらは私の妹の琴乃でございますよ」

幻惑の元に気がついた。高貴な姉が躊躇なく喋っているのは、山出しの女中言葉だ。

「まあ、琴乃嬢ちゃんでございますか。はじめまして。付添婦をしている奈江と申します。凜子嬢ちゃんにはいつもお世話になってございます」

か細い姉よりさらに細く老いた身体を曲げて、年取った女が頭を下げた。

「はじめまして。琴乃と申します」

「妹は本家の母屋でくらしているんですよ」普段は寡黙な姉がするすると喋る。「身内を褒めるようで恥ずかしいんですが、この子はそりゃあ賢くて、明るくて、人当たりが良くて。これから職業婦人になると言っておりますんで」

「ええ、ええ、賢いのはお目々を見ればよぉくわかりますですよ。本家の血筋でお元気なこともわかりますですよ」

「琴ちゃん」凜子が琴乃に目を向けて、突然にいつもの喋り方に戻った。「奈江さんは入院している親戚の付添をしてくださる方。絵がとてもお上手で、真っ赤な紫陽花の絵を描いておられるのよ」

「嬢ちゃん、恥ずかしいでございます。絵は素人の手慰みですのに」

「奈江さんの絵はお上手でございますよ。また見せて欲しいんですよ」

恥じらう老女が可憐だった。どこかでこの人を見たことがあるような、そう考えて、小首を傾げるしぐさが目にとまり、そしてそれが姉の凜子によく似ているのだと気がついた。

「ここでは何ですんで、談話室でお待ちいただけますでしょうかねえ」

「じゃあ琴ちゃん、そこの廊下を左に曲がった談話室に先に行っていてちょうだい」

二人の女は横の病室に入って行き、琴乃だけが一人取り残された。

十畳ほどの談話室も床は白いリノリウム。二人がそこにやって来るまで十分か二十分ほどだったろうか。畳の小上がりで淹れた玄米茶の湯気が失われる頃だった。白い頬に繊細な首筋。淑やかな内股で、歩くたびに柳腰がゆらゆらと揺れる様子が異様なほどよく似た女達だった。

「旦那様はもう……」

「ええ、生きていることがおかわいそうで、お辛そうで」

二人が陰鬱に言い交わしていた。ひそひそとした会話だけを聞いていると、どちらが奈江の声なのか凜子の声なのかがわからなくなる。

「死ぬよりも辛いでございましょうに」

「生きているのが、苦しいでございましょうに」

「床ずれが腐るのでございますよ。骨まで見えるのでございますよ」

白い病棟で彼女達がぼそぼそと発する声に、意識がもやもやと溶かされて、思考が痺れて行きそうだ。

「琴ちゃん」姉が呼びかける。「ねえ、琴ちゃんってば」再び呼ばれて肩に手を置かれる感触に、初めて朦朧から抜け出した。

「どうしたの？　琴ちゃんったら、目を開けたまま眠っていたの？」

「あ、ええ、ごめんなさい。ちょっとぼんやりしちゃって」

「私がいつもと違う言葉を使っていたから驚いたんでしょう？」

「うん、ちょっとね」

「奈江さんとお話ししているうちに覚えちゃった」

奈江が一まとまりの紙束を、ぱさり、と黄ばんだ畳の上に置いて言った。

「下手ではありますけれど、よろしければご覧くださいませ」

「ほら、琴ちゃん、曼珠沙華みたいな真っ赤な紫陽花よ」

指し示された紙の中に手鞠咲きの紫陽花の絵が、色鉛筆で赤く塗られて咲いていた。

「私が奉公していた所の紫陽花でして。お屋敷がなくなったら全部、枯れてしまいましたよ」

「きれいなお花なのに残念なことでございますねえ」

「他の土に移しても、あわなかったようでございますねえ」

会話に入り込めない手持ち無沙汰に、琴乃は絵をめくる。赤い紫陽花の絵の次に現れたのは高い竹塀の前に佇む女の絵。艶やかな垂らし髪の女は赤い紫陽花を抱えて立っていた。写実的な絵だった。だから凝視するまでもなく、その女の名前がすぐにわかった。

「これ、スイさん……？」

憂いを帯びた老女の顔に、ふわりとした笑みが宿った。

「琴乃嬢ちゃん、奥様をご存知でいらっしゃるのですか？」

「え？　奥様……？」

「ええ、存じ上げておりますよ」凛子が脇から口を挟んだ。「妹は奥様とも仲が良くて。奥様がおられる山の家にも時々、来てくださいますよ」

「ありがたいことでございますねえ」老女が呟く。「奥様がお若い方々と交わっておられるのなら奈江は思い残すことはございませんよ。奥様が来てくださらなくてもいいんでございます。奈江は旦那様に触れながら、手慰みにお姿を描かせていただきますので」

真っ赤な紫陽花の絵。花の束を抱いてスイが佇む絵。そして琴乃は思い出す。これは小さな額に入れられて、山の家のあちこちに飾られていた絵と同じ画風なのだと。

「嬢ちゃん、まだお辛いことはありますですか？」老女が尋ねた。

「ええ、それなりに辛いこともありますよ」姉が答えた。

「ご亭主の目に映るのが嫌なのでございますか？」

「ええ、ええ、もちろんでございますよ」

くすん、と鼻を鳴らして老女が笑った。

「早く目を潰してしまいなさいませ」

「いえいえ、そんなもったいない。ひと思いには潰したくはありませんよ」

良く似た風情の女二人が目を見合わせて、鈴を転がすような声で笑いあった。

「琴乃嬢ちゃんもお辛いことがおありでしょうか？」

「え？」突然に問いかけられて琴乃は戸惑う。「ええ、その、人並みには……」

「嫌な人に襲われましたら目を潰してさしあげなさいませよ」

「え、それはどうやって……」

自分を苛み、あからさまに軽んじる男の酔眼がふいに脳裏を過った。

「利き手の指四本をまっすぐ揃えますんで」華奢で儚気な老女は真っ白な睫毛の被さる瞳で琴乃を見上げた。「次にお嫌な方のお鼻に中指を載せるんでございます。琴乃嬢ちゃんのようなかわいらしい方が顔に触れたら、どんな方でも油断するんですよ」

凜子と奈江が、また目を交わし合った。

「あとは中指を額に向けて滑らすだけでございます」

凜子が奈江の手を取り、その中指を自分の鼻に当てた。皺びた女の中指が凜子の鼻梁をゆっくりと滑り上がり、それが眉間に達した時、人差し指と薬指が姉のふたつの目頭に触れた。

「ほおら、簡単でございましょう。後は人差し指と薬指で目を抉るだけ」

「ね、琴ちゃん、これなら素人でもすぐにできるのよ」

良く似た臭いの女二人が同時に口をきき、目を見合わせて忍びやかに笑いあった。

「これは、護身術、という……？」

絞り出した声が、少し掠れていた。

「今風に呼ぶとそうでございましょうねえ」奈江が笑う。

「偉い鬼婆様の教えなのですよねえ」凜子も笑う。

「昔々、強い鬼婆様がおられたのですよ」老女が語った。「鬼婆というのは、やっつけられた悪人がつけた悔し紛れのあだ名でございましょう。鬼婆様は偉い方で、女や子供に身を守る方法を教えたのでございますよ」

「私では覚え切れないですよ」凜子が嘆く。

「私ももう歳で、教えることもできませんですよ」奈江が悔やむ。

白い異界めいた空間で、琴乃だけが沈黙した。

「しかたがございませんのです」奈江がぽそぽそと呟いた。「鬼婆様は、強さは無力だ、と言ったそうでございます。後に伝わらなければどんな強さも消えるだけ。無力なだけでございます」

「ああ……」ふいに自分の声があいづちを漏らした。「消えて、しまうのですか」

生き神様と呼ばれていた女が追いやられ、老舗と言われた家が朽ちて行く。その移り変わりが哀しいとあらためて感じたのだった。

「消えてしまうのですよ」奈江が答えた。「旦那様もお強い方でしたのに、銃で撃たれて、お歳を召されてすっかり無力になってしまいました」

「奈江さん、奥様には私がついておりますよ」

「ええ、ええ、ですから奈江は静かに旦那様にだけ仕えていられるのです」たおやかな老女が声を潜めて凜子の耳元に囁いた。「嬢ちゃん、白い小枝の扱いはお気をつけくださいな」

「わかっておりますよ」凜子がひそひそと答える。「川に流したりは決していたしませんので」

「川に流すと、淀みに溜まってされこうべの形になりますのでねえ」

眺める紙束の中に赤児を抱いた観音様の絵があった。子供の頰に、ぴったりと唇を寄せる顔はやはりスイに生き写しだった。

「凜子嬢ちゃは娘みたいな顔をして」産婆の千恵が仕事の合間にぼやいた言葉を思い出す。「産後の女みたいな歩き方をするのよ。私に診せる気もないみたいだから琴ちゃんが気をつけてあげなさいよ。もしかしたら何度か流してるかも知れないから」

三人以外に誰もいない談話室で凜子が呟くように唄を口ずさんでいた。

「白い小枝は乾かして、砕いて、叩いて、すり潰す」

「枝はさらさら白い粉。花咲くお山に撒きましょう」奈江もさらに低い声で唄った。

「土に溶かれて花になり、山の眺めを飾りましょう」凜子と奈江が唱和する。

「奈江がいた山里に伝わる唄でございますよ。花咲か爺さんの唄なのですよ」

小さく背を丸めた付添婦が、小声で琴乃に教えた。

物音ひとつ響かない談話室で二人の女の小声が呪文のように唄い、白い壁掛け時計が重たい音で夕刻を告げ始めた。

「東方さん、君はいろいろと知ってたんじゃないかって気がしてしかたがないんだけど」

兄の慶太郎が淡く汗の浮く額から、こぼれる前髪をかきあげた。

「ええ、正直、以前に申し上げたこと以外にも知っていることはございました」

汗ひとつかかず、悪びれる様子もなく小柄な商人が言ってのけた。

そこは自宅の客間。津軽塗の座卓には温めの煎茶。もう薄い湯気も消えてしまった。

今日は風もない。空気が重く淀み、軒下の風鈴がころりころりと揺れることもない。

「なぜ、僕達が前に聞いた時、教えてくれなかったんだい？」

「お教えしても聡明なお二人は信じたでしょうか」少年の表情のまま、老獪な口調が応じた。

「嘘つきと責められるか、迷信だと笑い飛ばしていたか。慶太郎坊ちゃんも琴乃嬢ちゃんも、ご自分達で動かぬ事実を確かめて初めて信じる方々。だからあえてお話を差し控えたのですよ」

返す言葉がない。兄は悔し気に口を噤み、商人が童子のあどけなさで白餡の茶菓子をつまんだ。

「手間のかかる調べ事でもなかったはずです。そしてお二人ともそれなりにご納得されたかと」

慶太郎の調べによるとスイの戸籍上の名前は睡子（すいこ）。年齢は七十歳をいくつも過ぎていた。

「同じ戸籍を複数の女が使いまわしていたんだな？」兄が敵意を隠し切れない口調で尋ねた。

「いえいえ、あれはずっと一人」淡々と東方が応じる。

「代替わりなどしていないと？　凛子より、いや琴乃より若いという見た目のままで？」

昔は使用人で賑やかだったこの家も、広大な庭に茂り放題の樹々がざわつく音しか聞こえない。

赤黒い楓が揺れて、痩せた小菊が白と黄色の花をほころばせていた。

父と母は傾いた家になどいたくもないのか、ここ数日も二人で泊まり歩いている。義兄も立ち直るはずのない仕事に邁進しているとやらで戻って来なくなった。

「生き神様はずっと一人。歳を取らずに託宣を与えてこの家を守って来ました。いつから生きているのか、いつ死ぬは知りません。生き神様を殺す潮乾湯（ちょうかんとう）という名の薬があるとは聞いていますが。あれは人が求めれば正しい託宣を与えますが、放っておけば単なる無害で無力な生き物」

琴乃は指を湯で濡らして、その薬の名前を盆の上になぞる。師事する千恵の実家は漢方薬屋だ。だから薬には敏感になっている。

「以前に誰もスイのことを調べようとはしなかったのか？」

兄が重ねて尋ねている。

「私が知る限りご先祖様方は誰も調べておりません。何しろ神聖な生き神様ですから」

「僕が調べようとしたら、凛子が全力で阻止するだろうな」

「何を、どのように調べると？」いたずらを企む男児の顔つきで東方が尋ねた。「まさか生き神様を捕まえて解剖などされるとか」

「僕は精神科医で解剖は管轄外だ。そもそも人道に……」言いかけて兄が言い淀む。スイが人なのかどうなのかが、ふとわからなくなったのだ。

「失礼いたしました。でしたら癲狂院の奥に隔離する方法もありましょうか」

兄の茶色い瞳に、ぎらり、と怒りの色が宿る。東方は漆黒の瞳に一片の感情も浮かべない。

「あの……」この二人が対峙すると空気が歪む。だから琴乃が割って入った。「私が山の家に行きますから。そして姉ちゃ達にお話をして。兄ちゃとあうように言って……。あ、でも……」

ここ数ヶ月かけて訪ね歩いた古い使用人達の言葉が思い出され、続きが口の中で消えた。

「坊ちゃんが生き神様を見ていないのは当たり前ですよ」水屋を取り仕切っていた和子という元女中が言っていた。「あれは男の精を吸いますから。坊ちゃんを近づけないよう旦那様も奥様もどれほど腐心したか。男衆も奥座敷から遠ざけていたのに、ましてや坊ちゃんはあんなにおきれいな男の子でしょう。早くに寄宿寮に入れたのも、生き神様から遠ざけるためですよ」

「くれぐれも慶太郎様を生き神様に近づけませんよう」八十歳を過ぎたトメ婆さんは歯のない口で諫めた。「男は生き神様に惑わされて、骨抜きになってしまいます。生き神様が元気なご長男ではなく、狂った凛子嬢ちゃんに取り憑いた時は旦那様も奥様も、正直ほっとしておりましたからのう」

「慶太郎坊ちゃんが惑わされる心配は全くございません」琴乃の迷いを東方が明晰な声で遮った。

まるで心を読んだかのように。「あれは今、凜子嬢ちゃんに憑いておりますから」

「スィは男を誘惑するというわけか？　だから僕は遠ざけられていたと？」勘の良い兄が口を挟む。「そう言えば航平さんも、異常なくらい生き神様に執着している。三、四歳の時に一度あっただけなのに、今も酔えば御簾の陰の生き神様だの、藍色の海底の乙姫様だの言い続けている」

「航平様が魅入られたのは、不幸にもあれが奥座敷に閉じ込められ、男も与えられず人恋しさをくすぶらせていた頃でしたから」

「なるほど、航平さんも犠牲者と言えば犠牲者というわけか」

琴乃の耳に、古い女子衆の述懐がまた蘇る。

「取り憑かれた先祖様が何人もいたそうで、だから生き神様を奥座敷に閉じ込めていたんです」サワと呼ばれていた店番の女が、ずいぶん言い渋った挙げ句に語った。「でも隙を見つけては抜け出して、夜中にお屋敷の庭をふらつきましてねえ。髪も結わず、着物の裾をずるずると引きずって。母屋に入りたそうに錠のかかった勝手口や雨戸を、外からかりかりと引っ掻くんですよ。それがまた気味悪くて。生き神様が古臭い鼻歌……、小枝をすり潰して粉にする……、とかいう気持ちの悪い唄を口ずさむと、物の怪の色香を嗅ぎつけるみたいに塀の外に飢えた男共が寄って来まして、それはそれは怖かったものですよ」サワは口の軽さを恥じる様子で言葉を切り、それでも喋り足りない風情で言い添えた。「見た目の良い男を雇って生き神様に与えてしまえば良かったんですよ。そうすれば凜子嬢ちゃんが塀の外に集まった男達に、よってたかって嬲り者にされることもなかったでしょうに」

そして彼女達は一様に言い添えていた。

「生き神様は子供の肉を喰うんですよ」「ことに産まれたての赤ん坊がお好みとかで」と。

しまい忘れた銅の風鈴がからからと鳴り、手が届きそうな答えから、思考が引き剝がされた。晴れていた空に灰色の雲が広がって、まだ夏の気配を残した風に、涼しさが混じり込んだ。

「あまり長居もなんですから」と東方が優雅な手つきで茶碗に蓋をした時、沈黙していた兄がまた口を開いた。

「だとしたら睡子という七十代の女の戸籍は何なんだ？」

兄の淡色の虹彩の中に黒い瞳孔が大きく広がって、長い茶色い睫毛の奥で光っていた。

「戸籍を調達したのは、東方朔の屋号の商人か？」

「左様でございます」涼やかな笑顔で商人が応じた。「スイさんのような女はあちこちで崇められておりますが、戸籍を二十年に一回ほど、買い替えるのが習わし。失礼ながらここ数代のご当主方はお代がないと言われ、スイさんは書類上では七十代になってしまったのです」

「いつの時代からそんなことを？」

「この国に戸籍などというややこしい制度ができた時からずっと。と、聞かされております」

「それはどこから持って来るんだ？　偽物をこしらえて売りつけているのか？」

「とんでもございません。私は……、いえ、私の家は代々、生き神様にきれいな名前の戸籍を与えてまいりました。あれはあの通り知力が優れず、名を変えると馴染めない。だから苦労してスイという名に近い戸籍を捜すのです」東方が品物を勧める商人の口調で続けた。「買い替えるのでしたら『吹』がおすすめです。フキと読みますがスイとも読めましょう。『珠衣子』もございます。こちらは大名の血を引くため少々お高くなりますが」

「どこからそれを手に入れてるんだ？」

なめらかな眉間に深々と皺を刻む兄、笑い皺も作らずに忍び笑う東方。

「行方をくらます者は数知れません。その中から良い名前の女の戸籍を選び出してお売りしております。ご要望により、高貴な血筋でも、貧農の出でも、決して後腐れのないように」

「それは……、犯罪だ」

「捨てられるばかりの娘の戸籍を活かすだけ。生き神様と崇拝者は喜び、私どもはお代をいただき、泣く者など誰もおりません」

「闇商人め。それでも立派な犯罪だろう」

「法は移り変わるもの。人が欲しがるものを与えるのは、商人にとって普遍的な正義と心得ております」

「この狢め」

「お得意様からそのように褒められると、私は照れてしまいます」

　慶太郎は軽く舌打ちをして口を噤んだ。しなやかな白い指先で、兄は髭ひとつ生えることのなかった細い顎をつまんでいる。彼はきっと今、目の前の男を言い負かす術か、あるいは古来の不思議を解き明かす理屈など考えているに違いない。

　返事もしない兄に慇懃な辞去を述べて商人は座敷を立ち去った。

　玄関で磨き上げた洋靴に細いつま先を差し入れる東方に、琴乃は声を潜めて尋ねてみる。

「東方さんは、スイさんの味方？　それとも……」

「商人は商売をさせてくれる者の味方です」

「姉ちゃは良い商売相手なのね？」

「はい。買い物もしてくださいますし、素晴らしい磁器を売ってくださいます」

「いつか姉ちゃがいなくなって、スイさんが一人になっても味方のまま？」

上がり框に腰をおろしたまま、東方がぐるりと首だけを真後ろに回して琴乃を見つめた。珊瑚の唇が細い鼻翼のあたりまで持ち上がり、粒真珠の歯並びが、ぞろり、とその中に垣間見える。

「凛子嬢ちゃんがなくなりましたら、あれの新しい宿主が見つかるよう尽力いたしますよ。商売相手を掘り起こすのも商人の大切な仕事ですから」

「姉ちゃとずっと幸せにいられたらいいけれど……」

「そう言えば琴乃嬢ちゃんはあれの歳を聞いても、あまり驚かれませんでしたね」

半円形の口元を微笑ませ、切れ長の目をさらに細めて東方が尋ねた。

「びっくりはしたけど。でもずっと離れでスイさんと遊んでたから。小さい頃からずっとあのままで。歳を取らないと言われても、ああそうなのね、くらいにしか思わない……。ごめんなさい、上手に言えないけど」

「なんと利発で柔軟なお方。それに素直でご健康で。琴乃嬢ちゃんがあれとくらしてもいいかも知れませんねえ」意味が読み取れずいる琴乃から目を逸らして東方が、ぽそりと口の中で呟いた。

「凛子嬢ちゃんも疲弊してきたことですし」

「私、山の家に行ってみようと思う。姉ちゃとお話をして、スイさんがあのまま静かにくらせるように兄ちゃにもお願いして」

「それではぜひこれをお使いください」

東方は亀甲模様の匂い袋を取り出して琴乃に渡した。つんと鼻に届くのは微かな白檀と強い丁字の香り。

「お代はいただきません。これは私からの贈り物。山の家に行く時はぜひこれを身につけて。そうすればスイさんに思いを嗅がれることもないでしょう」

「思いを嗅がれる？」

「あれは臭いを嗅ぐのに長けた生き物。琴乃嬢ちゃんの気持ちが肌から漂い出ても、これを身につけていれば、あれはうまく嗅げません」

「私が凛子姉ちゃとスイさんに隠しごとなんて」言いかけて言葉を止めた。「そうね。ありがとう。大事に持ち歩きますから」

「聡明な琴乃嬢ちゃん。もうひとつ申し上げておきましょう。一度、ご連絡もせずに凛子嬢ちゃんを訪ねてごらんなさい。二人のくらしなど垣間見ておけばいいでしょう。山の家から山道に向かって北風が吹く日を選んで。冬は道が滑りますから、春先になるのを待って」

「山の家から山道に風が吹く日？　スイさんの鼻がいいから？　猟師さんが風下から鹿に近づくのと一緒？」

「なんて賢い方でしょう」東方の唇が笑いの形に吊り上がる。「お兄様のお知恵など借りる必要はないでしょうに。おせっかいかも知れませんが慶太郎様にはお気をつけて」

「兄ちゃが何か悪いことでも考えていると？　それともスイさんに誘惑されるとでも？」

「いいえ、そうは申しません。が、なにしろあの方はお医者様。スイさんを目の前にして不老不死の研究などと言い出したら手がつけられません」

さわさわと背中の産毛がそそけ立つ。解剖やら隔離やらという不穏な言葉が思い出されたのだ。

「あれは邪気のない、無害な生き物」東方が紅い唇を琴乃の耳に触れるほど近づけて囁いた。「人に絡みついて共生し、世が変わって人が憑かせなくなれば孤独に耐え切れずに滅びるだけ。下手に探らず、そっと生かしていればいいのです」

耳たぶに触れる東方の吐息は山梔子（くちなし）の花の香り。同じことを航平にされたら、今も首筋に甘い震えが走るだろうか。それとも嫌悪しか湧かないのだろうか。この商人の吐く息は、ただ香気を含む風にしか感じないというのに。

「それでは琴乃嬢ちゃん、くれぐれも慶太郎坊ちゃんにはお気をつけて。そして凛子嬢ちゃんを尋ねる時は北から風の吹く日を選びますように」

からからと黒い格子戸が閉じられる。鰐革の鞄を提げた東方が、さくさくと玉砂利を踏んで歩き去って行った。

三

凛子とスイの住む洋館の周囲には、灰色の残雪。茶色い小道を踏みしめると、地面が湿った音を立ててぬかるむ。

山の空気は街よりも澄んでいて、冷たい。遅い時間ではないのに、西側にある小高い山の連なりのせいでもう薄昏い。

玄関から入らなかったのは鍵がかけられていたから。そして、呼び鈴の玉が落ちてしまっていたから。よくあることだ。凛子とスイは真鍮の呼び鈴に胡桃の実を下げている。その方が音が柔らかいから好きなのだと。けれどもそれは雨やら雪やらに当たってよく落ちてしまう。

居間の方向に黄色い灯が揺れていたから南側にまわって、軽く窓を叩こうと考えた。

けれどもカーテンの隙間に見える凛子とスイの姿に、琴乃は窓を叩くはずの手を止めた。食堂には蔓型の洋灯。その下で姉とスイがテーブルを囲んで早めの食事を摂っていた。いや、摂っているように、見えた。

白い大皿は姉の焼いた磁器に違いない。ぬめる白い磁肌も、少しばかり歪んだ造形も凛子の細い指がこしらえあげるそれに間違いはない。

皿の縁が赤く濡れていた。白い器の上に血塗れた生肉が盛られているためだった。

「嬢ちゃん、ごめんなさいね」スィの唇の動きがそう言っていた。

凛子がうっとりと目を細め、瞳の中に煌めく至福が見て取れた。

スィの指が皿の中の肉塊をつまみ上げて、紅色の唇の中に差し入れた。

丸い頬が蠢くのは、肉を噛んでいるから。親指と人差し指を口の中に挿れて、肉片のこそぎ取られた細い骨をしゃぶり出した。

スィが笑うと、花びらに似た唇がてらてらと艶めいた。中に覗く小粒な歯並びが赤い色に染まっていた。

「嬢ちゃん、ごめんね」

ふくよかな女の唇が再び、そう動いた。

「いいのよ」姉の口の動きが言っている。「姉やが笑ってくれるなら、私は何でもしてあげたいの」

スィの濡れた指が凛子の唇をなぞる。姉がスィの唇を舐めた。桃色の舌が紅色の唇を撫でて、そして二人はまた笑い合った。

姉が襟元をぱらり、とはだけると、いつか茅色の流しに差し出されていた乳と同じ、たわたわと実った乳房が露わになった。姉が白地に桜を染め抜いた手ぬぐいを胸元に当てると、じくじくと白い液が沁みて行く。

もうわかっている。姉は昨年の初夏に家に戻った。姉婿の部屋を訪れて、そこで確かに身ごもっていたのだろう。きっと、その前の年も。その前の前の年も、同じように孕んで、そして山の家で産み落としたのだろう。

「嬢ちゃん、痛くないの？」窓に隔てられて届かないはずなのに、確かにその声が耳に聞こえたように思えた。

「お乳が張って、ちょっと苦しい」眉を顰める姉も美しい。目の下に浮いた隈の青さすら肌のきめ細かさをひきたてている。

スイが床に座り込み、椅子に腰掛けた姉の膝に頭を乗せる。綿の手ぬぐいを外した胸に、一筋の乳が滴り、スイが紅い舌で何度も乳首を舐め上げた。

見てはいけない宴。けれども目が離せない。姉の恍惚とスイの笑顔に目が吸い付けられて、そのまま取り込まれてしまいそうなのだ。

北からの風が背後の木立に当たってまき上がる。琴乃の髪が後ろから顔を打った。固い髪の毛。姉のような絹の手触りでもなく、スイのような真っすぐに流れ落ちる艶髪でもない。眼前の妖気より、自分の髪の固さが忌々しい。

風に吹かれた太い髪束が窓ガラスを打ち、音を聞き取ったスイが目を向けた。真っ黒な瞳だった。スイは呼んだ。「琴乃嬢ちゃん」と。

覗き見をして叱られる。思ったのは、なぜか、ただ、それだけだった。

窓が開かれて流れ出て来たのは甘い乳の匂い。そして、女達の発するなまめいた体臭。沸かされた湯の蒸気とストーブの暖気が濃密に室内を満たし、寒風に打たれ続けていた肌を暖めてくれた。

「琴ちゃん、寒かったでしょう」姉が迎える。細い撫で肩を暗緑色の襟で覆いながら。

「琴嬢ちゃん、見ていたの？」スイが、哀しみを含ませた声で尋ねかける。

「ごめんなさい……。呼び鈴が壊れていて」

「お料理の途中だったから、びっくりした？」

凛子がさらりと言ってのけて、大皿の肉を流しに運んだ。

あれは何の肉だったのかと、聞こうとしたけれども聞けなかった。もう多分、わかっている。年に一度ほど家に戻り、夫の寝室を訪れていた姉。花の丸の襖を開いた時の喜悦の微笑みは、腹の中に生き神様に与える肉を得られた歓びの顔。

「お手紙をよこさないで来ちゃあだめって、いつも言ってるでしょう」

凛子の叱責は柔らかく、真摯な怒りは含まれていない。

「あたしは琴嬢ちゃんだったら、いつでも来て欲しいと思ってるの」

スイの眼差しに引き込まれる。妖魔の笑みだと思うけれども抗えない。幼かった義兄はこの微笑に取り込まれて、そして今も抜け出せずにいるのだろう。

「お料理は途中でやめていいの？」それだけを聞いてみた。

「保存用の食べ物を作っていただけ」姉が薄紅色の唇からこぼれるように言葉を紡ぐ。

「別のご飯もあるの。琴嬢ちゃんにはお魚と野菜で作ってあげるの」

不思議な匂い、不思議な暖気の中で女二人が笑う。つられるように、魔に取り込まれるように琴乃も微笑んでいた。

惑わされるのは男だけではない。自分も今、惑わされている。けれども抗う心など湧き上がってては来ない。埃をかぶって饐えて行く家よりも、義兄が時折戻って来る家よりも、この山の家はきっと居心地が良いに違いない。

明け方に目覚めたのは山の寒気が額の熱をひんやりと奪ったから。

隣の寝室から、ひそひそ、くすくす、と姉達の忍び笑う声が聞こえて来る。

「琴ちゃんが一緒に住んでくれたらいいのに」姉の細い声が言っていた。

「あたしも琴嬢ちゃんが大好きなの」スイの声が絡んだ。

次に姉が、啜り泣きに似た声を発した。

「今回もお乳が痛い。でもじきに楽になると思う」

スイの声に混じって姉が、また、ため息のような喘ぎのような声を漏らし続けた。

「この頃、身体がきつい」姉が言う。「琴ちゃんが私のかわりに産んでくれたらいいのに」

「嬢ちゃん、それはいけないの」スイが声をあげた。「あたし、我慢するから、もう毎年、産んだりしないで欲しいの。琴嬢ちゃんに同じことをさせるなんて考えちゃだめなの」

「私は姉やの喜ぶ顔が見たいだけなのに」

ぴちゃぴちゃと何かを舐める音。そして凛子の啜り泣きに似た忍び笑い。

「もう腐ってしまうの。骨はあたし、齧れないの」

「お肉は土に埋めて腐らせましょう。骨は掘り出して乾かして」姉が子守唄めいた節回しで唄った。「白い小骨は乾かして、砕いて、叩いて、すり潰す」姉が子守唄めいた節回しで唄い始める。

「骨はさらさら白い粉。かわいい茶器にいたしましょう。茶器はつやつや骨の色」スイの声が重なった。「竃で焼かれて茶器になり、山の向こうに売られてく」

ここはまともな人間の住む場所ではないと、琴乃は思った。けれども、なぜか抗う気持ちがかき消されてしまう。

　火照った頬を冷やすため、客間の脇の風呂場に続く洗面所にそっと入り込む。鼻腔に漂い込む臭い。風呂場の引き戸をゆっくりと開けてみると夕餉の前に見た白い大皿が置かれていた。

　中にある肉を至近からしげしげと眺める必要などない。腹腔ががらんどうになった小さな身体。胴体から細い手足が生え、さらにその先端にぷくぷくとした指が数本ずつ、まだ残されていた。腹の穴から溢れた血が、背中のあたりを薄く浸す。色淡い産髪が乾いて、ふわふわと頭頂部にへばりついていた。

　閉じた窓の隙間から山の空気が流れ込む。針葉樹に張りつく雪と冷えた川の匂いが、固まった血と肉の臭気を薄めていた。すぐ側に流れ落ちる小さな滝の音は、今夜も低い音楽のように聞こえ続けている。

「生き神様は子供の肉を喰うのですよ」

「ことに生まれたての赤ん坊がお好みとかで」

　北風が、またひゅうと外を吹き抜ける。南側には姉達の寝室。自分の匂いが流れて行っているに違いない。そう思う中、すぅと意識が途切れて行った。風呂場の窓の中の星が、闇に変わる視界の中で淡く大きく広がって、そして底知れない暗渠に消えていった。


「ちょっと、あんたねえ！」久々に顔を出した琴乃を産婆の千恵が叱咤した。「どこに行ってたか知らないけど、困るのよねえ！」

　腕利きの産婆の大声が、びりびりと鼓膜を揺さぶった。

山の家ではいつもひそひそ声。細い声の凛子と、のったりと語尾を引きずるスィに囲まれて過ごしていた。誰はばかることもなく大声を出す女に接するのは、どれくらいぶりなのだろうか。そう考えて、山の家にはせいぜい数日ほどしかいなかったことに琴乃は驚いた。

あの後、大皿に盛られた肉を見ることはなく、暖かい日は春風に吹かれながら滝のあたりを歩き、午後には姉の焼き菓子を食べ、色鉛筆を握らされて花の絵などを描いていた。

スィの漆黒の瞳に惑わされていたのだろうと思う。姉から漂う甘い乳の香りに絡め取られていたのかも知れない。

「男共が生き神様に惑わされるのですよ」

「魅入られると骨抜きにされますから」

古い女子衆の言葉を思い出す。惑わされるのは男だけではない。女の自分も、そしてきっと姉も、あの神々しい生き物に魅せられて、取り込まれて、至福の中に歪められてしまった。

琴乃が呼び戻されたのは家と兄から、矢継ぎ早に電報が届けられたからだ。親族の集まりがあるからとか、産婆が助手が来ないと怒鳴り込んで来たとかで一度は帰らざるを得なくなってしまったのだ。

「あんた何をぼやっとしてるの！　聞いてないならもう言わないからね！」

逆子も魂消てひっくり返る、と言われる千恵の野太い声に琴乃はふと、我に返る。

「そりゃあ琴ちゃんは見習いだよ。大してまだ役にも立たないよ」大声が、頭の中にわんわんと響いた。「でもねえ鞄持ちは必要なのよ。丈夫が自慢の琴ちゃんに長く留守されると困るんだってば。大体ねえ、その歳で赤ん坊を産んだこともないんじゃあ、産婆になるなら人の何倍も覚えることがあるんだし」

千恵の大きな口がぱくぱくと絶え間なく動いて、途切れることなく言葉が吐き出されていた。自分よりも頭ひとつ半ほども小さい女だけれど、声だけはとにかく大きい。

人の世に戻って来た。腹の底から声を張り上げる女の声を聞きながら琴乃は思う。

雲を踏んでいたような足の下に、固い地面の感触が徐々に戻って来る。

藍色の瓦の竜宮城から世俗に戻り、今、こうして地声の大きい中年女に叱責されている。

「それにしても最近の若い女ときたらおしめの縫い方も雑だし、腹帯もできあがり品を買うんだとか言い出すし……」

五十をいくつか過ぎた彼女は喋り出すと止まらない。そして、叱咤が横道に逸れて、枝葉に分かれて止めなければいつまでもまくしたて続ける。

くすり、と琴乃は笑う。自分は現世に戻って来てしまったのだ、と。

それを見て千恵がひときわ大声で怒鳴る。

「文句を言われてにたにたする助手がどこの世にいるのよ！」

産婦が陣痛よりも鼓膜の痛みで気絶する、と揶揄される大声が耳に突き刺さった。

「すみませんでした」

琴乃は背を屈めて謝罪する。深く頭を下げて、上目遣いに見ると、それでも同じ高さに千恵の瞳があった。一瞬、目が合って、そして二人は同時に吹き出した。

「背丈ばっかり大きくて丈夫だから、頭を下げてもあたしより目が下になりゃしない」

その言いぶりに琴乃がまた吹き出した。それを見て千恵が細い目をさらに細め、目尻の皺をこめかみにまで広げて大笑した。

幾重にも包み込んでいた山の家の空気が剥ぎ取られる。重湯にも似たまとわりつきが、人の世に根を張って生きて来た産婆の怒号で削がれて行く。

　自分は下界に戻ってしまった。それが幸福なのか、不幸なのか今ひとつわからないまま、人の営みに浸かる日々が、また始まったのだった。


　春先の風はまだ冷たく、掃出しのガラス戸の向こうには枯れたままの庭が広がっている。湿った濃茶の土のあちこちに、黒く汚れた残り雪。少しばかりの明色は土を破って頭の先を覗かせた蕗の薹だ。

　居間におかれた電気炬燵に足を入れて琴乃は白い磁器を撫でる。手のひらに吸い付く肌触り。体温を吸い取って皮膚に同化する艶。滑らかな温みは姉の身体から生み出したものが練り込められているせいだろうか。

　この茶器を、陶器職人に見せてみた。蔵出しの品を売りたいから相談にのって欲しい、という名目で美濃だとか備前だとかに混ぜて、差し出してみたのだ。

　千恵の親族だという初老の職人は純白の磁器に手を触れて、片眉を少し吊り上げた。

「この白い茶器は、骨灰磁器？」

「私には詳しいことは……」琴乃は曖昧に答えた。「骨灰磁器って骨を混ぜた焼き物ですよね？」

「これだけがずいぶん新しいけど、箱書きもなくて？」

「はい。蔵の中にこれだけがぽつんと置いてあったから」琴乃は朗らかな風情を装って嘘をつく。

「持って来ちゃったんですけど、そんな値打ちないですよね。ごめんなさい」

自分の表情がどう映るかは知っている。美人ではない。かわいらしくもない。ただ、兄や姉と違って高雅でないぶん庶民的で人懐こい。だから、座を和らげるし、すまなげな顔は人の心を緩めるはずだ。

けれども職人は吊り上げた片眉を元に戻そうとしなかった。

「何の骨を使ったかは、嬢ちゃんは聞いていない……？」

「牛じゃないんですか？」ことさらきょとんとした表情をこしらえて琴乃は尋ねる。

「牛じゃない」職人が眉間の皺を深めて声を絞り出した。「これは、牛の骨じゃない」

「じゃあ何の骨なんでしょう？」

素朴に聞いてみたけれど、背中がじっとりと汗に濡れていた。

「自分にはよくわからないな」答えは濁されたけれど、彼が、磁器を忌んでいるのが見て取れた。

「これはあまり良いものじゃない。まじないに使う人もいるかも知れないが、嬢ちゃんみたいな娘さんの身近に置かないで寺あたりに納めなさいよ」

骨はさらさら白い粉。かわいい茶器にいたしましょう……。

絡み合う女二人が口ずさんでいた唄。これ以上、確かめる必要など、ない。売り続ければ、いつか目利きの手に渡る。そして、混ぜられた粉が何なのかを察する者の目に触れる。

親族会議めいた集まりがあったのは先月だった。姉婿の放逐が両親に激しく迫られている。航平が近隣の娼婦を買って怪我をさせたとか。醜聞は甚だしく、見舞金も馬鹿にならない。

凛子は離縁に対して何の返事もよこさず、姉婿は家に戻らない。

ほんの数十年前に老舗だの豪商だのと褒めそやされていた家も、凋落は坂を転げ落ちるほどに早い。

兄だけが無駄に広い家に一人で寝起きする琴乃を気遣って訪ねてくれる。

「戸籍の売買云々はともかくとして、老けない女というのは眉唾に思えてしょうがないんだ」

朽ちた家の居間の炬燵に座っていても、兄には黴も埃も付着しないように思える。

「どこかの家出娘を拾って住まわせたのか、それとも訳ありの霊媒師あたりを使っているのか。いずれにしても凛子の姉やとしておとなしくしているなら、波風を立てる必要もないんじゃないかな」

老けない女などと言われても、兄の理性の中にその像は結ばれない。ましてや彼はスイの姿を見てもいない。言葉を尽くして説いても、きっと理解しない。

そっとしておけばいい。兄はことを荒立てたりせずに、スイという女が凛子とともに年老いるのを見守るつもりなのだ。


「お祭しの通りです」東方が茶を啜る。「あれは因業な人喰いの女。長い間、生き神様だとか水辺の観音様だとか崇められて。なぜそれほど祀られていたのかは、もうおわかりでしょう」

数ヶ月に一度やって来るこの商人は、今は珍しいものや高価なものは持って来ない。茶だとか菓子だとか安価な品々を広げて琴乃を相手に世間話などして帰って行くだけだ。

「スイさんはいろんな臭いを敏感に嗅ぎ分けるから、ですよね？　それにお寺の観音様のような、何だか拝みたくなるような顔をしているから」

「ええ、その通りです。長い間、あれは人々から大切にされておりました。けれども人が知識とやらを増やしたため、徐々に必要とされなくなりました。やがて策略の邪魔にされ、飢えさせられて、人の肉の味を覚えたのが不幸。あとはひっそりと滅びて行くのかも知れません」

「姉ちゃは、スイさんにずっとお肉を与え続けて……」

「祝言の後は十年近く、凛子嬢ちゃんは空き腹なく赤児を孕んでおりました」

淡々と微笑みを織り交ぜて語る男を見て思う。なぜ止めてくれなかったの、と。けれども聞きはしなかった。お得意様のくらしに差し出た口を挟むのは本意ではございません、と、この商人はそ知らぬ顔で言ってのけるに違いない。

美麗な男の顔を琴乃は見つめる。白い肌には、笑い皺の一筋も刻まれない。凝視しても毛穴のひとつも見て取れない。この男の容貌もまた、どこかの寺で見た菩薩の尊顔を思わせる。だからどれほど歪なことを聞かされても、ただ彼に見惚れて、頷きながら聞いてしまう。

「幸福なのですよ。スイさんも、凛子嬢ちゃんも。航平さんも年に一度ほどは妻に触れられる。そして私は妖しい手触りで人々を魅了する磁器を売ることができる。人は同族が練り込まれた磁器に触れ、無垢な命に魅了されるのですよ」

何度か見た笑顔。口角が両頬を裂くように吊り上がり、ぷくりとした涙袋がせり上がって切れ長の瞳がさらに細くなる。

「姉ちゃとスイさんは、義兄さんも山の家に住まわせたいみたい」

「それは良いお考えです。凛子嬢ちゃんも降りて来る足労がなくなります」

「東方さんも……」琴乃はゆっくりと聞いてみる。「東方さんも、スイさんのように、人のお肉を……、食べる？」

「とんでもない！」澄んだ高い声を上げて男が笑った。「人はたかだか数十年しか生きないのですよ。その程度の年月で肉が美味しく熟れるはずなどありません」

男の口角がまた少し、きゅぅ、と高く持ち上がった。

「長い年月をかけて、ゆったりと安穏に育て、そして、時折、刺激など与えて引き締めるからこそ、肉という食物は美味になるのです」

「私も山の家に住もうと誘われているのよ」琴乃は素朴な表情を作って話題を変えた。「でもスイさんはお鼻が良いでしょう？　私、姉ちゃに知られたくないこともあるから、迷っているの」

目の前の男が、嬉し気に、楽し気に笑う。見なれた半円を形作る珊瑚の唇。それは美しい妖魅の笑みだった。東方の背後からの春風が、ふわふわと琴乃の肌を撫でていた。

「一緒に住めば隠しごとなど無意味でしょう。あれは人の気持ちなど瞬時に嗅ぎ取ってしまう」

「うん、わかってる。でも、ほら、最初のうちだけでも隠しておきたいことってあるじゃない。前にもらった一個だけじゃあ心もとなくて」

「承知いたしました。ではこれを」

東方が匂い袋を黒い西洋鞄の中から取り出した。嗅ぎ馴れた淡い麝香と濃い丁字がくゆり立つ。

「ありがとう、嬉しい！」いつもの自分より少し高い、はしゃいだ声を琴乃は上げる。「お代を出すから、もうふたつかみっつ、もらえないかしら？」

美しくも、かわいくもない自分が嬌声など上げてもあまり意味はない。それでも嬉しがる様子だけは伝わるはずだ。

「早く山の家に行って、化粧品や磁器の作り方を教わりたいなあ」

「それはすばらしい」商人が嬉し気に鞄の中からもうみっつ小さな匂い袋を取り出した。「これをどうぞ。琴乃嬢ちゃんは若くてご健康。きっと二人の力になれることでしょう」

「東方さん、ありがとう。これで安心して山の家に行ける」

「皆様に満足と幸福をもたらすのが商人の本懐でございます」

埃を積もらせて行く屋敷の庭で、細い草芽が吹いていた。桜の花茎の先端には蕾が丸く膨れている。この屋敷が売り払われたら、あの大きな桜の木はどうなるのだろう。離れの庭の山柿や、小川の菖蒲の群れはどうされるのだろう。

「あとはひっそりと滅びて行くのかも知れません」

先ほどの東方の言葉を思い出す。庭の草木は残されるのか、刈られるのかなどわかりはしない。スイのような生き物が滅びるのか、魔物として、あるいは別の神として生き長らえるのか、わかりはしない。ただ、桜が毒を吐き、山柿や菖蒲が瘴気を出すのなら、それは人が刈り取らなければいけないのだ。

「琴ちゃん、戻って来てくれたの？」

呼び鈴を鳴らすと、姉が藍色に塗られた玄関戸を開いてくれた。強い風が吹きつけて、家の周囲の空気を山道の方向に運んでいる。

春の大風が近づいている。渦巻き型の雲が上空に忍びより、北からの風が家から山道へと流れていた。もうじき風向きが変わる。山道に止めた自動車に気づかれずにすむのは、ほんの短い間だけだろう。

「僕が行ってもしかたがない」兄は最後まで拒んでいた。「僕はスイさんと面識がないし、凛子には好かれていない。下手に行ったらかたくなにさせるだけだ」

姉ちゃに親族の集まりに来るよう言い聞かせるから、気が変わらないうちに自動車に乗せちゃいたいの、中に入らずに外で待っていて。そう説き伏せてしぶる兄を同行させて、止めた自動車の中に待たせているのだ。

招き入れられた居間には台所から流れて来る蒸気が立ちこめていた。熱い空気が窓に曇りをこしらえている。

衣服の中にしのばせた匂い袋。自分はもう鼻が馴れて丁字の薫りを感じない。

「親戚なんかどうでもいい」親族の集まりに誘っても、姉は聞き流すだけだった。「家はなくなってもいい。売り払えば老夫婦がくらすお金にはなるはず。琴ちゃんはここに来て私達と一緒にくらしましょう」

紅茶の湯気がとろとろと沸き上がり、カステラが甘く香る。低く伝わる滝の音はまだ寒水の固さを含んでいるけれど、じきに柔らかな春の響きに変わるはず。水音はいつも不思議な微睡みを誘い、山の下での俗な営みを遠いものへと変えて行く。

「スイさんも、私がこの家に来たら喜んでくれる？」琴乃は聞いてみる。

「あたし、琴嬢ちゃんが好きなの」スイが瞳の焦点を揺らめかせながら答えた。「一緒だと、嬉しいの。すごく嬉しいの。でも……」

「でも、なあに？」

「あたしと一緒だと、琴嬢ちゃんが……」知力が優れないという女が必死で語彙をまさぐっていた。「お身体には負担かも知れないの。あたしのせいで辛いかも知れないの」

「何が大変なの？　辛いことってなあに？」

「辛いことは全部、私がやる。琴ちゃんに無理はさせない」

凛子が割って入り、スイがその膝に顔を埋めて表情を隠した。

「姉ちゃはしばらく下に降りないの？」琴乃は質問を変えてみる。

「降りたくなんかない」

「磁器を焼くのに、忙しい？」

「暖かくなってお日様が照って来たら、材料を乾かして、それからすり潰して、土に練り込んで。焼くのは初夏がいいかしら。どうせ、家に行っても親は留守だし、それに……」姉はそこで言葉を切った。「あそこには航平さんも、いないし」

「義兄さんがいないの、なんで知ってるの？」

「姉やがいれば何でもわかるから」

薄茶色の瞳が見つめている。膝元から真っ黒い瞳も見上げている。二人の女に見つめられると、今日も自分の心が揺らめくのがわかる。

また取り込まれる、と琴乃は思う。単調で清冽な滝の音が、思考を曇らせてゆく。山の家はいつも甘いお菓子の匂い。ほこほこと湯気を立てる乳の匂い。それが牛乳なのか人の乳なのかはわからないけれど。

凛子が膝にもたれかかるスイをそっと押しのけて立ち上がり、琴乃の側に歩みよって囁いた。

「あの息苦しい街で琴ちゃん、幸せ？　上の学校に行かせてももらえなかったし、がんばって産婆さんになっても、子供を産んだ経験がないと下に見られるわよ」

「琴嬢ちゃん……」正面からスイが見つめた。「ごめんなさい。あたし、琴嬢ちゃんに負担をかけたくないの。でも凛子嬢ちゃんに、もう無理はさせられないの」

白い窓枠の中の四角い歪みガラス。曇るそれらの向こうには、もっと白いなごり雪。

思い出す。白い病棟で白い割烹着をつけていた、老いても美しい顔立ちの女のことを。

「奈江さんが亡くなってしまったって知ってる？」琴乃は告げた。「奈江さんが付き添いをしていたお爺さんも亡くなったの」

「奈江さんが亡くなった？」

「お爺さんは冬に肺炎で亡くなったんだって」

「肺炎……？　風邪をこじらせたの？」

「ううん、誤嚥性の肺炎だったって」

何年間も口から食べ物を摂っていなかった病人に、付添婦がどろどろに噛み潰した果物を与えたのだと琴乃は教える。飲み下す機能を失った男の食道は動きはしなかった。粘液状にされた実は胃に落ちず、そのまま気管に流れ込んで命を終わらせた。

「肺の中から出て来た果物にはね、唾液がいっぱい混じってたんだって。お爺さんのお口はからからで、もう唾液なんか出なかったのに」

姉が、ぽろり、と透明な涙を落とした。それは象牙の肌の上で一雫の白い滴りに見えた。

「奈江さんは、どうして亡くなったの？　どんなに悲しんでいたのかしら？」

「前に奥様とくらしていたお屋敷の場所に、冬の最中に一人で行ったんだって。でも、その場所には違うお家が建っていて、知らないお店ができていて、もちろん赤い紫陽花なんか一本もなくて……。奈江さんは雪の中に倒れているのを見つけられたの。まっ白な雪をかぶって、まっ白い死骸になって。それでもにっこり微笑んでいたそうだよ」

滞在先から両親が戻り、病院やら警察やらに呼び出されていた。問い詰めた琴乃に、父が渋々ことの次第を教えてくれたのだ。白い病棟の中で寄り添っていた一対の老人達は、警察沙汰を起こした男とその妾として、ただ忌々し気に語られただけだった。そして、奈江の死に顔は気味の悪い笑いを浮かべていたと言い捨てられただけだった。

「奈江さんの残した絵がたくさんあるんだよ。家にあるから観においでよ」

姉の頬を幾筋かの涙がつるつると滑り落ち、スイが顎に溜まったそれを艶めいた唇で吸い取った。

「観においでよ」琴乃はもう一度、誘う。「いろんな絵があったよ。奥様だけじゃなくて、若い頃の旦那様や昔風の服を着た東方さんの絵もあったんだから」

「絵は、たくさんあるのかしら?」

「うん、いっぱいある」

「じゃあ東方さんに頼めば運んでくれるわ。あの方、自動車も動かせるようになったから」

「縁がぽろぽろ崩れちゃいそうな絵もあるから……、だから下の家で……」

嘘だ。それほどまで劣化した紙など含まれてはいない。

「崩れてもかまわない。強さは無力になるんだって奈江さんが教えてくれた。だから紙だって崩れる時に崩れるのよ。しかたないでしょう」

「でも、せっかく奈江さんが残した絵なんだから……」

「もう下の家には行きたくない」

凛子の膝にスイが絡みつき、愛し気に下腹部に頬ずりをした。

「琴ちゃん、早くここに引っ越して。私がお菓子の焼き方を教えてあげる。化粧品も一緒に作って、お茶碗にする土をこねましょう」

姉の膝に頭を乗せたまま、スイが見つめ上げる。漆黒の双眸が理性を包み込んで、そのまま心をとろかせて、また魅魔の世界に取り込まれて行くのがわかる。

気がついたら、こくり、と頭を縦にふっていた。

「ずっと琴ちゃんといられるのね」

「琴嬢ちゃん、ごめんなさい、ごめんなさい」

スイが柔らかな腕で首にしがみついた。自分の皮膚に触れる練り絹の肌が心地良い。淡い、淡い伽羅の香りと女の髪の甘い脂の匂い。凜子が微笑んでいる。少しばかり丸みを増した頰は、彼女の作る磁器に似た艶を湛えて、妹の自分すらも魅了する。

姉が呟いた。「これで航平さんを上手に使い回すことができるわ」と。

壁には真っ赤な紫陽花の絵。あの付添婦もまた、美しい人だった。彼女がこの居間に座って絵を描く姿を想像すると、なぜか目の奥に少しだけ熱がこもる。

紫陽花の絵を見ていると、壁掛け鏡も目に入る。

四隅に桔梗が深彫りされた鏡面には、少しばかり背の高い一人の女の姿。

凜子ともスイとも異なるきめの粗い浅黒い肌。太い眉に吊り気味の目。束ねられた髪は真っ黒な癖っ毛で、下に行くにつれて広がって、うねっている。

きれいじゃない、と琴乃は思う。この山の家の美しい女達とは違う、とも考える。

一人だけ美しくない女。それは、自分なのだ。

一番古い記憶は、幼い日の母の化粧部屋。鎌倉彫の三面鏡の中には、美麗な兄や姉とまるで似ていない、ちっともかわいらしくない幼女が映っていた。きれいな姉はきれいな着物ばかり着ていたけれど、自分はいつも暗色の服ばかり着せられていた。

心をくるみ込んで、とろかしかけていた温い空気が消えて行く。そして、下界の塵にまみれた理性が剝き出しになって来る。

自分はここにふさわしくない。どれほど心酔しても、恍惚境にいても、視界の端に鏡を捕らえるたびに酩酊は崩されるに違いない。

「姉ちゃ、ごめんね」吐き出した声が掠れていた。「やっぱり私はここには住めない。姉ちゃ、もう赤ちゃんを産むのは、やめよう」

「琴ちゃん……？」

「骨が入っているのがわかったんだよ。姉ちゃの磁器から。人の骨が出たんだよ」

ひゅぅ、と姉の喉から細い空気音が漏れ、色薄い瞳が震えた。

磁器はあの職人に見せただけ。けれども、もう調べなくてもいいのだとよくわかる。

「姉ちゃ、一緒に戻ろう。ここでのくらしは、続けることなんてできないんだから」

「どこに戻るって言うの？」凛子が押し殺した声で拒んだ。「また閉じ込められるのは嫌。連れていかれるのは嫌」

凛子の惑乱を嗅ぎ取ったスイも声を震わせた。

「あたしも嫌。閉じ込められるのは嫌なの。嬢ちゃんの側にいたいの」

「大丈夫だよ。閉じ込めたりしないから」

スイを振りほどいて凛子の手首を取ると、茶色の瞳が敵意を含ませて見つめてきた。自分の方が背は高い。自分の方が肩幅もあるし、力もあるはずだ。けれども凛子は、するり、といとも簡単に手首を抜き去った。

「邪魔する琴ちゃんは大嫌い」

姉の瞳が光る。彼女に寄り添うスイの瞳は黒々として光をはね返さない。

凛子の腕をもう一度、握った。か弱いはずの姉が軽く手のひらを返すと、ひらり、とまた白い手がすり抜けて行く。

「奈江さんにあっているでしょう?」姉が低い声で教えた。「鬼婆様の体術のお話、覚えているでしょう? 教えてもらえばそんなに訓練をしなくても、少しはできることもあるのよ。だから私は捕まらない」

「捕まえるとかじゃなくて。一度、親戚との集まりに行こうよ」

「下に行くのは嫌! 磁器を調べたんでしょう? 捕まって閉じ込められるのは嫌!」

淡い虹彩の中で真っ黒い瞳孔が、脹らんで行く。

「巡査に捕まるのは嫌!」姉が叫んだ。「捕まえられて、縛られるのは嫌! 嫌なの!」

「大丈夫。巡査なんか呼ばない。縛られたりしない」

両手を緩く握って見せて、そのまま静かに姉の肩に触れようと試みた。次の瞬間、凜子の腕が、ひゅう、と空を切った。白い手が肩を中心に鋭い円弧を描いて琴乃の頬を打ち据えたのだ。瞼の中に散る橙色の火花。姉の手のひらは小さくて腕はたおやかだったけれど、そこには体重と遠心力が乗っていた。身体が大きく背後に飛ばされて、窓に背中から倒れ込んだ。歪みガラスの欠片(かけら)がばらばらと肩や腕や首に降り注ぎ、全身のあちこちに、熱に似た痛みが走り抜けて行った。

殴打された頬の痛みに、古い記憶が呼び覚まされた。同じように姉に打たれたことがあったはず。あれは自分が学校に上がる前。庭池に蛙が鳴き始める頃で、紫色の菖蒲が咲き始める時期だった。姉を暴状に駆り立てたのは確か、じゃんけんをしようと緩く握った拳を振った時ではなかったかしら。

刹那の回想を断ち切ったのは背後から照らし込んだ、黄色く鋭い光源だった。

ああ、そうだ、と琴乃はまた思い出す。兄ちゃに頼んでいたんだ。何かあったら、まず自動車の灯りで照らしてちょうだい、って。家の灯が消されるかも知れないと思ったから。暗い山道に二人が出て行くかも知れないと考えたから。

「姉ちゃ、自動車が迎えに来ているんだよ。一度だけ家に戻ろう」

額から流れる血が目に流れ込み、視界が紅く曇った。

黄色い灯の中で、凛子が顎を高く上げて、泣いた。嫌、嫌、と繰り返して、頭を振り、長い髪を淡い炎のようにゆらめかせながら、外に走り去って行った。

追いかけようとした琴乃にスイがしがみついて押しとどめる。

「嬢ちゃんを連れて行くなんて、あたしが許さないの」

兄が凛子を追うのが見えた。風向きはまだ変わっていない。兄の存在を、この女の形をしたものは嗅ぎつけてはいないのだろう。

「スイさん、離して！」

「離さない。嬢ちゃんを閉じ込めるなんて琴嬢ちゃんでも絶対に許さない。あたしも閉じ込められたくない。もう生き神様じゃなくていいの」

「スイさんは生き神様なんかじゃない」口を動かすたび、頬に刺さったガラスの欠片が皮膚を裂いた。「姉ちゃに赤ちゃんを産ませ続けて食べて来たくせに。あんたは生き神様なんかじゃない！　人喰いの化け物よ！」

「知ってるの。あたし、化け物なの。ずいぶん前から物の怪になっちゃってるの」

間近に見つめるスイの瞳は暗い闇。全ての光を吸い込む常夜の闇だった。

「違う！」琴乃は続けて叫ぶ。「化け物なんかじゃない！　スイさんは、姉ちゃに悪いことをさせる悪い生き物。ただの害獣」

「あたし、害獣なの？　化け物でも物の怪でもなく？」

「生き神様でも観音様でもなく、ただの害獣になっちゃったんだよ」

　スイが耳元で啜り泣いた。

　力の弱まった身体を引き離すため、女の丸い顎に手を当てて腕を突っ張った瞬間、指に焼けるような痛みが走った。激痛に叫び声を発したのは自分の喉。左の手の指のあるはずの場所が血を吹いていた。ぼたぼたと四本の赤い筋が垂れて、藍色の絨毯に吸われていく。

　スイの紅色の唇が淡く閉じられて、その隙間から唾液混じりの血液が滴る。白い頬の中にくぐもった音が響き、すぼめた唇から、四本の肉塊が吐き出されて、ぺちゃり、ぺちゃり、と床に落とされた。

「嬢ちゃんといたいの。引き離す人は、あたし、決して許さないの」

　黒々とした瞳に確かな怒りが宿っていた。菩薩めいた顔に憤怒は似合わない、と激痛の中で琴乃はふと思う。

　スイが凛子を追うように背を向けたから、無傷の右手で長い黒髪を摑んで引き倒した。柔らかな女の重みで、割れたガラスが一層深く突き刺さる。

　スイの白い首がくねった。こんな時でも、しなしなとしたうなじの動きが美しいと思うのはなぜだろう。血塗れた白い歯が自分の首元に当てられても、この二人に食べられるのならしかたがないのかしら、と、どこか冷めた心で考えた。

　白い小枝は乾かして、砕いて、叩いて、すり潰す……

　枝はさらさら白い粉。きれいな花を咲かせましょう……

その唄が、どうして思い出されたのかがわからなかった。けれどもそれに伴って、白い割烹着姿の老女の姿が、ふわり、と目の前に浮かんだ。

「嫌な人に襲われましたら目を潰してやりなさいませよ」記憶の中の彼女がそう言った。「鬼婆様は偉い方で、女や子供に身を守る方法を教えたのでございます」

無意識のうちに身体が従っていた。右手の指を揃えて、中指をスイの細い鼻先にあてる。

「スイさん……」穏やかに呼びかけて笑顔を向けると、スイの動きが緩まった。

さらに笑いかけると、長い睫毛の奥の瞳が、やるべきことを見失ったかのように見つめ返した。中指を白い鼻梁にあてて滑らせる。指の腹に伝わるのは、絹めいた皮膚のなめらかさばかり。

人差し指と薬指が、スイの暗黒の瞳に突き刺さり、ずぶずぶと眼球の奥へと沈み込んで行った。

左手に激しい痛みが続く中、右手の指先が感じる温かさと柔らかさが、より鮮明だった。

スイの絶叫が空気を破った。彼女の悲鳴を聞いたのは二度目。一度目は生き神様として最後の託宣を与えた時。今の叫びはあの時に比べて、ぞっとするほど歓めいている。

次の痛みは肩のあたり。目を破られたスイが首をくねらせて琴乃の首のつけ根に喰いついたのだった。痛みが意識を鮮明に変えた。歯が肉をごっそりと千切り取っている。次に、ぶちぶちと片方の耳が嚙み切られて行った。

姉を追っていた兄が走りよってスイを引き剝がし、琴乃はその場に崩れて落ちた。

「姉や、どうしたの？　何かひどいことをされているの？」

姉が、半身のように連れ添った女を呼んでいた。

「嬢ちゃんと離れたくないの。側にいて欲しいの」

姉を捜す声が虚ろに響いた。視力を失った女は、それでも嗅覚を頼りにしているのだろう。ゆらり、ゆらり、と覚束ない足取りで沢に続く道を辿って行った。

山の家の玄関から少し歩いた場所には小さな崖。木の階段を降りればその下には沢が流れ、下流には滝がある。視界をなくしたスイが、ふらり、とよろめいて足を踏み外すのが見えた。

薄暮から闇へと移り変わる景色の中に捕らえたのは下方に流れ落ちる黒い、黒い髪の毛。落下する身体に追いすがるように、すぅ、と崖の下に漆黒の毛先が吸い込まれて行った。

姉やを呼ぶ凛子の哭き声が、響き続けていた。

「川に流されるのを嫌がっていたのに。海に沈んで人魚に生きたまま喰われるって怖がっていたのに」

号泣が次第に枯れて行き、暗さを増して行く山の空気を震わせる。

「海で喰い殺されるなら、私も一緒に喰われたい」

背後から照らされる灯りの中、凛子の姿が立ち上がって揺らめいた。

自分を抱いた兄が、姉を呼んで叫んでいる。けれどもその声は、もう届いていないに違いない。

幽鬼めいた足取りが崖に向かい、スイが消えた場所で彼女もまた、冥界に吸われるように堕ちて行った。

黒髪が下へ下へと吸い込まれた同じ場所で、色淡い髪の毛もまた長く尾を引いて消えて行った。

暗転する意識の中で思った。スイが海底の竜宮城に流される前に、姉が追いついてくれればいいのに、と。生きたまま人魚に腹を裂かれる前に、あのなよやかな首を掻き切ってあげられればいいのに、と。

滝の音が遠くに響き続ける中、琴乃は朦朧の中に堕ちて行ったのだった。

結

一条の滝が流れ落ちる。白糸の滝という名前は良く聞くけれど、この滝は白い糸と言うよりは、むしろ一枚の反物、それも純白の絹布に見える。

沢風で千切れた黄色い橅や赤い楓の葉が落ちて、流されて、まばらなまだら模様を織りなしていた。

「花とお茶くらいは供えたくて」琴乃がしゃがみ込んで手をあわせた。

「このたびは本当に何と申し上げて良いのか」東方が沈痛な声で悔やみを述べた。

「おつきあいしてもらってありがとう」

「いえいえ、私も凛子嬢ちゃんを偲びたいのですから。今日は誘っていただいて幸いです」

滝壺から吹き上げる風が、琴乃の首に巻いたスカーフを大きく背後に流した。

手袋をしていない右手で押さえたけれど、肩口から首筋にかけて皮膚を喰い千切られた傷痕が、一瞬、金色の木漏れ日の中に晒された。

「痕が消えないんですよ」琴乃は寂し気に笑う。

「頸動脈に届かなかったのが幸運だったと言えましょう」東方の声には何の感情も浮かばない。

「あれの歯は桃の種やら人の小骨くらいは噛み砕きます。けれども黴菌のようなものはないので膿むことはほとんどないのです」

琴乃は小さな茶碗を土の上に置いて、銀色の水筒から湯気の立つ紅茶を注いだ。

「姉ちゃもスイさんも、あの洋館に移ってからは紅茶を飲むようになっていたから」

「紅茶は飲みやすいお茶」澄んだ少年の声で男が同意を示した。「私もよくお相伴にあずかったものです」

白く艶かしい照りのある、やや歪な器からふわふわと湯気が上り、滝からの細かな飛沫に混じり合った。

「片手では不自由でしょうに」

「これでもずいぶん馴れたのよ。普通にしていればわからないでしょう?」

「左指が四本、あれに喰い千切られたのですよね。失礼な言い方ですが、手袋をはめている限り、親指さえ動けば違和感がないですね」

大きな帽子の庇(ひさし)の中で、琴乃の瞳が、また昏い色を湛えて笑った。

「私はスイさんに新鮮なお肉を与えてやれなかった」乾いた笑い声が少しだけ漏れる。「だから供養に私の指四本を喰わせてやったのよ」

「お気の毒に」

「スイさんも姉ちゃも、私を山の家に住ませたがっていた。知っているでしょう?」

「ええ、すでに航平さんも呼び入れて、食料庫の床下の檻で飼っていたそうですね」

「姉ちゃと交代で私がお腹を使ってお肉を産んで、三人で静かにくらそうと考えていたみたい」

男の切れ長の目の中、闇色の瞳がきょろり、と琴乃の方向に流れた。この男の瞳には自分の顔が映らない。全ての光を吸い込む暗黒の瞳に人の姿など像を結ぶはずがない。

「本当はね、山の家でくらす気になった時もあったの」

「全てを知ってくらす気持ちになったのに、どうしてやめてしまったのでしょう？」

琴乃は答えなかった。鏡に映ったものを見たから、と言っても、この秀麗な容姿の男には理解できないに違いない。

「姉ちゃの身体は川下で見つかったけれど、スイさんは見つからなかった。滝壺に打ち付けられて、海まで流されて行ったのかも知れない」

東方は何も答えない。言い添えたり、あいづちしたりを欠かさない男が、この時はなぜか沈黙を返すだけだった。

残念ね東方さん、せっかく長い時間をかけて育てたお肉だったのに。琴乃は心の中で呟いた。それともあなたが拾い上げて、またどこかで肥育しているのかしら？　と。

風が少し強まると、飛沫がたなびいて長く垂らした琴乃の前髪を湿らせる。

「あたし、海の底に流されて人魚に復讐されるの」

「大昔、人魚を食べたらしいから、藍色の竜宮城で人魚にたかられて、腹を裂かれて生きたまま食べられちゃうの」

単調な水音を聞いていると、スイの悲嘆が淡く響いて来るようだ。

竜宮城は大きなきらびやかな御殿なのだと、あの女は信じていた。光が届かない藍色の海の底に揺蕩（たゆた）う、藍色の館なのだと。

人魚を喰った観音様は海底で人魚に喰われているのだろうか。人を喰う時に至福の笑みを浮かべていた女は、自分が喰われる時もあのふくよかな顔を歓悦にとろけさせているのだろうか。

「ねえ、東方さん、聞いて欲しいんだけど」

「何でございましょう？」

「私、調べたのよ、ずっと川を遡って。スイさんは川に捨てられて私達の家に来たのなら、上流に生まれ故郷があるんじゃないかと思って」

「ほお」黒瑪瑙の瞳に、さわり、となにがしかの感情が波打った。「それで、あれの出自はわかったのですか？」

「いいえ、残念ながらわからなかった」

「長く長く生きているものですから」なぐさめるような声音。そこに少しだけ安堵が混じってはいないだろうか。「あまりにも長命なあれの来し方です。人間が辿るのは難しいでしょうに」

「うん、でもね、わかったこともあるのよ」

滝が流れる。滝壺に銀色の背びれがひらひらと波打ち、水流に揉まれては水底に消えてゆく。

「スイさんは、上流のあちこちで水辺の観音様と呼ばれていた。水神様のお妃様とも言われていた。像もいろんな所に残っていたわ。そっくりだった。だからすぐにわかったのよ」

あの福々しい女は人々に慕われて、かわいがられて、長い時間を無害に平穏に生きて来た。在郷の彫師達が飾らない鑿捌きで、その姿を朴訥に、忠実に刻み残していたのだ。

「嬢ちゃんのお家でも生き神様として大切に、大切に、祀られていました」

「ずっと大昔はね……。スイさんは歳を取らずに信仰されて、人間に頼られて、同時に人間にもたれて生きていたの」

「人喰いに堕ちてしまったのがあれの不幸」

東方が滝に手をあわせたけれども、この男には敬虔とか信心とかが、まるでそぐわない。

「しかたなかった、と言ってしまってはスイさんがかわいそうかも知れないけれど」

「しかたがないのですか？　水辺の観音様が人喰いに堕ちてしまったことが？」

「観音様の言葉も、生き神様の託宣も、人が信じなくなれば世迷い言にしかならないでしょう。だから、人の営みとの間に軋(きし)みが生じて観音様が人柱にされたり、奥座敷に閉じ込められたりしたの。いらなくされた生き物が、生き方を変えられずに歪んでしまったのよ」

「なるほど」東方の声が粛然と滝の水音に紛れて行った。「人のくらしが変われば、神獣が害獣になって駆除される。それと同じことなのかも知れません。あれが歪んでしまったのも必定なら、あちこちに住むあれの同類が数を減らすのも時の移ろいなのかも知れません」

　顔を背けた琴乃は、きゅう、と自分の唇を噛んだ。

違うのよ、と。あの生き物を歪めたのは、あなたじゃないの。あなたが関わらなければ、無害なまま滅びることも、できたのではなかったの、と。

　琴乃はしゃがみ込んで、もう一度、姉達を呑んだ水流に手をあわせる。

「嬢ちゃん、寒くはありませんか？」

「少し寒くなったみたい」

「風邪を引く前に戻るのがよろしいかと」

「ええ」

「自動車に乗ってください。お送りしましょう。運転ということにまだ不慣れで危なっかしくはありますが」

「ありがとう。でもね、帰りは私、歩いて行きたい。ここにもう来ることもないと思うし、姉ちゃが過ごした場所を歩いて帰りたい」

「わかりました。この時間ですと日暮れまでには麓の村に行き着けましょう」

「東方さん、良かったらこれを」

大きな肩掛け鞄から琴乃は小振りな水筒をひとつ取り出して差し出した。

「紅茶をみっつ、持って来たのよ。ひとつはお供え、ひとつは自分用。もうひとつは運転のお礼に東方さんに」

「これは恐縮です」

東方がなよやかな指で水筒を受け取ると、筒身の銀色に桜貝に似た薄桃色の爪が映えた。

「魔法瓶だからずっと温かいはず」

琴乃が黒い帽子の陰で微笑む。滝風に帽子があおられて、肉の欠けた耳が微かに露出した。

「それでは琴嬢ちゃん、お気をつけて。このあたりに悪い者はおりませんが、暗くなる前にお帰りになりますように」

「ありがとう」琴乃は目を伏せて笑う。「薬種問屋だった屋敷は一ヶ月後に取り壊すけど、蔵出しの品物があるのよ。近いうちに、来てくれるでしょう？」

「お声がけありがとうございます。ぜひお邪魔させていただきたいものです」

再会を前提にした軽い別れが交わされる。

烏山椒(からずざんしょう)の木がぽろりぽろりと細かな実をこぼして、紫の粒が東方の漆黒の髪にまぶされた。

立ち去る足音を背後に聞きながら、琴乃はまた滝に向かって祈る。

これは賭け。潮乾湯と名づけられた煎じ薬を手に入れた。九十歳を過ぎた老婆が歯のない口で教えてくれた。これは長寿の妙薬だよ、と。そして言い添えた。あんた、観音様の話が好きらしいけど、これは水辺の観音様に飲ませちゃあ毒になるんだからねえ、と。

「水辺の観音様に飲ませたことはあったのですか？」

琴乃はその無味無臭の煎じ薬を舐めながら尋ねた。

「ここいらじゃ聞いたことがないね。でも、大昔にどっかの土地で大怪我して動けなくなった観音様に飲ませて楽に死なせてやった話は聞いてるよ」老農婦は手ぬぐいで首を拭きながら少し考えて話を続けた。「そうそう、ひい婆さんが言ってた。潮乾湯で楽にされたのは遠くの西の山に住み着いていた観音様だったとか」

「この近くにいた観音様とは別の観音様、ですね」

老女は浅黒く日焼けした唇を開いて破顔した。

「昔はあちこちに観音様がいたんだろうねえ。今時は生きた観音様なんて聞かないけどね」

伝承の類いだ。どこまでが真実かは、わからない。けれども東方がスイと同じように全く加齢を見せないことを考えれば、潮乾湯と名づけられた無味無臭の煎じ薬が効くのかも知れない。

これは賭け。そして丁字の匂い袋を身につけた自分の気持ちが嗅ぎ取られていないかどうかも、賭け。一ヶ月以内に彼が、あの黴と埃のたちこめる家を訪れてくれるのか。それとも来ないままなのか。

もし彼が訪れるようなら、またその時に考えよう。

毒を吐く草木は刈り取らなければいけない。害獣は駆逐しなければいけない。ただ、それだけの話なのだ。

ほろほろと色づいた雑木の葉が散り、一反の滝流に色とりどりの斑紋(はんもん)を鏤(ちりば)めた。

夏に落ちる葉は濃い緑、秋になれば赤と黄色、そして冬になれば水流よりも白い雪。

季節が移るごとに滝の模様も変わり、そして永劫に流れ続けるのだろう。

琴乃はまた、祈る。

人に絡みつき、人に愛されて来たあの生き物が、穏やかに数を減らしていきますように、と。人間に災厄などもたらしませんように、苦痛に満ちた滅びに堕ちずに、できれば細々と人に寄り添って生き延びられますようにと。

滝が流れ落ちる音を聞きながら、自分は一体、何に祈っているのかと琴乃は自問した。

死んだ姉に祈ったのか、それとも神やら仏やらと呼ばれるものに祈ったのか。あるいは、流れ続けるこの小振りな滝の神にでも祈ったと言うのか。そして思う。もしかしたら麗しい水辺の観音様に祈っていたのではないのか、と。

頭上にまた鳥が鳴き、ぱらぱらと紅葉が滝にこぼれ落ちた。琴乃の目には、紅いまだら模様の反物が無限に吐き出されて、そして川の流れに溶けて行くように見えたのだった。

本書は書き下ろし作品です。

人喰観音（ひとくいかんのん）
二〇一八年十月二十日　印刷
二〇一八年十月二十五日　発行
著　者　篠（しの）たまき
発行者　早川　浩
発行所　株式会社　早川書房
郵便番号　一〇一・〇〇四六
東京都千代田区神田多町二ノ二
電話　〇三・三二五二・三一一一（大代表）
振替　〇〇一六〇・三・四七七九九
http://www.hayakawa-online.co.jp
定価はカバーに表示してあります

印刷・三松堂株式会社　製本・大口製本印刷株式会社
ISBN978-4-15-209805-4 C0093